姚中才 / 著

下　海

南方出版传媒
花城出版社
中国·广州

图书在版编目（ＣＩＰ）数据

下海 / 姚中才著. -- 广州 ：花城出版社，2016.12
（广东中青年优秀作家文丛）
ISBN 978-7-5360-8217-5

Ⅰ．①下… Ⅱ．①姚… Ⅲ．①中篇小说－小说集－中
国－当代②短篇小说－小说集－中国－当代 Ⅳ．
①I247.7

中国版本图书馆CIP数据核字(2016)第318237号

出 版 人：詹秀敏
责任编辑：李 谓 安 然
技术编辑：薛伟民 林佳莹
封面设计：林 希

书　　名	下海	
	XIA HAI	
出版发行	花城出版社	
	（广州市环市东路水荫路 11 号）	
经　　销	全国新华书店	
印　　刷	广东新华印刷有限公司	
	（广东省佛山市南海区盐步河东中心路 23 号）	
开　　本	880 毫米×1230 毫米　32 开	
印　　张	8.375　1 插页	
字　　数	240,000 字	
版　　次	2016 年 12 月第 1 版　2016 年 12 月第 1 次印刷	
定　　价	28.00 元	

如发现印装质量问题，请直接与印刷厂联系调换。
购书热线：020－37604658　37602954
花城出版社网站：http://www.fcph.com.cn

序：寸丝不挂

别误会，这与"裸奔"毫无关系。

宋《景德传灯录》有载，南泉禅师问宣州刺史陆亘："大夫十二时中作么生？"陆云："寸丝不挂。"此处的寸丝不挂，便是了无挂碍，邈然绝俗的形象说法。不敢说姚中才十二时中都能寸丝不挂，但有那么二三时或三四时中做到了，也是十分了不起的事情。这些年来，恐怕还得往上加一加，一年三百六十天，忽东忽西，忽南忽北，一足高来一足低，任性逍遥于山水之间，你说该加多少？三分？四分？恐怕谁也说不清楚，但谁都说，这小子，简直就是个无尾飞砣！

放旷之士，多善谈笑，中才亦然。我的一大帮朋友，不论远近，只要与他见过一面，再聚时必提醒我，把中才也叫上，这家伙好玩！他确实好玩，任你什么话茬，总能巧妙接上，不但接得巧，还常常将一个原本正经或沉重的话题导向令人始料不及的方向，即便带些荤腥味儿，也是只见清汤，不见油花，以至一些迟钝脑壳总是如坠云雾，直到大家笑翻了，才张大嘴呵呵几声，似是终于回过味来。

黄段子，高级黑，插科打诨，这些都不算本事，真正了得的是他的搭讪功夫。但凡令他心仪的可人儿，哪怕是萍水相逢，很少有不落进他的QQ或朋友圈里的。天知道他用的是什么独技法门，但上去悄悄几句话，那边厢便咯咯地爆发出一阵银铃般的笑声。在"不要和陌生人说话"已成为社会共识的当下，他凭什么就轻易捕获戒心重重的女孩子的好感和信任？有人说是他的娃娃脸，有人说他幽默有趣，有人说他乐于助人，上山时总抢着帮别人背相机行囊。种种揣测，似乎有理，似乎又不尽如此。于是，揣测转为戏谑，有人呼他"姚坏坏"，有人呼他"姚快快"，他也不恼，只是晃晃脑袋，笑道，都是温远辉使的坏，把这绰号叫开了。对喊他"姚快快"的人，他也有说法：佛山张槎普通话，溢哥舌头转不过弯来，坏坏说成快快了。陈永溢是我的老朋友，几十年了，比他大的都喊他"溢哥"，自视甚高的他，与中才也是无话不说，几乎都快将他当弟看了。就连行将八秩的章以武教授，每隔一段时间便给我电话，中才在吗？上他家喝酒去。

中才如此招人喜欢，倒让我想起好些事情来。当年，他到我们《星报》应聘，笑眯眯一口气便背了三百多句《离骚》。还用得着问这问那吗？立马就叫他明天来上班。至于他手上那一堆劳什子，譬如毕业证、履历表、作品剪辑什么的，说实话，我一眼都没瞧过。还有，他跟随渔政的兄弟们到南海美济礁守礁，70 多天下来，人晒黑了晒干了不说，连言谈举止都变得怪异起来。进饭馆，见人就打招呼，弄得一帮食客目瞪口呆，以为是来了个秾线佬。上白云山，更是兴奋得失常。"船长！"一通电话打过去，激动得声音都变了调，"山上有好多树，好多花，还有女人、老人、小孩，好多好多啊！"

背得下全本《离骚》的，当是个有阅历的人，而为树花和路人欢呼雀跃的，不是稚子便是诗人了。二者兼而备之，这样的人物，在市尘嚣张的今天，当是不可多得的了。更难能可贵的是，守礁也好，非典也好，汶川大地震也好，每有大事发生，总能见到他勇往直前的身影。不再热肠挂起，不再冷眼看世界。中才的寸丝不挂，虽然来得不够彻底，但比起陆亘大夫的寸丝不挂，不是来得更加真实和更加可爱吗？

其实，陆亘的寸丝不挂，我是好生怀疑的。他一个宣州刺史，难免公务缠身，案牍劳形，纵然自诩如何如何，自身的道行怕是远不及其前辈玄机的。玄机是一位比丘尼，也有说是丘尼的，专业修禅，她与雪峰禅师下面这段对话，均被《五灯会元》和《联灯会要》列为禅门著名公案：雪峰问，名什么？答，玄机。又问，日织多少？答，寸丝不挂。意思是已经彻底放下了。玄机答完回身就走，才行出五六步，雪峰在后面喊道，你的袈裟拖地了。玄机下意识地回头一看，雪峰禅师抚掌大笑，好一个寸丝不挂！自以为已经解脱净尽的玄机，在雪峰禅师的追问下尚且露出了马脚，享用禄食奉使民牧的陆亘，怕是连雪峰禅师的门都没得入。

不彻底的寸丝不挂，自有不彻底的正当理由。小事放得下，大事拿得起，十二时作么事，自己拿捏去。而今，中才纵情山水之余，仍不忘每日一诗，也许不知什么时候，他又会给我们奉上一册诗集。那是用足迹踏出的诗行，一如这部小说集，每一字，每一行，都鲜明地打着他人生的烙印。悲也罢，喜也罢，不过是时间长河里的一道小小漪涟。许是上了年纪，我很喜欢陈永正教授这话：他说，他这个时候应该是"散物"而不是"聚物"。如斯通达者，还有我朋友那位93岁的老奶奶，她并非名流，也不显达，只是一位普普通通的老太太而已，她的信条是，不占有，不羡妒，不生活在过去的阴影里。中才现在的生活可说是至简，除了马拉松，就是爬山，爬山，爬山。不要试图与他探讨有用无用有利无利的问题，他只会笑笑地看你一眼，啥话不说，让你自个儿戳在那儿。

还用得着对他的作品说三道四吗？说句不好听的话，书评看似头头是道，煞有其事的背后，其实也就是一堆无用的证书而已。

伊始 2016 年 11 月 17 日于广州

目录 contents

下　海

1

我，司马义，1993 年 3 月，不识时务奋不顾身地从武汉奔赴眼看就要冷下来的海南，辞掉了那所大学里不咸不淡的助教职位，揣着一张可疑的大学毕业证书和一张伪造的中级职称的资格证书，装得像个人才一样，在海府路东湖公园的人才墙下花三十元钱贴出了一张求职启事，和一拨同样是迟到了的流浪汉一起挤在那面不断覆盖不断翻新的所谓人才墙上。

启事写得毫无特色：司马义，25 岁，某重点大学包装印刷机械系毕业，工程师，湖北某学院包装印刷专业讲师，曾多次带领学生在大中型印刷企业实习，担任实习指导老师和厂技术工程师，有较强的企业管理能力和文字组织能力，觅能一展所长的职位。

我住在府城的一家个体旅社里，用三合板隔成的小间还算整洁，每晚 15 元，至少我目前还能承受，白天里我在市区里趔来趔去，晚上就龟缩在这个巴掌大的小房间里，这时候的海口，除了路边的椰树构成的热带风光与内地迥异之外，还有一些与内地大不相同的在"性"上面的开放。遍地的药店无一例外地经营着性药，而这些据说是国外进口的性药上面全是让人不敢正视的包装，各种姿态的挑逗画面令人欲罢不能。这些画面是我在内地无缘得见的。有人把这里的改革开放叫改开放革，即改开皮带的意思。来到了这个前沿阵地，真是一下子让我大饱了眼福。没事的时候，我就走进去浏览一番，这对于初上海岛的我几乎就是唯一的娱乐了。这项娱乐不用任何花费，很符合艰苦奋斗的优良传统。要是日后我大获成功，我一定在英模报告会上讲讲我的奋斗史中的这一典型细节。有一次我在一家药店徜徉的时候，有两个男人走进来了。卖货的是一个模样不错的小姑娘。那两个男人指着一种药，一脸坏笑地问那姑娘道：好用吗？姑娘忙说：好用好用。两个男人问：你试过。姑娘当下红了脸。其实这种活，真是不太适应那些脸皮还不够厚的姑娘们来干。当然，附近的药店要是老去只看不买也会被售货小姐烦的，她们对付起我这类脸皮更薄的人来是绰绰有余的。我又开发了另一个项目，就是到海口宾馆附近的那条闻名海口的黄街去参观，看那些妓女和嫖客们交易。当然仅仅只是参观而已。那时，我停留在有贼心没贼胆，有贼胆没贼钱的阶段。这让我看上去更像一个无所事事的烂仔。昏暗的路灯下，三五成群的形迹可疑的男女在夜幕下等待成交。天南海北的人操着天南海北的口音在讨价还价，就像是在卖乌龟王八的自由市场，闹哄哄的，声音又压抑又隐晦。

我正看着西洋景，不留神被一村姑模样的女子盯上了。我连忙撤退，那女人也紧跟着我。我上了天桥，她也跟上了天桥，她说，不贵的不贵的，我这时还没有学会怎样与她们这伙人去周旋，只有一个劲地逃跑，在几个商店兜了几个圈子之后，终于甩掉了尾巴。看来这免费的文娱活动也有麻烦。我急忙坐公共汽车返回府城。

最要紧的还是要找到工作，每天早上第一件事，就是到人才墙下看看有没有什么消息。这一天，我看到我的求职启事的空白处有了一行用钢笔写的小字：请呼 97855—95188。我一下了感到一阵欣喜，老天有眼，总算有了开端。

我将寻呼机号码写在手上，找一部公用电话呼了那个隐藏在这座藏污纳垢的城市里的伯乐，电话旁边人很多，我刚放下电话，就被一个梳着小辫的男人拿过去打了起来，那男人不知哪里来的那么多的啰嗦话，一讲就讲了足足十分钟，我在旁边心急如焚，他这占用的不仅是我的时间，更是我的机会，这一刻我真恨不得杀了这个小辫子。

一直守在电话机边好长时间，电话铃声终于响了起来，我急忙拿起电话，"刚才是哪一位司马先生呼机？"电话里是一个很浑厚的男声，我连忙说："是我，那个求职的印刷机械工程师司马义。"电话那头立即热情地说："司马先生，您在哪？我即刻过去见您。"我一下子受宠若惊，找工都是像孙子一样求人，今天太阳从西边出来了，好像是对方要找工一样的。我说："那我在海口宾馆门口等您好了。"

海口宾馆仪态万方地立在海府路上，对当时的我来说，海口宾馆就算是有钱人出入的场所了，我对这样的地方深怀着一种敬畏感，间或由这敬畏感会生出一股仇视，这就是无产阶级对资产阶级的仇恨。这是一种无法成为资产阶级的一种仇恨。我站在宾馆正门对着的一棵椰子树下，阳光很好，在海口市澄明的空气下，一些戴着像清兵戴的斗笠的海南姑娘，更准确地说是妇女在椰树底下向路人兑兑外币，这些本该在家里织渔网或者到地里去除草去构成田园风光的人却在这城里成为这座城市的不和谐音，那么我呢，我与她们有什么区别吗？我就是有这个坏毛病，一闲下来就爱想这些乱七八糟的问题。好在有人及时地打断了我。

"你是司马先生，你好你好。"来人一副文弱书生模样，看上去像一个成功人士，这时候在我眼里，只要不是流浪汉的落拓样，那就像是一名成功人士，此时对我，他就是救星，是亲人解放军。没等我回过神来，他就紧紧地握住了我的手，我一时非常感动，他说："一看你就知道你是专业人才，我们太需要你这样的专业人才了。"我也紧紧握住了他的手。只是我心里暗暗感到有些好笑，我觉得这也有点太夸张了，有点像是在舞台上演小品。他一会儿以后才对我自我介绍，他说他叫汪果华，这名字真是取得不怎么样。他摸出名片来，就是我想象中的三个字，海南金卡拉丝印有限公司总经理。

来海南之前听说过海南盛产总经理，但我还是第一次见到总经理，我一下子对他肃然起敬起来。而这个总经理却又是如此平易近人，礼贤下士，不由你不对他产生好感，汪果华说："我看了你的简介，现在又见了你的人，我觉得什么也不用再看了，你很合我的眼缘，我认为我们是有缘的。我们注定了要在一起干出一番事业来的。你这个人我是要定了的了，你是工程师，那我就叫你司工吧。司工，还有没有什么行李，都搬上，就到公司去，明天你就开始正式上班了。"

真是踏破铁鞋无觅处，得来全不费工夫，一下子我就找到了工作，这跟做梦似的，也许这就是特区的特别之处，不产生奇迹的地方哪能叫什么特区？汪果华截了一辆出租车让我坐了上去，把我简单的行李塞在车的后座。我想起了汪果华刚才对我的称呼，司工，多有趣的称呼，听起来不像是司马工程师的简称，倒像是要工程队开始施工一样的。这是第一次被人这样称呼，也许从此，我就要在特区以司工这个身份开始我全新的人生了。

出租车上开着冷气，我透过车窗的玻璃看到路边的椰子树以及奔走的人流和招牌林立的大楼，一下子感觉到它们是如此亲切，我想，有了这一份工作，我就算是初步在海南立下脚来了，以后怎样发展，就靠以后的努力了。这座曾让我魂牵梦绕的城市，一下子成了我的城市，我将要在这座城市里生活。我还来不及展开思绪，汪果华就对我说："我说司工，我们都是到海南创业来的，你要有一个思想准备，我们公司目前的条件还很艰苦，但我们的未来一定是辉煌的。"我连忙说："不要紧的，谁也不是到特区享受来的，我们是奋斗来的，艰苦奋斗的准备肯定是有的。受党培养教育多年，要没有这点觉悟还能对得起党的培养?"汪果华被我逗乐了,他笑道:"想不到司工你还这么幽默,是一位革命的乐观主义者,那我们的合作就肯定会更愉快。"我们相视一下笑了起来。

出租车在一间大楼跟前停了下来,这栋大楼虽然说不上气派但也还说得过去,我想这公司怎么也不会差到哪里去,在大楼跟前,汪果华并不领我往大楼里边走,而是领我弯到了大楼的背后,那是大楼地下室的入口,在背街的一面有一个锈迹斑斑的卷闸门,我虽然做好了艰苦奋斗的打算,但还是没有设想到这种情形,这地方实在与我想象的公司有太大的出入。看到我的这种神态,汪果华说:"所以,我需要你来一起合作和创业。天将降大任的时候,总是先给人一些磨难。"我想也对,没有哪里会有一个做好的大馅饼等着我去吃的。跟着汪果华走进去以后,我看到了汪果华介绍给我的他的全部员工。一个病恹恹的老头子和一个他带的学徒,二人都像是清末的作坊里的工人,不知怎么跑到了海南来。他们压根儿就像是走错了时代似的,他们坐在那里,用陌生的眼光打量着我和汪果华。

看他们对汪果华的陌生程度,我想他们最多也不过早我一个月而已。汪果华对他们笑了一下说:"这是我们公司新到的工程师。"然后又对我说:"这两位是我们公司的技工,那位老先生童老是有几十年经验的丝网印刷专家。"仿佛天下人才都来到了海南,随便一个人都有可能是专家,所谓不是猛龙不过海。在地下室里的一个角落,有一个地方用三合板隔了一块出来,里边放了一张上下两层的高低床,像我上大学时的学生宿舍的铺位一样,汪果华对我说,让我先和他挤在这里住,一切都会慢慢好起来的。面包会有的,一切都会有的。这是我们所有灰暗的日子里用来自慰的花朵。

2

童老先生名叫童可铭,他的徒弟叫小红。小红他很乖巧地叫汪果华为汪总。童老告诉我，在海南，都这样叫的，所有的经理都要叫老总，这个称呼我只在小时候的连环画里见过，那是称呼匪兵长官的，要么是伪军要么是国民党兵。目前我还没有学会这个称呼去骂人。我暗自念叨了一句：老总，觉得挺顺溜。感到我是骂了人一下，而那被我骂的人还屁颠屁颠受用得很。这年头，全国人民一下子幽默了许多，骂人都骂得人心花怒放。

要说这特区的效率实在是快，第二天，汪果华就将两盒名片送到我手上。上边印的是：金卡拉印务有限公司常务副总经理。我不知道一下子也混成了经理级的人物，就凭这张名片，哪怕先不给我工资，我都会乐颠颠地为他去工作的。瞧，名片一递出去，人的腰杆也立马直了一些。这时候，小红走了过来，他也像汪果华一样叫我司工，汪果华马上认真地对小红说："从现在起，不要叫司工了，要叫司总。"我连忙说："不用不用，那样叫不是让人脱离群众吗？"汪果华说："这又不是要谦虚的事，这也是为了方便你开展工作，是从大局出发。"我就不再说什么。这时候，我再仔细看我的名片，名字下边还有两行小字，上边印的是：工学硕士，工程师。工程师我还有一个假的资格证书，而工学硕士，则压根儿是没影的事。我对汪果华说了，汪果华说："没有人会查你的证件的，这样不仅是增加你的分量，也同时是增加公司的分量。"我真是乐于为大局奉献，几天以后，我就忘记了我这名片上印的是假的，而是踌躇满志意气风发地受用着我名片上的身份开始了工作。

工作是汪果华到酒馆饭店里找来的一点业务，在台布上印刷店名和店标，我在这里接触的丝网印刷跟油印差不多，做出一块版来以后，就用人工把颜色印上去，要是有不同颜色那就还要套色。看几遍我都会了，但童老说，关键是颜料的配比。

我喜欢海口这样一座城市，要说不喜欢的地方就是它太晒人。我们的印务有限公司最大的问题就是业务量的问题，只有有了业务，我们才能生存下去。汪果华带着我到处认识人，把他认识的那些有限的人一个个介绍给我。我去买了一张海口市地图，然后，又去滨海路一个旧货云集的地方买了一辆旧的单车，那被撬掉了车牌的单车一看就知道是偷过来卖的。但是便宜就成。跟我混熟以后，汪果华就不再一口一声地叫我司工了，而是叫我司马，想不到他还特别好为人师，他有一天对我说："小司，在处理这些事上我可是老手了，现在既然有缘一起创业了，那我们以后就是哥们，不过在与外界交往方面你可得拜我为师。怎么样，我同时收你为学生。"我想，学生就学生，反正他比我要大几岁。叫老师就叫老师吧，也不会少点什么。只要在私下的场合，他就称我为他的学生和亲密的战友，我一般不作任何表示，也算是默认了。

这天晚上，天还没有完全黑透，汪果华就说要和我到外边去走走。汪果华和我各骑一辆自行车去了滨海公园，说是公园，这里其实只有一个空架子，里边正在建设，到这里来的人也少得可怜，好处是这里不收门票，但到海南来的人大都是为捞世界来的，不收门票他们也没有太多的人有闲心光顾这里。

"拿拿主意吧，我们是要考虑发展了。"汪果华把车放倒在沙滩上后，双臂交义在胸前望着大海对我说。

"我也不知道怎样才能发展。"我老实地对他说，"我们现在资金人才信用都不够，我们要找到一个挂靠的单位。给人的可信度高一些才好办。"

汪果华说："这一点你是和我想到一起去了，我的哥哥有一个很好的同学余宏如今是一家国营公司的老总，我现在已经在和他们谈了，我们争取成为他们的一个部门，这样要对外联系也好了很多。司马，要不，你先准备一下，我们明天去和余宏谈合作的事。重要的是要让他看到丝网印刷的广阔前景。你可以找童老了解一下，然后拟一个初步的规划，然后我们去跟他们谈，由他们注入资金，我们来操作。"

这时候，汪果华的寻呼机急促地响了起来。他看了一眼寻呼机，急匆匆地对我说："司马，我要先走了，有要紧事，你呢?"我回去也没有什么事，于是我说，我还想在海边转一会儿，反正我回去也没有什么事。汪果华跨上自行车走了。

海带着几分梦幻在我的脚下波动。这狗日的海真是有一种可以抚平什么的效用。我想这是我平日不多见海的原因。我脱下鞋，跑下浅海的沙滩上。在上边跑了一圈，觉得很好玩，我又在沙滩上撒了一泡尿，现在正在退潮，没准这泡尿会流到美国去，这时候我什么狗屁事也不再想了。让他妈的惆怅什么的见鬼去吧，老子在能高兴的时候就想好好高兴一下，我是一个不会想家的人，我也不会有太多的乡愁。我不明白为什么会有那么多怀乡的人。你要怀乡你不离乡不就行了，要是你觉得不自在了你大可以回去，犯不着在这里发骚喊什么思乡不思乡的。乡有什么好思的，那个穷乡僻壤我要是说不恨它就已经是够对得起它的了。

还是看海吧，我在一片海滩上躺了下来，远处是一些海轮黑漆漆的身影在海上漾动，像是高潮平息后的少妇静静地眸着眼睛躺在床上回味着。像是有着一种激情过后的轻轻呼吸，有一种暖昧与阴沉的美丽。风带着一股咸味，我在想着我来海南的这些日子，与内地在大学里受人尊敬的那种平静相比，我自然是觉得有一种很浓的失落感，但是我并不后悔，也许我生来就是喜欢折腾的人，我不喜欢平静的日子，不喜欢可以预期的生活，这样很好，每一天都不知道明天会怎样，充满了新奇和希望。我喜欢这样。

海风在耳边吹着，我听到时间在呼呼地流着。我处在一个特别想建功立业的年纪。我希望能成就自己，至少做一个有钱人，我不喜欢平庸地过我的这一辈子，我太不想了。我想拥有无限多的成功和无限多的爱情，我愿意我浪漫到骨。

我想着所有的一切，所有经历的和未曾展开的生活。我觉得我是在爱着这个世界的。只是这个世界常常要将我遗弃。海浪涌动，多少潮起潮落。爱与不爱都在岁月的流动中消失无踪。我觉得我在海南生活得完全没有底气。

滨海公园的对面是一片无人的海滩。后来这块地方建成了万绿园。当时我就沿着海边走到了那片海滩。我自己也不知怎么会和海有这么一种亲近。见到山和海我总是像没命一样地往那里奔，也许是因为我出生在平原的原因。我太讨厌那种一马平川的地方了。我坐在海边，看着远处的新港里船来船往。有的时候我觉得我是有些犯贱。硬是在海边不知想了些什么，把自己弄得眼眶潮湿，怅然不已。

"站住！"还沉浸在自己怅然不已的情绪中的我被一声断喝打断。我首先想到的是立马走人。我知道海口这地界不太平。在大街上都有人会当街抢东西。这个时候立刻逃走就可能会没事。但我毕竟没有经过什么训练。没走几步就被来人追上来了。"跑什么呀你！"他一冲上来就狠狠地抓住我的手。他人高马大，抓我当然就像抓小鸡一样。

"说吧，你在这里干什么？"他厉声问道。

"看海。"

这在他也许觉得是一个特别荒唐的借口。他冷笑道："海有什么好看？你以为我那么好骗？"

"有证件吗？"他又问道。

我即刻从口袋里掏出身份证来。

他看都不看："我要的是暂住证！"

这是我最虚弱的地方。我没有暂住证。他一下子像有了天大的理由一样严厉地对我说："暂住证也没有，谁知道你是干什么的？看你还不老实，要你站住你还不站住，一副做贼心虚的样子。今天你

不想走了，自行车也扣下来，你跟我老老实实地待在这里。"我看来
是逃不出去的了。在海口这样一个地方，从此后我是落下了一个毛
病，见到穿制服的就心虚。他们和那些敢动刀子的地痞流氓一样让
我害怕。"你知道这是什么地方吗？昨天这里出了一起凶杀案，我们
在这里埋伏抓凶手。"他一直说到我害怕起来。然后才说："暂住证
也不办，不办暂住证是要罚款的，我看你这人，是罚都解决不了问
题的！"我惶恐地站在一边。他接着道："看你一副可怜的样子，罚
一点款算了，你交150元罚款吧！"我的口袋里变戏法也变不出150
元出来，身上最多有不超过10元的零钱。

我那时还没有学会痞，也不会跟警察打持久战。站了一会儿，
我只得请求打一个寻呼，呼汪果华过来。汪果华一过来就连忙给那
个警察说好话。他说我是他公司刚招过来的员工，还来不及办暂住
证，他拿出自己的证件给那警察看。在罚款这个问题上，他精明地
和警察讨价还价，最后以70元成交。警察没有出示任何收据之类
的。汪果华领走了我，边走边对我说："在海口，人们都在疯了一样
地捞钱，这些事早见怪不怪了。"

<h2 style="text-align:center">3</h2>

跟余宏的合作很容易就敲定了。说余宏注入资金其实也是虚的。
公司改了一下名字。这合作也算是开始了。余宏的公司是国营的大
公司，我们作为他们的一个部门，可信度就高了很多。

业务是余宏拉过来的。这时，正是海南建省五周年，海南国际
菠萝节也是在这个时候开幕。国际菠萝节，固然会带来许多的商机。
而能跟我们挂上钩的，就是菠萝节上悬挂的那些各色的幌子。

海南就是这样一个地方，谁也不知道什么东西的成本是多少，
只要你谈成了一笔生意，那就看你如何去挣钱了。钱会翻了倍地朝
你流过来。但是这些钱都长了眼睛似的总是避开向我流来。所有的

好事，好像都是为别人预备的。这个时候我还没有太认识这一点，也还认为说不定钱会一不小心就向我流来了。

这段时间里我们公司还会偶尔有一些小的业务在维持着。给哪一家餐馆印几十张台布，或者给哪家单位印点纪念品。在单位里，说我是常务副总经理，实际上，我做的就是一个业务员的事。

海南的天热得有些离谱，我骑着车从白龙路到海府路，再到海秀路，一家一家的小餐馆里跑，我连我的名片都不好意思拿出来。我生怕别人说我是一个什么副总经理，天哪，哪里有如此深入基层的副总经理，我真是怕别人把他们的大牙笑掉。我穿着衬衫打着领带一丝不苟，这是我们的经理余宏的要求。他告诉我们这代表着一个企业的形象。

椰风轻轻地吹着，我口渴难耐，没有人知道，我甚至连买一瓶矿泉水喝的钱都没有。汗水湿了我的衣服。椰子树下又没有太多的阴凉。我看着那些高挂在树上的椰子，有时想着它们要是能突然从树上掉下来该多好，可是它们从来没有掉下来过。一家一家的小餐馆的桌布都有人印了，我总是晚了别人一步。

我几乎是筋疲力尽了，海口，是一座很容易疲惫的城市，穷凶极恶的太阳和张牙舞爪的街道都像烤箱一样炙烤着我。另外的很多人在空调下数着钞票，我在太阳下感慨着苍天的不公。看着过往的人，好像每一个人都比我过得幸福，所有的人各有各的幸福，只把倒霉留给了我。年轻就是这样的愤怒。这种浅薄的愤怒伴着我。哪怕我最后离开这座城市，我还是没有把我自己从这种浅薄的愤怒中解脱出来。我低贱卑微忙碌得像所有的创业故事一样，我的经历有点像最后从容不迫地成为百万富翁的人一样。唯一不同的是，最后我没有成为百万富翁。

我在所有的拒绝中走向了一家小小的餐馆。几乎是不抱任何希望地走进了这家餐馆。这里门面不大。老板是一位长得有几分像印度人的少妇。她有一位长得特别像她的小女孩跟在她的跟前。小女孩大概四五岁的样子。我在这家名叫荼香菜馆的餐馆坐下来，老板就给我端过一杯茶来，这是用海南那种白茶叶泡的消暑解渴的茶。我喝了一口，那种天堂般的感觉。要是不明白幸福的意思，这种时候我想我无论如何都是会明白。也许我的人生以后会品尝到许多东西，但我以后再也没有喝过这样好喝的茶了。店里开着空调，那种仙境般的感觉如同是在做梦。我有点忘记了我的目标，忘记了我要征服这座城市的誓言。依稀中觉得好像是该有这么个人，在这么个地方等我。

"你想吃点什么吗?"一会儿以后，她问道。她的问话才让我醒过神来。是呵，我是跑业务来的，这本来是一点浪漫意味也没有的。我于是对她说，我是一家印刷厂的，可以印台布餐巾什么的。我拿出一大本我们印过的样品给她看。她一直含笑看着我，她的笑真是好看。她说:"我要印台布，以后还要印些点菜单，你能印吗?""能印。"我对她说，"我们除了钞票，什么都能印。"我当时不知来了什么灵感，当即有几分油腔滑调地对她说:"在海口，几乎找不到像你这样既年轻漂亮又气质高雅的餐馆老板。"她只是轻轻地笑了笑，她在我手上签下了一张印五十张台布的印刷合同。我看到了她签下的有几分稚气的几个字:香小凤。

一切都在开始，一切都在变好，这座城市也许真的会变成我的城市。我在与她签合同时一厢情愿地想着。这是我年轻的时候，这是一个相信奇迹的年纪，而海南是一块会有奇迹出现的土地，这时我无论怎样想都不过分，我本来就是奔着这奇迹来到这样一块土地的。我相信这一份合同之后，会有许多的合同会源源不断地向我涌来。像所有的成功者的故事一样，这一次，无所不能的上帝要选择我来当这一个成功者。我不知道是为何，这样一份小小的合同，竟然签得我心潮起伏。

我的心情格外好。

也许所有的苦难都会从此结束。

我格外留意了她的笑容。她的笑容里有一股动人的力量不断地向外渗出。这种渗出是一颗饱满的葡萄在向外渗出的汁液，是一朵绽放的玫瑰在向外渗出的芬芳。我想我当时是有些失态。我茫然无措地坐在那里。小女孩，那个可人的小女孩走过来倚在我的腿上。她签完字后，我接过合同的时候，手装着无意地碰了一下她的手，她的手温软，细腻，这个充满了异域风情的女子是一朵并不张扬的花朵，初看起来并不出众，但是细看之下，她有如此多的动人之处。一时间，我有些想入非非。作为一个正当血气方刚之年的健康男人，我觉得有些非分之想并不是什么可耻的事。纵然心灵万分纯净，但是身体，它总是在一旁蠢蠢欲动，爱情，也许更多的是向身体妥协的结果。出来之后，我回首茶香菜馆，忽然觉得有一种非常亲切的感觉。茶香菜馆这个平常的名字一下子有了许多的内容。它就像一朵有几分脱俗的花，在这个餐馆林立的街道上凸现了出来。

我兴高采烈回公司的时候，公司里正在开会。人不多，就那么几个人，就是公司的全体大会了。我刚把拉到业务的事跟汪果华说了一下，汪果华立马打断了我，现在这些小业务已经不是最重要的了，最重要的是应付菠萝节的那个大业务。我们的业务不是直接跟菠萝节的组委会谈，而是那个负责宣传的人的弟弟成立了一家公司，所有的广告方面的事都要经过这家公司，我们便是从这家公司手里接丝印方面的事来做。汪果华说："这样一来，那个负责宣传的人不声不响地就赚了一大笔，有头有脑的人来钱就是这么容易。"虽然这样，人家还是提出要看看厂房，本着对事业和人民负责的精神，他们虽拿了大量回扣也不敢把业务给我们做。余宏说道："因此，这一段时间，我们的中心工作就是把这个业务拿到手，要不惜一切代价，拿到这个业务我们的日子就好过很多了！"

余宏负责去打点那边的人。当时我们就在富丽海鲜鱼翅酒楼订了一桌。我方由余宏、汪果华和我出席，对方来了六个人，我不知道其他地方其他人请吃是怎么回事，被吃的是不是心痛万分，反正我们是心惊胆战地去请别人吃饭的。我来海南还没有领过工资，我们公司的账上是一片空白。但是我们作为东道主还不得不装出一副阔老板的样子出来。这是我平生第一次进这种高档的酒楼，这是我平时只敢远远地看一眼的地方。谁也不知道在这座海滨城市里海鲜会有那么贵的价格。而更让我心惊肉跳的是这里酒的价格，那些人喝的洋酒是我当时不敢想的。想一想我和汪果华，平日里去菜场只敢买一点特价菜来对付全公司的伙食，今天却要在这里用借来的钱怀着深仇大恨般一次吃掉我们公司也许一年的生活费。空气里并不特别的热，对方吃得红光满面，汪果华也红光满面，他热汗直流，我知道这是虚汗，心里发虚的表现。

对方还是坚持要看我们的厂房。余宏一边剔着牙一边连连点头。余宏说："应该的应该的，我们也特别欢迎你们到我们公司去指导工作。"我的心中捏了一把汗，回过头看余宏，他却是一副胸有成竹的样子。等送走了客人，汪果华急忙说："余总，我们都是些土工具，哪里经得起人家去厂里看，要去厂里看，这业务肯定得黄了。"余宏却说："黄不了，我们的功夫做得够了，再说，他这个公司接下来又做不来，他只是转手赚钱，只要能交货，他不会太苛求我们的，他们这样做本来就是违规的，他们跟我们会是一体。到时他们来了，你们把厂房门锁上，我就说你们外出施工去了，找不到钥匙，他们也不会太执着的。"余宏果然有一套。

回到宿舍的时候，童老和小红还没睡觉。童老有严重的哮喘，发作起来就上气不接下气，很让人怀疑一口气接不上来就会出事似的。童老问我："大业务是不是拿下来了？"问完以后就喘个不停，他的徒弟小红就过来给他喷药。童老安定下之后，就不断地说："有了业务就好，有了业务就好。"

汪果华还没有回来睡觉，想一想他的难处，觉得他也是够为难的。我也睡不着起来。我走出宿舍，发现我们作为工厂车间的地下室门虚掩着。这里只有汪果华才有钥匙，一定是他在里边加班，可是里边却没有灯光。我悄无声息地进去，里边传来响动，是一个女人的声音。门是虚掩的，就在我们丝网印刷的操作台上，两个人正在台子上"工作"，也许是他们"工作"的热情太高，他们一点也没有觉得有人进来。我听出其中那个男人的声音是汪果华，也便悄然退下了。这地方，没有什么值钱的东西，也不必防贼。反正是偷无可偷，平时也不太在意锁门的，汪果华作为一个正常男人，偶尔用这地方"工作"一下也是无可厚非的。我顺手替他们掩上门。也不知为什么，这个时候，我居然就走了出来，漫无目的地走，我自己也不知道自己会去到哪里。

风带着一股子凉意，海南的夜晚要远比海南的白天美丽许多。街上的人已经不多了，再说，海南人其实大多也是从内地来的，还是保留了早睡的习惯，他们还不像广州和深圳那样习惯于过夜生活。这时是子夜时分，宁静中透出一股子寂寥。我在回想我的路，我自己都不曾想到，自己会有一天在海南这个地方住下来，在这里过着这样一种生活。我想起了我的西河湾，我小时候生长的地方，那块原以为我会在那里终老的地方，那里的人们过着的那样一种日子。想起了儿时故乡分明的四季，这时候，我的家乡该是大雪飘飘的季节了吧？想起那些乏善可陈的童年，想起闭塞却又可笑的乡村生活。夜色在椰影里闪着幽暗的光芒。等到我发现时，我已经走到了茶香菜馆的门口，完全是下意识的。

我来这里干什么？所有的一切都静静的，茶香菜馆门前散发出一股柏油的气味。这股气味有一种人去楼空的怅然。那面墨黑的招牌没由来地浮出一种亲切感。有一缕幽暗的香味那样可感地冉冉而升。我回忆着那个微笑着的面孔。它飘浮着，像是一些花开在那里。那些湿润温暖的笑容就像是挂在眼前。门是关着的。而主人也许并不住在这里。但是我在夜中窥见了她。在这座表面炎热而实际上并不温暖的城市里，她的笑给了我一种温暖的感觉，它是一种令我回味的香榄。我怀着几分温柔在心底默念着她的名字：香小凤。我不知道她会睡在哪里，我不知道她的梦里会不会有我在念她的名字。这一座陌生的城市里，我还没有找到一些亲切的东西，没来由地，就把香小凤当作了我的亲人。

<h1 style="text-align:center">4</h1>

菠萝节的业务最终还是拿了下来。一拿下来业务公司里的资金更是紧张了。这是一个买颜料的钱都拿不出来的公司。发动群众去借钱。有亲戚朋友的，都去想点办法。这时候，我是一个最没用的人。这里没有一个熟人，因此是不能为公司分忧借一点钱来的。这种时候，我就更不好提工资的事，好在还能维持着有饭吃。

因为没钱，在海口，我连一点花销都不能有。哪怕买一支冰棍什么的。而就是在这最困难的时候，汪果华的女朋友辞掉了待遇优厚的工作加盟进来了。

汪果华的女朋友叫林小芸，在一家印刷厂里做出纳，是一个挺漂亮的女孩子。我一直没见过。也许最多的是，那个夜晚我听过她的声音。这天晚上，汪果华带了一个女孩子回来，说要和我们一起吃饭。这个女孩子就是小芸了。

小芸其实不是那种特别漂亮的女孩子，但是她长得小小巧巧，眉眼间有一股灵秀之气。汪果华可能在她面前提过我了，正好我也听童老讲过她，她来的时候，我们两人都没有感到陌生，我们都很自然地冲对方笑了。看到她晶晶亮的眼神，我觉得心里怦然地动了一下。

我不知道她是什么感觉，也许她当时是什么感觉也没有，我本来就是一个有些自卑的人，当时刚到海南，一无所有，这种自卑也许会更强烈一些，好在她好像并没有特别地表现出看不起我们的样子，我的用来掩饰自卑的那种表面上的自尊其实是最不堪一击的，有时候往往会表现为一种木讷，这时的社会价值取向已经在开始变了，金钱在某种程度上扮演起了裁判者的角色。每个到海南来的人都是带着他们的创业梦和发财梦来海南的，而我感觉我是漫无目的地来的。既不是想发财，也没有什么创业计划，我觉得在众多的闯海南的人中我是一个异类，我自己也不知道是为什么来到这块土地上的。我没有想过以后，没有规划我的人生，我就是这样糊里糊涂地来的，就像我原本是糊里糊涂地活着一样。就是想改变一下生活，不愿意过那种清可见底的生活。在时间的长河上，我能活的日子不是太多，有太多的生活和太多的风景我要去经历，所以我选择了来海南，将来我会选择去很多的地方，我不是一个太安分的人，如果注定了我只能过一种日子，那我情愿现在就自杀掉，生命对于我，是用来经历用来体验的。我因这世界的丰富而爱这个世界的。因而以目前我的地位，我不太在乎别人怎样看我，更多的是用沉默来面对。

　　她吃饭的时候就停下来专心地吃饭，没有一点矫揉造作，很顺溜一碗饭就吃完了，她也没有再添，坐在旁边看我们吃饭。她对着我咻咻笑了一下："我们老家的话说，男子吃饭如虎，女子吃饭如鼠，你怎么反过来了。"我回报她一笑，算是回答。"你这个司工，听起来像是建筑队的，施工了施工了，谁知你这么害羞?"我这时就不能不说话了："谁害羞了？我的脸皮是可以跟长城媲美的，世界第八大奇迹。""吹牛吹牛，你是绝对的吹牛，看你的样子，还八大奇迹呢?"

　　小芸绝对是那种聪明的姑娘，与这种姑娘聊天你会觉得一点都不累，她虽然不一定有很高的文化程度，但是她聪明，聪明这种东西有时候与文化程度无关，我与两个女博士生打过交道，有时候你会发现她们真是蠢得可以，一句笑话恨不得三天以后她们才能回味过来，但是小芸不同，她是很能领会我意思的那一种，有时候，不需要太多的话，只要一个眼神她就能领会的。小芸是女孩子里不多的聪明姑娘里的一员，有这个发现我觉得非常愉快，与一个聪明的姑娘打交道比与一个纯粹漂亮的姑娘打交道要令人舒服多了。

小芸同时带来了她到海南的全部积蓄，五千元钱，她要用这钱给公司里买颜料。我总觉得我们公司像是一个陷阱，小芸是不适合跳进来的。我不知道汪果华是用什么样的光明前景来吸引小芸飞蛾般地扑火而来的。前途是光明的，我们的公司最终会成为海南最大的丝网印刷公司，作为创业者，我们从事的事业是伟大的。将来，我们不仅会非常有钱，而且会非常有地位，我不知道是不是汪果华经常在公司里讲的这些让小芸义无反顾地投身进来的。

丝印的活忙碌起来了。忙碌起来就显得有了生气，就有了希望。

我之前和之后都没有机会去参观过别的丝网印刷厂，我们自己的丝网印刷厂的装置大概是前清时期的装置，一个制好的版，往上边放上油墨，然后用刮板均匀地刮上去。复杂一点的是套色。简单的是单色印刷，工序简单，一点科技含量也没有。

但我们把丝网印刷往往说成一种万能的印刷方式，无所不印，无所不能印。称它是应用最广泛的印刷技术。茶杯，台布，游艇，雨伞，衣服，甚至人体。我们在海口这座城市四处奔走。希望把它整个都印得五颜六色。

白天跑完业务之后，到了晚上我还得兼做工人。其实也是挺好玩的。在这个不夜的海口，我也没有什么夜生活，我的全部生活就跟这么一个小小的厂子紧紧地连在一起了。不以厂为家都不行。做丝网印刷可以算上一种体育活动了，而活动活动是我最喜欢的事。

而这一点都不难。小红掌着丝网，我在上边刮颜料。起先我还把握不准力度，力不匀的时候，会有的地方浓有的地方淡。但是不久，我就能比较熟练地印刷了。

汪果华也过来一起印，他做事做得比谁都多。因为厂子是他的，他大小也是一个总经理。他喜欢想一些以后的事。这个文化程度不高的人，心里充满着浪漫的想法。他一边印着，一边憧憬着以后的事。是的，海南这个地方，出现过奇迹，谁能说奇迹不会接着出现呢。许多人都对突如其来的财富措手不及。而汪果华，是准备特别充分的，他是时刻准备着迎着财富的突然光临的。他做好了大富大贵的准备。而财富好像一直没有向他奔来的迹象。

我们去买菜。在工作紧张的时候，采购的任务是我和汪果华一起去完成的。在菜市场，他会趁我付钱的空隙飞快地多抓一把菜放在我们的菜篮子里。我们每次得手后哈哈大笑，像顽童一样。在这样的时候，我们并没有想太多的事，没有想到将来什么的。我们只是快乐地生活在我们清贫的日子里。这日子本身是清苦的。但我们却把它过得有声有色。

汪果华说，将来生意做大了，我们会是全海南最大的丝网印刷厂，我们要把分厂开到广州、上海去，当然在北京也要有办事处。我们要给人民大会堂印台布。汪果华常常是一副富甲天下的样子。到时候，我们都是功臣。来海南的每个人似乎都有自己的一个发财梦，但是有时候，也会把自己的梦寄托在他的这个梦里，跟他一起去成功。现在的成功，是一个我们谁也没有见过面的仙女，我们谁爱想成什么模样就是什么模样。

然而麻烦就是在最紧张的时候来到了我们中间。童老罢工了。汪果华一筹莫展。他来找我，司工，不是说你做思想工作是一流的吗！你去做做童老的思想工作。事情的源头是童老没有拿到许诺的工资，当时是说好了每个月给童老四千元钱工资的，可是都两个月过去了，童老没有领到一分钱工资。而童老家里的孩子来信催他寄钱回去。这本来是名正言顺的事。汪果华没有道理。我心里也憋得慌，我也没有拿到过一分钱工资，甚至没有谈到工资的事。来创业仿佛就是义务帮助他创业似的。这时我还没有学会怎样来保护自己的权益，在这里，花着我从内地辞职前的积蓄。毫无怨言地为汪果华的事业做着奉献。但汪果华对我说：我们不是困难时期吗？不说没钱，就是有钱也要投入到生产当中去。现在我是实在没有办法，你是文化人，童老信你的话，你去给他说说。

我觉得我就像个工贼一样，没有任何好处无端地站在了汪果华一边。我去的时候，童老正在那简陋的宿舍里咳嗽。他哮喘严重的时候，会发出拉风箱一样的声音。空气中有一种霉湿的气味，我叫了一声，童老。童老翻了翻眼皮，看了看我，没有说话。他看上去是一个又孤独又无助的病弱老人，一点也不像要闹事的工人。我觉得我的心里没来由有些难受。是的，这样一位老人，原本该在家里享受他的天伦之乐，可是他却不得不远走天涯，和我们这些年轻人一起来受罪。我都不知道怎样开口说话。倒是童老打破了沉默。说，我知道是汪果华要你来的。我也不是不讲理的人。家里正在进行房改，儿子说，一定要拿钱去，要不单位就要把我们家赶出来。工资是来时就讲好的，汪果华答应我一定会按时足额付我工资的，家里等着我的工资去救急。

我没有说话，童老的话反而多起来。他说，小司，你年轻。有些事你不明白。不过我也不明白。我老了，经历了太多莫名其妙的事。我们家原来在武汉是有些资产的。后来，要公私合营，要我们把所有的资产都给国家，消灭私有制。我们后来都成了国家的人。国家分了房子给我们住。现在一下子，国家又不把房子给我们住了。要我们买下来。要让它的财产成为我们的私有财产。我又不是贪官污吏，哪有钱买下房子。你永远也弄不懂他们会定出什么样的政策来。好在我老了，这辈子也快交代了。

风在阴湿的空气中吹过，让这炎热的海南有了一股凉意。我说童老，我觉得你的要求绝对的合理。只能说你所遇不淑，与我一样，谁让我们遇到了汪果华这样一个穷老板。我也没有领到工资。他的手头实在是没钱，但是现在公司的业务来了，钱，很快就会有的，刚才他答应过我了，只要钱一到，他立刻会把工资补给我们。现在罢工只能让我们的希望都破灭，我们现在和他汪果华都绑到了一条船上。我们只能同舟共济。童老怆然地长叹了一声：这些我懂，我也知道汪果华没钱。我只是太着急了，我也是没有办法呵。童老擦了擦老眼上的泪花，说，我这就去开工。

车间里动了起来，汪果华满脸堆笑地朝我走过来：司工，你真是有两下子。我感到他的笑有些奸，有些坏。觉得有几分可恶，便不耐烦地摆了摆手，没有理他。公司里这许多烦心的事情之外，有一件让我高兴的事在等着我，这便是，将印好的台布给香小凤的餐馆里送过去。我知道这样一件事对于我来说是一件温馨的事。我想着这件事会让我的心里有一个柔软的空间。我向往着这件事。

这是一个下午，阳光并不猛烈，我走向那个餐馆。那个地方成了海口市区里一个温柔的所在。我觉得我是满怀着温情走向这个地方的。高大的椰子树挺立在路旁，给人一种非常干净的感觉。那些集成团的椰子高翘着它们丰满的屁股招摇着，好像是随时要扑下来给人解渴的样子。

到茶香菜馆的时候，我看到的却是一副杯盘狼藉的景象。充满书香气息的茶香菜馆的牌匾被摔在地上。几张桌子掀翻了，棱在那里，地上满是杯盘的碎片，像是一场浩劫后的景象。香小凤眼里满是泪水，怔怔地望着这一切。

我走过去，问道：谁干的？她没有说话。我默默地帮她把地上收拾好。像收拾一片破碎的心情。她的泪眼梨花带雨。看上去像凄风苦雨中柔弱的小花。那个小女孩坐在地上，一脸的脏乱。

我牵着小女孩的手到后边厨房里的水龙头为她洗了小手和小脸。她还是抽噎个不停。我轻声安慰着小女孩。不知是我安慰的作用，还是她哭累了的原因。她停止了哭泣。我拉着小女孩的手在香小凤的旁边坐了下来。此刻，我感觉我不是那个业务员，我们之间不是什么业务关系，我跟她是一种亲情关系。

她也没有任何吃惊，仿佛我就是注定了要坐在她身边一样的。她说：他们是一群本地的烂仔。老是来这里找麻烦。

海南这地方，当要建特区的消息传开之后，吸引来的除了一些满怀着憧憬的所谓人才之外，还有大批的骗子、小偷、无赖，有人说，差不多全国的骗子都跑到这里来了。各色人等一下子拥来了，这里的社会治安一下子变得非常不好，有人当街就敢抢东西。再就是有许多的帮派开始在这里横行。湖南帮、湖北帮、乐东帮、东北帮、本地帮、四川帮……数不过来。我说，要不要我们去派出所报案。香小凤摇了摇头，不用去了，那是一个要钱所。比这帮人心还黑。

我把印好的台布给她放下。她说：今天的一点钱都被抢走了，明天我去银行给你取了钱送过去吧。我连忙说道：不用急。然后就赶回公司了。

公司里正是一片忙碌。不多的几个人四下逃窜。查暂住证的来了。余宏在门口远远地堵住我，你回来干什么？还不快走。我连忙往大街上走去。消失在人海之中，完全像个普通良民一样。海南这地方，成了特区，一下子就有了许多特别之处，从湛江开过来的轮船，一下船就会被查暂住证，要是新来的就要海南这边邀请你过来的信函和那边开出来的介绍信，要不的话，你就只能进收容所，等着用钱来领出去吧。每个人就是二百元。这个"特"，也是特别疯狂的"特"。基于这种原因，我对这个海南的印象一点也不好。

可是，我还是来到了海南。毕竟，它还是一块生长梦想的地方。

5

菠萝节终于还是过去了。之前想象着彩旗飘飘，焰火升腾，政要们在台上衣冠楚楚地发表演说的盛大场面我们却没能去现场经历。

菠萝节累坏了我们。我们在简陋的宿舍里呼呼大睡。而会场上，我们印制的彩旗正在迎风招展。四面是快乐的人群，谁也不愿意相信，这次盛会成了海南最后的一次辉煌。

巨大的成功也没有在我们准备充分的时间里袭击我们。从菠萝节这块大蛋糕里我们分得的只是一点残羹冷炙。它并没有像传说中那样给公司带来巨大的飞跃。财富它让我们失望了。我们这群准备好接受它考验的人列好了队它却并没有如期而至。顶多不过的是，我们在拿到钱后的那一天一起找一家大排档庆贺了一次。那一次，低廉的鹿龟酒让童老醉了一次。他终于拿到他的工资了。

所幸的是，公司总算能正常生产了。不至于像当初那样饥一顿饱一顿了。而我，照样做着那个在特区奉献的义工。当然，汪果华说得好，我们干好了，这公司既是我的，也是你的。到时候，公司几百万的资产，哪怕你只有百分之二十的股份，想想，那是多少钱，大丈夫目光要远大一点。我勒紧了裤带把目光放得无限远大，放眼全球，差一点就看到全宇宙了。小芸在公司里的时间也多了起来。在公司里，这个不大的女孩有时候像个大姐姐一样。她时常会和汪果华怄一点小气。汪果华因为有了一个总经理的名头，到外边总能结交一些不同的女孩。在有的时候，他看上去并不是那么太在意小芸。

香小凤倒是来看过我几次。一次是她送我们的印刷费过来。那时我正在看书。她一笑说："还是一小知识分子呢？"我有些生气地说，我不是小知识分子，是真的知识分子。她平时的时候，说起话来总是有一股很软的语气，让人听起来特别舒服，即使骂人我想她也会骂得格外好听。

我去她那里几次之后，就跟她熟悉了起来。我喜欢看她在自己的餐馆里走来走去，甚至喜欢闻她身上散发出的那股油烟味，有了这股味道，就让她真实了许多，她就不再是那个可望而不可即的偶像，而是一个有着凡俗味的可触可感的女人。那一天，在她那里喝了几瓶啤酒。小女孩已经睡下了。她浴后出来，美得如此让人按捺不住。我冲上去抱住了她。她也有一种久渴后的颤动。我们紧紧地抱在一起。我曾经有过女朋友，可是在香小凤这里，我觉得我得到了一种升华。她不仅能抚慰肉体，更能抚慰灵魂的孤单，我一直羞于出口一个爱字，此刻也感觉我是爱了。她的身体，如同波澜壮阔的大海一样，给人的是一种到骨子里的激荡。真是弄不明白她的身体里到底有多少双小手，它们总是灵巧地伸出来，然后是她花样百出的叫声，总是把我引领到爱与欲的极限。她叫道：天啦，天啦，天啦。

之后我们汗涔涔地抱在一起。一股轻微的汗酸味弥漫着。这是一种带着一丝酸甜味的汗酸味。她说，不讲讲你的故事？我说，不讲了，来海南的人，都是一些有故事的人。你也是故事造就了你精妙的技巧。太好了，前所未有的好。她几分含羞地笑了。两个酒窝在她笑的时候格外明显。她说，你也是太好了，你也是前所未有的好。她吻着我的嘴唇，用牙齿咬着我的下嘴唇说，我爱你。真的爱你。

爱人不问出处。我不想问她的婚姻，还有孩子的事。过去留给了她这么多东西，她告别了过去没有，这一切对此刻的我都不重要。我们远道而来，漂洋过海，海南，我们是期待过它给我们永远的，而它却是一个无法承诺永远的地方。这样的时候，海南的爱情只有热度没有持久度。

我会偶尔留宿在她租来的住所里。这是一套一房一厅的房子。整个房子的结构小巧而精致。香小凤是一个品位不凡的女人。看得出，她不是那种一般的小餐馆的老板娘，她有她的文化和她的素养。我说，看得出来，你出生于一个知识分子家庭。她说：你是不是想打探我的历史？我摇了摇头，没有这个意思。我只是想猜猜而已。完全是一时的兴趣。没有中心思想时代背景，也完全没有战略意义，如此一问而已。她说：你还是挺超脱的呢！是怕我缠你还是什么的？我抱住她，我说，我知道你不会缠我，你看我这样子，有缠的必要吗？一文不名，渺小得很。一点成功的迹象也没有。

　　谁说你一文不名了？我觉得你是最好的成长股，你是在成长中的。你的成长会是不可限量的。她在那里像是在自说自话，我的眼力是不会有错的。但是我就不同了。我在这里，也不是什么成功人士，一个小餐馆的老板。一个在生活的波涛中浮沉的人，可是，我却看清了这里许多所谓成功人士的嘴脸。不说了，在他们的世界里，所有的一切都与我们无关。

　　她常常摸着我有些瘦削的小肚。然后用她的肚子来跟我的比。她说，你看，我的小肚子上就有了赘肉了，你看你，一马平川的小肚子，就是一种青春和活力的象征，这里边没有装进钩心斗角，没有装进世态炎凉，也就没有装进什么坏水。一个隆起的肚腹里常常意味着装满了坏水。特别是男人肚子，有时会有财富和权力，但更多的坏水，往往是财富和权力的集合。我觉得我爱你，爱你的没有心机，爱你的纯洁。我在这样的一座城市里已经被这个世界污染了，你是来我身边给我心灵带来宁静的人。

　　但是我知道我自己是怎么一回事，我不是香姐所描述的那个纯洁的人。我知道我自己心里污秽和卑下的一面。有的时候，我不太敢看香姐的眼睛。对了，我差点忘了说了，从那以后，香小凤只让我叫她香姐。是的，从香姐这里，我感受到女人最温柔和最美丽的一面。我常常望着轻睡着的香姐。我不明白她的来路和去路。甚至不知道她到底现在还是不是跟谁在联络。甚至不知道她的家庭婚姻状况。但是我爱她，爱她那种神秘的沧桑，爱她那种淡淡的忧伤。爱，是与所有的东西都无关的。

没有利益的纠葛，没有未来的期许，没有婚姻的承诺。只是纯粹而简单地爱着。或者这只是一场借着爱情名义的欲望盛宴。

6

宏观调控的飓风向海南刮过来了。

最初我并没有太大的感觉。大楼里许多公司的牌摘下来了。大街上，一些正在热火朝天地建设着的大楼停下来了。业务越来越难拉，对海南来说，春天来不及展开，冬天就已经到了。

给我们带来最大影响的是，余宏跑了。他所负责的国有和内地一家银行合作的项目贷了一笔巨款，他拿了这些钱自己到国外去独自开展自己的项目去了。从此杳无音讯。好在他和我们这个油水不大的作坊式小厂没有太深的关系，只是我们这个小厂再也不能挂那个大公司的名了。我们又恢复为金卡拉丝印厂。

等到从忙乱中回过神来的时候，已经是秋天了。海南的秋天完全没有秋天的模样，它依旧是一副夏天的样子。张牙舞爪，狂躁不安。但是在傍晚的风中，还是有了一点点的凉意。这时才想到该到香姐那里去走走。

茶香菜馆已经没有标牌在那里了。门面上的招贴撕成了一条条。如果不仔细辨认，发现不了一点的痕迹。茶香菜馆，有过这个地方吗？而香姐，那个在梦中风情万种的香姐真的像个梦一样地消失了。

我脚步飘忽地回到金卡拉，童老的咳嗽声一声接着一声，历经沧桑的样子。他又在为他的工资担心了。汪果华据说是到广州去买颜料了。只有小芸还在这里透出一点活气来。小芸说：晚上咱们到白沙门去游泳吧。

　　来海口这么长时间，我还没到白沙门去游过泳呢。那时的白沙门，水清沙细，是海口最好的游泳所在。海边是一丛的海柳，还有椰子树，真的是非常漂亮。在傍晚的风中，我们手拉手用我们并不坚实的胸脯顶着海浪。背后的海口这座正在衰落的城市和我们自己看不到未来的人生让我们心生悲凉。在海边我们抱在一起，我们用身体取暖。我笑着说：小芸，你还是我的小师娘呢，吾爱吾师，吾更爱师娘。

　　小芸捏着我的鼻子：死司工，鬼才是你的师娘呢。

　　越来越多的人，像潮水一样退出海南。我们的厂子已经不会再有客户了。离开的时候到了。

礁　民

1

　　船在夜风中呼呼地往前。阿东一双眼睛在船上贼亮地望着远方。海浪像圈里的猪轻轻地打着呼噜。这样的夜是平静的。阿东的心里也是平静的。虽然他还在想上学，高中都还未读完，差三个月就可领到毕业证了。可是一到海上他什么都忘了。是父亲要他出海的。父亲有父亲的想法，父亲说：海风吹大的汉子才是真的汉子。可是父亲一辈子，也没见得有什么作为。海风只是吹黑了他的皮肤吹皱了他的面庞。

　　机器的声音响着，再就是螺旋桨拨动海水的声音。而这时阿东的心里却是一片安静。满天都是星星，星星也撒了满满一海，它们在海里跳跃着，像是小孩子在游戏。海的腥味铺天盖地，这是一种带着生命味道的海的腥味，不是那种在岸上时闻到的有着死鱼味的腥气。不是渔港的味道。是鲜活的带着深海活物的味道的海腥气。一种让人神清气爽、精神倍增的海腥气。而这种味道也不同于在阳光下那种炙烤人的闷乎乎的气味。这种味道带着潮润凉爽，带着鲜甜的少女的气息。

　　阿东不想到底舱去，那里阿亮几个人肯定是放开了在讲女人了。他们见的海太多了，他们对海是见怪不怪了。只有阿东的世界里，还没有成人世界的那些躁动不安。他的世界是单纯而美丽的。有这些美丽的热带鱼陪伴，有海上变幻不断的美景，这些就能让阿东感到满足。海是在夜里才美丽和神秘起来的。阿东以前出过近海，跟父亲在近海撒过网，夜钓过。他喜欢海，无边无际的海让他自在和舒畅。风起的时候，海上的灵物都动起来了。

雾气里飘着精灵们的身影。它们有时是一道白色的水汽，有时是一缕蓝色的烟雾。小时候睡在奶奶怀里的时候，奶奶讲过这些海上的精灵们。还有妈祖，这个美丽慈爱的女神总是在人们最需要的时候出现。风浪中和危急关头她就跑出来了。千万对这些精灵和神仙们要恭敬。

这样的海才是阿东喜欢的海。阿东不喜欢那暴怒的海。那时候，海就像个完全疯狂了的父亲一样，见哪个孩子揍哪个孩子。这时的海是慈祥的。海里有各种鱼。大多的鱼阿东还没有见过，有些鱼父亲也没有见过。大起来的鱼比船还要大。在有月的晚上，一种长着人脸的鱼会浮到海面上来唱歌。父亲说，谁也摸不透这海里有些什么。海里什么样奇怪的东西都不奇怪。海太大太深了。没有人能摸透这个海的脾气。

阿东听到船尾的甲板上有卜卜的声音。就走过去。这是飞鱼。它们跟在船尾后边飞，一不小心，就飞到船的甲板上来了。阿东拿了个桶，去捡这些飞鱼。飞鱼不是最好吃的鱼，可是用它红烧了给父亲下酒，也是香香的。捡好了飞鱼。阿东回到船舱里去。他看到父亲正在机舱里出来。

人们都叫父亲老茂。这时候的灯光下，阿东觉得父亲的头发白得刺眼。大半辈子在海上生活，他的头发过早地白了。只有在海上的时候，他才敢让白头发肆无忌惮地晾在海风中。一旦回到岸上，他一定会用箱子里的染发剂精心地把头发装饰成十多年前的样子。要找到一点当初年轻时的风采。

父亲看到阿东进来。黑着的脸上看不出任何表情。说话的口气有点严厉:"不要一个人夜里到后甲板去!"

阿东没有说话。侧身进了窄窄的舱室。

阿东跟父亲一直不是太亲近。没有什么话。看上去不像是一对父子。倒像是两个男人。一个小男人一个老男人。

父亲可能是觉得自己太冷了点,补了句:"一个人在后甲板,不知会出些什么事。"父亲转身去忙自己的事去了。阿东把鱼桶放进用来装鱼的冰柜里,嘟囔道:"会出什么事呢?"还没说完,自己的汗毛先是一竖。

就是他听到的在后甲板出事的,就太多了。去年,也是往南沙群岛去的阿宝,在后甲板,谁也不知道是怎么没的,第二天船上的人出来的时候,不见了阿宝。有人说,他是被海里的怪物拉下海里去了。还有一个临高过来在0487船上做工的小伙子,同伴看他走向后甲板,一个疯狗浪冲过来,就把他拉下去一下子就没有了。

不说海里的怪物,单说这疯狗浪,海里风平浪静的时候,没有一点征兆,一个巨大的浪头突然袭来,然后又一下子风平浪静了。像一条疯狗,突然咬人一口,就走了。大海,有的时候其实是不可理喻的。这种时候,它不像个爷们倒像个泼妇。阿东想到自己有了这么个绝妙的比喻,忍不住笑了。

阿东这时想,学校里又会是一种什么情景呢。那些同学们都在努力地学习,两耳不闻窗外事,谁也没有想到他此刻正对着无边无际的大海。他们要去考大学,他们要去挣他们光明的前途。谁的路都是路,他知道。踏出学校大门,他就永远也不是一名学生了,就成了一个渔民。他心里有点难过,内心深处有一点点酸楚。酸楚有什么用呢,再说,只有蚂蚁才一天到晚酸楚呢。同人不同命,每个人就要按每个人的命去走呵。

记得出海前,父亲准备好了一些拜祭的用品带上船,这是一个扎了红丝带的猪头,还有香烛。父亲神色庄严地朝四方拜祭四海龙王。拜祭兄弟公和妈祖，船头公公，船尾婆婆，机舱哥哥。口里念念有词：亲人平安归来，鱼虾大汛，生意兴隆。要诚心地说，东去东有，西去西就。

这样出远海跟出近海是不同的，一次的远海，是一次风险莫测的远征。拜祭诸神，是祖宗留下来的规矩。

他们是去南沙群岛呵。

世代相传，在没有机动船之前，海南的渔民总是乘着东北风到南沙。然后又于次年乘着西南风返航。在一些小岛上，他们建棚而居，挖水井，种椰树、香蕉、地瓜和蔬菜，还修建地窖，用来存放海味干货和粮食。把那里当作自己的家来经营的。

阿东听讲爷爷那辈专门用来出海南沙的船是双桅船。每条船上装有罗盘，以指明方向。罗盘放在一盒子里，盒子里放一盏灯，因此，罗经又称为火表。他们以一个状如秤砣的铁砣用绳牵拉来测量水深，名叫"打水托"。检查水流时则把炉灰捏成饭团状，抛入水中，如果炉灰团只溶解一点点就沉下去，说明水流正常，如果很快溶解或被冲走，说明水流不正常。渔民出海时点香计时，以香枝算更。一更约等于10海里，因而更既表示时间，又表示里程，渔民们把他们在南海的这些航行记录编成《更路簿》，代代相传，指导航行。

在《更路簿》里，南沙的每一处岛礁洲滩都有海南渔民形象而直观的命名。太平岛叫黄山马，另外的名字，像大铜铳、眼镜、铜钟、鸟仔峙、鱼鳞、双门、断节，这些口语化而且形象的名字，像是这一个个小岛的昵称，念起来都有一种亲切感和一种不加掩饰的喜爱之情。海南渔民把他们对南沙的爱，也倾注在这些名字上了。

2

天亮的时候海上浪大了一点。判断浪有大小的分界点是看海面上有没有白头浪。所谓白头浪就是浪大到浪头形成了白色的浪花，到这种时候，这样大小的渔船最好是找个避风的地方去抛锚等待。大海要来脾气的时候，所有的船都是大海的小玩物。还是不要被它捏碎了的好。

父亲说："把船里收拾下，防浪。"

阿亮也上来了。

阿亮和阿东一起做防浪的准备。这准备就是，把那些平时看起来乖乖的物件全部囚禁起来，电视机呵，热水壶呵，桌子椅子呵。起浪时，要不绑好它们，它们就一定会做出些自杀性举动来，往地上跳，往墙上撞，更离谱的是，它们会往人身上撞。像一些发疯的婆娘。箱子硬物就让它待到地上趴着，用绳子拴着，在一些有角的地方裹上布片或纸。

他们在驾驶台的仪表上看了一眼，这时已经过了北纬十二度，这里进入南沙的地界了。在这苍茫海天之间，识别方位只有靠仪表了。经纬度就是它们的地名。南沙群岛在我国南海南部，是我国南海诸岛四大群岛中分布海域最广，岛礁最多，位置最南的群岛。

阿东在书上看过，它由大大小小200多个岛礁沙洲滩组成，据说从高空看上去，它们就像南海上一堆珍贵的珠宝，有手镯一样的环礁，有串珠一样的群礁，有翠绿的宝石，还有独岛，在阳光下闪着钻石般的光芒。

阿东的爷爷的爷爷的爷爷，祖祖辈辈，就一直是在这地方捕鱼的。五彩的珊瑚，硕大的海龟，五彩缤纷的热带鱼，还有海底的沉船和金银珠宝。关于南沙的故事，村里的老人们是怎么讲也讲不完的。

"火头工"阿平在叫吃早饭了。船上所有的人都聚在一个小饭桌上，每个人的肉菜都用小盘子分好，白酒是"海岛白"，海南产的烈酒，去风湿。在海上不能贪杯，一两杯酒下肚，当作开胃用。船上的分工很细，一是船老大，父亲就是这个船的船老大，二是大副，阿亮，三是轮机长，轮机长负责机器维护及收网。

这条船是拖网船，下拖网有两种方法。一是半浮网，这种网是拖中上水层的鱼类，由于没有接触海底，捕上来的鱼很干净，能卖个好价钱，船很轻松不会耗多少油，可是不怎么高产。二是全拖网，这种网上中下层的鱼、虾等都能捕到，缺点是由于接触海底的污泥，鱼看起来很脏，鱼鳃也含着泥巴，价格总比半浮网便宜一点，还有，海底下面有很多看不见的东西，比如说岩石、沉船等，经常弄破网跑掉鱼，船很费油。

阿东知道自己在海上还是一个生瓜蛋子。

海上的功夫那可不是一朝一夕能学成的。捕鱼的方法都多得不得了。有流刺网作业，流刺网网眼大，只捕大鱼，不捕小鱼；流刺网捕鱼每次都要看洋流的流向，网撒入海中，根据洋流的方向自由地漂移，鱼儿随着水流撞到网上，最后再收网。指挥的人要像鱼鹰一样精明才行。鱼也是有智慧的，跟鱼斗不是什么轻松的事。还有灯光围网，要选择好天气的深夜，用几十个甚至上百个一千瓦的强光灯照亮海面……靠着灯光，把附近的鱼都吸引过来，然后再进行捕捞。最难的潜水捕捞，没有潜水衣，没有潜水镜，一个猛子扎到海底，就凭着一口气在海底待上三五分钟，去捕捞海产品。还有手钓，一根细线，一端系着指端，一端系着鱼钩，完全凭手的感觉，和几百米以下的鱼来对话。

船终于能看到美济礁了。海南渔民把它叫双门礁。它只有一大一小两个天然的口门可以出入，除这两个小口之外，它就是一座封闭的环礁。

阿东最先望见它时，它还只是天边的一道浪线。千万年来，浪就这样打着，而千万年来，珊瑚就这样在水面之下缓缓地生长着。

船慢慢驶近时，阿东看到了黑色的礁盘。以及礁盘中间那汪翠蓝的海。面对美济礁，才想起古时石塘的说法是多么形象。这真是海的中间的巨大的塘呵。四面的环礁把外面巨浪大涌都挡住了。泻湖外，两三千米深的海水是墨蓝的。而平均深度二十米的泻湖则是翠蓝的。泻湖里边风平浪静。在大海中间，这里是一个天然的避风良港。多少出海的渔船正是在这环礁的荫庇之下，躲过了灾难之手。

阿东觉得自己被这大海感动了。这里真是渔民的福地呵。美济礁的功绩，也许只有海南渔民在他们代代相传的故事里会流传下来。

这个时候，天有些晚了。礁盘里的那个口这时要是闯进去会不太安全。反正也风平浪静的，晚上他们的船就靠礁盘泊下了。

那天晚上，海平如镜。阿东觉得自己的心境亦平如镜，傍晚时分，坐在船头，极目四望，澄明的天空，海水随着阳光的退场也深沉起来。海风吹来，天幕上繁星点点。他的心在这样的时刻里格外放松和宁静。云烟及往事，在这样的时刻会淡淡地浮起来，虚无得如同水面上的一缕薄雾。生命，原可以如此闲适，所有的东西都可以在此刻放下。

偶有流星划过。夜色下，海面波光粼粼，像纯洁而湿润的眼睛。美得像童话故事的背景。有点如梦似幻。

他记起小时候，坐在故乡的湖边，将一双赤脚放在湖水里，以双脚为饵来逗引小鱼，安静地看着夕阳像巨大的车轮，一点一点旋舞着降落，天际线渐渐闭合，终于水天一色。在升腾的炊烟和夜色中，远远地传来母亲唤归的声音。这宁静的南沙时刻，让他想起了儿时那种温馨和暖意。

美济礁的星夜将生命的调色板调得澄澈明丽，每个人仿佛能看见自己的灵魂。阿东凝视着远方，天空包围了大海，它们温柔地偎依在一起。风轻轻吹来，思绪化为淡淡的云朵，不断若隐若现地向海天的远处飘去，像一圈又一圈无限扩散的波纹，澄澈地倒映出思想的深深浅浅。在这寂寞深海之上，一切都被染成了蓝色。也许，岁月是人们身后历久弥深的怀想，在宁静的时刻，总是会浮上思想的海面。

在这孤独的海上，他一点也不觉得孤单。颊边有海风，耳畔有海浪，空中有海鸟，脚下有海贝，他知道还有不眠的水面鱼在跳跃，漂亮的珊瑚鱼在睡觉。大海，此刻是如此鲜活……

3

美济礁上，礁盘中间的泻湖里，有了几十个网箱，最好的海水，养着名贵的热带鱼。这里多了一些常住的渔民。那些人，大多是阿东的老乡。

那些搭建在海上的渔排，像一个小小的海上村庄。这个村庄在海波的荡漾下轻轻跳动。是一个会跳舞的村庄。可以坐在渔排上钓鱼，也可以在那里看书喝酒。如果风平浪静的话，这真是一个世外桃源。充满着诗情画意。

太阳红红地从海面上升起来了，血红血红的。把整个海面都映照得红红的一片。船上的那些懒虫们还没有起床。经过三天两夜的航行，这些家伙们是累坏了。

阿东看着早上的礁盘。礁盘里渔排上有人走动了。是在给鱼喂食。在美济礁养鱼，他们要养出全天然的野生鱼出来。海水是纯天然的，每天的潮起潮落，提供着最新鲜的海水。他们完全不用饲料，饲料要是从陆上运来，那就太麻烦成本也太高了。他们的饲料就是用几艘专门的渔船到海里去捕。这些鲜活的小鱼来养那些名贵的大鱼。阿东随过来的船就是专门用来捕饲料鱼的。

父亲走过来。低声说："叫他们都起床，进礁了。"

其实也不用阿东去叫。这时几个人都陆陆续续上来了。

美济礁是有两个口子可以进去的。这个西南口稍大一点，可以开大点的船进去。另一个南口只能开着小艇进去。进盘的时候是老茂要亲自操作的。稍有不慎，船会碰在礁上的。只见老茂先是去船头仔细观察了一阵。又抓起一把炉灰，扔进海里，这是在看海流的流向和海流的流速。然后父亲站在舵盘前，像个将军。只有这个时候，父亲看上去才是一个顶天立地的汉子。不再是那个看起来有些疲沓的男人。

船往外开了一会儿，绕了个圈，海水被船头静静地分开。海似乎永远是一样的海。但只有阿东知道，海上实际上也有不同的花的，那些大大小小被船溅起的浪花其实每一朵都是不一样的。浪花有浪花的呼吸，它和鱼儿们心心相通。阿东觉得自己能听到浪花说话的声音。

船找了一个能对准礁口的地方，直直地开进去了。

里边渔排边停着的另一条船，跑出几个人来，站在甲板，向他们挥手，嘴里兴奋地哇啦哇啦叫着。他们这些礁上的居民，可能好久没见过外边来人了，高兴得什么似的。这几个人有村里人，也有阿东完全不认识的。

阿敏和阿龙是阿东认识的，但平时阿东在上学，跟他们打交道不多。中间隔了上十岁，平时也玩不到一起。现在不是说三岁就有一条代沟吗，他和他们之间，不知道隔了几条代沟呢。阿东见到他们也不见得有多兴奋，只有阿亮，狗一样地扑上去，和他们抱在一起。

阿敏说："你们再不来，我们要憋死了。两个月没吃青菜了，满口的泡。"

阿亮说："怕是想女人想的吧。"

阿敏打了他一下："你个鬼的！"

反正也没有什么东西要搬运的。他们来到这里，也成了美济礁的居民了。要去捕鱼，养鱼了，也没有什么可以客气的。但是中午要来次聚餐是不可少的。随船带过来的青菜和猪肉他们这些在这里驻守的人两个月都没有尝过了。

阿亮鬼鬼祟祟地不知从哪里掏出两张碟片来，上边花花绿绿地印着光身子的女人。"给你的好东西，你一个人在影碟机上去看个够。"

阿东想伸过头去打探，阿敏早藏起来了："你不要看，少儿不宜的。"

阿亮大笑起来，又邪邪地对阿敏说："你不要经常看呵，看起来太伤身体了。"

阿东便不再理他们，去了船头。

风平浪静时的美济礁，是湛蓝和辽阔的。揉碎的阳光平铺在幽静的海面上，海面泛着一片片的金光，色彩绚丽地卷着瑰丽的光芒，斑斓地流泻到天际。柔柔的海水低吟着，像一阵微风拂过琴弦那样，发出微微的颤音，平静而祥和。

阿东很快喜欢上了这美丽的美济礁。硕大的礁盘内，平均海深二十米左右，潜水下去，那真是一个童话世界。这是鱼儿们的家。四周的礁壁就是这个大家的围墙。每天退潮的时候，有两个小时左右，礁盘是露出水面的。

赶上落大潮的时候，在退潮之后的礁石上小心翼翼地穿行，让阿东觉得特别新奇。

礁盘是大地最隐秘的肌肤，平时，总是穿着海水剪裁成的各式衣衫。而只有在很少的时候，才将它裸露出来。这是怎样一种羞涩而有限的裸露呵。甚至来不及让人仔细地打量，就迅速地掩上了衣衫。

这块秘不示人的肌肤是如此的细嫩。它上面长满的全是珊瑚，如果不小心，一脚下去，就会踩死一大片珊瑚。得小心地踩在珊瑚沙上才行。这时候，大海会不经意地把它的珍宝展示出来。有时是海龟，巨大的海龟在礁盘上笨拙地爬行着。有时是巨大的蒲鱼，长着扇面一样的身躯，搁浅在礁盘上，眯着眼等待潮涨。千万不要去碰这看上去有些呆头呆脑的家伙，它的尾巴可是有剧毒的，被它扫到，严重的，足以致人死命。八爪的章鱼懒洋洋地摊开在礁石上。海鳗则躲在礁洞里探头探脑，这时候，它可以非常轻易地捉到那些游不动的小鱼，一口一个，像在吃着精美的小点心。

虎斑贝在缓缓移动着，珍贵的砗磲，也在泡沫中伸展着蓝色的贝舌。砗磲是贝类中的巨无霸，幼时，它寄生在礁缝中，以度过它脆弱的幼年时期，等到大了，它才挤出礁缝，在海底进行它缓慢而漫长的生命历程。砗磲最大的能长到几吨重，里边真的可以建成贝壳屋了。各色的小鱼，在礁盘的积水上追逐打闹。五彩缤纷的扒皮鱼，顽皮的小丑鱼，鲜艳的小石斑，憨憨的小海参，大小不一的海星星，还有海葵，一丛丛紫色的绿色的，像一簇簇在春天里开放的花儿。而当水刚到脚背时，会有一群群的鹦鹉鱼，冲到礁盘上来觅食，它们露出翠绿而鲜艳的背鳍，箭一般地划过礁盘。

露出水面的礁盘是一个热闹非凡的世界。而礁盘的边缘，风席卷着海浪吹打到礁盘边形成巨大的浪花，涛声特别大。哗哗地响着，为这个热闹的大舞台伴奏。

那些生命的声音包含了太多的内容，阿东想，我们真正能明白的真的太少太少。千百万年以来，这里发生过什么，也许只有身前身后的这片海才知道，也许只有深海里的鱼才知道。那些鱼，藏在深深的海底，聆听着世界万物的声音，能清晰地听见每一个泡沫所唱的歌。

大海，也许是因为包含了太多的故事而变成了内涵丰富的蓝色，站在礁盘上，泻湖里是浅海，阳光探入清澈的海水中，把海底映成翡翠般交织在一起的淡绿色、淡蓝色、淡黄色，这片明丽的蓝色里有着众多鱼儿的家园。这家园存在多久了？谁也无从得知，也许它见证过无数的起落、兴衰，见证过各种的灭绝和再生。在永恒的自然面前，每个个体的人显得格外微不足道。甚至人类的历史和文明，在它面前也不过是转瞬即逝的泡沫。礁盘的外面，是四五千米的深海，大海是博大的，在汹涌激荡的波浪下面，它沉睡着，沉淀着幽远的梦和遐想……像一面瓦蓝的镜子，映照着时间的投影。

而当天色渐渐向晚，站在礁盘上看着夕阳西下，那种感觉似曾相识。在金波摇曳的海上，夕阳最后的惊鸿一瞥，那耀眼的金黄色仿佛注入他生命的深处，在这一片奇异的安谧之中，他看见了自己的来处和去处，看到纯净的暗蓝色包容了这世界的一切。

乘着小艇在月夜里钓鱼，冒着烈日在礁盘上赶海，看着水面鱼群围着他们渔船的灯光跳舞，目送海豚结成队列从眼前走过。甚至会有巨鲸，会闯过来与他近距离接触。在海上，它威严的黑色的身躯令人凛然生畏。

美济礁，这片乐土，带给阿东的是无限的惊喜与新奇。

而更神秘的则是海底的世界。海水是透明的，在泻湖里，只要潜下去，透过潜水镜，水底的一切历历在目。在此处，用任何言语来形容眼前所见都苍白而没有生气的，这像是另一个空间，一个人们从来不曾到过的世界，像是童话和梦幻。在他的身下，是斑斓的珊瑚和五彩的鱼群，在海流中轻歌曼舞的海葵和海藻，在礁丛里兀立的海柳。这是一个千万年来没有被打扰过的世界。

阿东和他的伙伴们所在的泻湖，虽然一般不露出水面。算是一块低底，但从海底来看，它算是海底世界的一座高山。美济礁其实是一座硕大的死火山，而泻湖就是火山口，火山口边缘高出的地方，由于珊瑚的生长成了今天的礁盘。南沙群岛的大多数岛礁，都是早先的火山口，正是这些火山口，有的像手链，有的像手镯，成了我们祖国安放在南海上一个最珍贵的百宝箱。

但是在海底，阿东看不到那火热的喷发。一切是这样宁静和美丽。礁盘上有洞穴，有深沟，有盆地，洞穴里，深不可测，各色的鱼儿悠闲地在里面出没，而盆地里，海底是白色的珊瑚沙，许多的鱼儿，穿着艳丽，在那里恬逸地游荡。

再往礁盘的外缘游过去，出现在眼前的就是深不见底的深海了，发出幽幽的蓝光。能看到各式各样的热带鱼在那里穿梭迁回。而礁盘的向海坡，则是一面万丈深渊的悬崖。近处，能见到参差交错的向海坡，是如此坎坷不平，真实而深邃，像是重峦叠嶂的山岭，有着无数的峡谷幽豁，美得让人屏声静气。远处，不知是什么鱼，或者是哪种微生物，施放出一种絮状物，在蓝色深幽的海里悬浮着，像是在山坡上飘浮着的白云。白云苍狗的感觉，在这深海之中，竟然如此贴切。阿东突然发现，在此时，自己是多么的渺小……

4

新奇过后，美济礁的日子，就平淡地展开了。这里的空气，闷湿闷湿的。船上的人，开始计算要回去的日子了。在美济礁，他们也只是临时居民。一天到晚在海上波动，总觉得这日子没有根。

美济礁并不总是蔚蓝宁静的时刻。

当潮起的时候，阿东感受着它那高涨的情绪，看着它那如细雨、朝雾般的飞沫在空中升腾，他的心随着它的变化而飞扬。那如花绽放的海浪，此起彼伏的波涛，跳跃着、追逐着，陡立起一道道水墙，像一匹匹脱缰的野马，奔腾呼啸而来。又像浩浩荡荡的大军一样，滚滚奔赴远方。那声音如战鼓，充盈着整个世界。海水疯狂地汹涌着，打着卷流向南方。像在演奏着伟大的乐章！

无论是潮起还是潮落，阿东站在甲板上，看到的都是海流滚滚地向南流去。他不知道是不是他的错觉，他总觉得这南中国海的海流，永远这样一直滚滚向南，不舍昼夜，没有回流的时刻。

可是出去捕鱼的时候，再看这些海浪的时候，就再也不是这么诗意的感觉了。

那次他们把船开出礁盘去捕鱼，碰上了头一次大风浪。平时温柔的海风此时呼啸着刮来，吹进阿东眼里竟然有酸痛的感觉。大海仿佛是愤怒了，山一样高的海浪向着船头扑来，茫茫的大海灰蒙蒙一片，船上不断地有没稳固好的物品掉到甲板上，噼里啪啦地响，一片狼藉。船身侧摇达到45度角，有时纵摇弄得螺旋桨打空，发动机发出恐怖的声音。

站好了马步都无济于事，被晃得七荤八素的。父亲死死地把住舵，迎着风浪前进，神经绷得紧紧的，就怕稍有懈怠把不住船舵让狂风骇浪把船掀翻了，在这样的天气落水就意味着死亡。

强风好像随时能够冲垮一切，更别说跟随它而来的滔天巨浪。远处海面腾起的黑雾，让人觉得既迷离又震悚，一股死寂般的静谧突然地出现在船的周围，所有人都无一例外短暂地听到了自己加速的心跳声——扑通、扑通，那种感觉就像空气突然被一种怪力抽光了似的，竟连风声都异样地暂停了！

然而，这种怪异的死寂感只不过持续了一瞬，随后便是铺天盖地的，仿佛从任何方向吹来的狂风在耳边肆虐起来。狂风从压得极低的黑色云层中咆哮而出，紧接着就是一道巨浪。

船在海里挣扎，前面的路像被堵死了一样，就像是一堵石墙挡着去路。海面被狂风、巨浪、大雨、浓雾霸占，巨浪如小山般一座连着一座，汹涌澎湃，翻腾不已；海水仿佛被煮沸了，又被狂风挟起，挟着无比的威力砸向甲板。

渔船在大自然面前是多么的渺小，根本挡不住那么大的风浪。但大家心里都忘记了害怕，不断安慰自己，没事的没事的，就凭着这种信念，他们在这种坏天气下苦撑着回到了礁盘。

船在美济礁晚上不下网漂流的时候，大家就打牌或者看录像。有的人就钓鱼。没菜喝酒就去钓吃屎狗，这种鱼学名叫泥猛。它什么都吃，船上人拉的屎都吃。有些人晚上钓鱿鱼，钓鱿鱼不是每个人都钓得的。要有耐心。

在南海上，一网下去，拉上来是什么很难说，有一条船就曾经捞上个机器人，有一条船捞起过海底的瓷器和珠宝金条。还有一条船，拉上来个半鱼半兽的怪物，冲着他们龇牙咧嘴，吓得他们连网一起扔到了海里。

风平浪静的夜晚，海上宁静安详，星星特别明亮耀眼，偶尔还有调皮的海豚欢快地在船四周来回游动，好像在邀人游戏。阿东觉得自己是喜欢上了这里的生活。这里常年高温，可是不到烈日下去也不会太觉得热。空气里的水汽重，习惯了就好。

让阿东不习惯的是不能洗澡，美济礁的水到处都是，可海水却不能洗澡也不能饮用。在这里淡水比任何东西都贵重。在这里淡水仅用于饮用，能不用淡水的都尽量不用。漱口、洗脸和洗澡等一切都用海水。洗海水，身上黏糊糊的，洗了等于没洗，睡觉的床铺都可见到白花花的盐渍。

想洗澡只能盼下雨。在下雨天让雨水冲淋就算是洗了个畅快的淡水澡。下雨天是礁民们最高兴的日子，也是他们最忙碌的时候。这时必须搬出坛坛罐罐来盛水储备日后吃用。

如果事前预知要下雨是最好，这样就可以把接雨水的器皿提前准备妥当。如果半夜下雨，尽管手忙脚乱也仍然要起床冒雨接水。

接雨水的最好地点是空甲板上。把接雨水用的帆布铺开，在帆布的每个角边都竖牢一根木柱，把帆布四个角分别系到四根木柱上，约有几十公分高，使帆布的四边高中间低。每次下雨所有的盆、钵、碗都要尽量盛满。

阿东不明白的是，有时候下雨了，阿亮和阿敏他们并不像他一样冲出来洗澡。阿亮见他还穿着三角裤来到甲板上洗澡，就笑他："你穿个鸟毛，尽管脱光了洗，在美济礁，母猪也没有一只。"

阿东喜欢好天气的夜晚开着船到另外的礁里去灯光捕鱼。这样是有些危险的，原先的时候，这里的每一个岛礁都是海南渔民自家的渔场，随时都可来。可不知什么时候，一些外国军人侵占了我们这些岛礁，不让进去了，有时要进去，只能用点物质来贿赂一下占岛的外国士兵，猪肉，酒呵，好的鱼呵，都是些比较珍贵的东西，这样才能进去捕捞作业。运气不好的时候，人家一拉枪栓，不让进。有的渔船在这些地带还被一些武装人员劫船杀人。这些据说是不明身份的武装人员干的。这是最惨的。

还有就是被那些外国军队抓走，说是进了人家的领海。要在国外受审，要去坐国外的牢。阿东家有个亲戚就到国外坐了三年多的牢。现在这年月，出海捕鱼这个高危行业除了老天爷的危险还有那些小国家的武装人员的枪口。

阿东喜欢这种冒点险的活动。

月白风清的夜里，真的是好夜呵。要是没来过，你永远不会想象到低纬度地方的海会平静到什么程度。海平如镜。而这墨绿的镜面上，微风吹起的皱面就像一块一块的平展的丝绸铺展在镜面上。这时的海是多么安详呵。

突然，船上的诱鱼灯一开，清澈的海水里，各种各样的鱼儿在游动。伞形的鱿鱼一张一合地游动，它是个臭名昭著的猎食者，瞅准机会对小飞鱼发起突然袭击，千钧一发之际小飞鱼展开双翅腾空飞起，水面只留下一朵朵涟漪。留下丑陋的鱿鱼在那里发呆。而那些小小的沙丁鱼，是密密的一群，它们在海里，时而是一个巨大的球状，时而又呈扇形。它们是一个巨大的团体操的团队。这千军万马的鱼群是这样的壮观。它们倏忽地变幻着队形，而这巨大的团队引来了猎食者，这些大点个头的鱼在这个鱼阵里冲撞，每一次都掠走一些小鱼。

炫目的光亮吸引着水下的鱼群。灯光围捕捕捞的鱼都是些喜欢出风头的水面鱼，这些沉不住气的鱼呵，它们见光而动，鲐鱼长着一副平庸的面孔，它也耐不住寂寞，鳀的身材修长，想是要在灯光里秀一下自己的泳姿，长着长长嘴巴的尖嘴鱼，它有一条鸭子式的嘴巴，抓起小鱼来也不含糊。

这些在水面上活动的鱼，就像是扑火的飞蛾。它们向光的习性，让它们天生就有一种悲剧的命运。

阿东有些忧伤地望着海面。

其实灯光围网是一个挺轻松的活儿，只要开灯放网，大家就可以进渔舱休息了，一旦有鱼群入网，船上的鱼探器就会有提示。

渔船船身安装了许多白炽灯，犹如游船一般。像是一条花船。船身上层共装有 30 盏 2000 瓦的白炽灯，船下还有 10 多盏 2000 瓦和 4000 瓦的白炽灯。海水里的景观真是壮观呵。阿东正叹着的时候，探鱼器响了，阿亮他们不知从哪个角落里纷纷跑了出来。拉网了，呼啦呼啦，鱼儿们在网里跳着，这些干干净净的鱼呵，五颜六色，非常漂亮。它们在网里叫着，跳着，还是不情愿地做了俘虏。

把满是鱼的网拖上甲板后，先把网底部的接口解开，"哗啦啦"地落下满满的一大船鱼来，各种各样的鱼都有。

有珍贵的石头鱼，这是很少见的，还有龙虾，这也是灯光围网的稀客。秀气的苏眉鱼，落网之后的姿态也是优雅的。

最怕的是遇到"吸水天龙"，吸水天龙是渔民的叫法，它其实就是海上龙卷风。那天他们正在作业，阿平忽然叫起来。看，吸水天龙！

只见远处低垂的云层里，一条黄色的上粗下细的管道像是在海里抽水。要说叫吸水天龙真是太形象了。好在这个"吸水天龙"是在远处，可以当作风景来看。要是近距离遇上"吸水天龙"，在它旋转经过的地方一万人中能活着一个人已经是奇迹了，"吸水天龙"最恐怖的是它没有任何预测和规律性。它可能突然间出现。

一般不是很大的"吸水天龙"，都能将周围十多海里的海水全部旋转着向天上冲到白云间。再大的船只一接触它，就会被海水旋转起来冲撞成碎片，向天上卷去，人还能活着吗？

在剧烈摇摆的船内吃饭是件很困难的事，有时明明伸出筷子想夹自己要的菜，结果船一晃，就夹到了别的菜盘子里了。

5

阿东常常自己驾着小艇在这个礁盘里穿行。

这是个由椭圆环礁围成的海洋泻湖，面积约 45 平方公里，礁盘内水深 25 米，全年水温为 29℃，盐度不变，无污染，海水透明度高，是天然的优良"鱼池"。平常的日子里，船在美济礁泻湖内宁静的气氛中如同泊在西湖，而礁外却因为海深上千米，无风三尺浪。

这里养着老虎斑和军曹鱼。这是两种比较名贵的鱼种。用的饲料就是在美济礁附近捕捞的鲜杂鱼。

阿东最喜欢在渔排边上看那些鱼在里边游动。早晨的时候，阿东过来喂食，那些鱼熟悉了阿东的脚步以后，只要阿东一出现在渔排边上，那些鱼就过来，有的还跳出水面，像是对阿东在举行隆重的欢迎仪式。

阿东在养鱼之余，最大的爱好就是钓鱼。

一个月多了，美济礁这个礁盘里，哪个地方有什么鱼，哪个时候到哪里去钓什么鱼，阿东可以说是再熟悉不过的了。差不多已经像熟悉自己的手纹一样熟悉了这片海域：西南口的金枪鱼，南口的大石斑，西边礁盘上的大海鳗。

海上钓鱼，特别讲究技巧。它跟鱼塘里钓鱼不同，你不知道有什么样的鱼会上钩。大的鱼，翻滚扑腾，足以把钓鱼的小艇弄翻。人和鱼，有时进行的是生死搏斗，弄不好，钓鱼人会葬身鱼腹，一下子成了鱼的晚餐。

那一天晚上出来，阿东感觉到有点不对劲，虽然这时海上美得如同梦幻。

海水在最后的阳光下反射着柔和的橘色的光。天空又蓝又远，清澄如洗。微微泛白的浪涛和天空融成了一片。他觉得非常美丽。但又觉得有点怪异。美济礁的天，非常的蓝。这是一种不可名状的蓝，蓝得丰富，蓝得慷慨，蓝得澄澈而光亮。蓝天上聚散着白云，云的形状变化多端。聚得厚重时如羊脂玉，边缘似刀切斧砍般分明；散开去就轻淡如纱，显得很飘然。

阿东的心里有点忐忑。正是在这忐忑之中，天黑了。半圆形的月亮正在徐徐下降。淡淡的月光马上就要消失在天边的迷雾里。乌云从东方卷来，已经掩盖了大片的秋夜晴空。

阿亮三十五岁，算是资格老的渔民了。个子不高，脸晒得黑黑的。话不多，说起话来会有些怪话。但是海上的活儿，绝对是一把好手。行盘、潜捕、灯围，样样拿手。就因为这样子，阿亮在渔排上算是一个小头目，算是中国最南边最基层的官了。

这时候，突然一阵风吹来，一片乌云从北部天边急涌过来，还伴着一道道闪电，一阵阵雷声。刹那间，狂风大作，乌云布满了天空，紧接着豆大的雨点从天空中打落下来，打得渔排啪啪直响。又是一个霹雳，震耳欲聋。一霎时雨点连成了线，哗的一声，大雨就像塌了天似的铺天盖地从天空中倾泻下来。

80 口深海网箱，往常稳固得像平地一样。21 日凌晨 6 点开始，渔排上的 7 名工人感觉到渔排在剧烈摇晃，随后几个小时内，固定渔排用的 30 多根缆绳，被一根根扯断，沉闷而巨大的"嘭嘭"声，听得工人们心惊肉跳。

渔排下边是固定的锚链，锚链嘎嘎作响，渔排是一种随时要挣脱的样子。这时阿亮还是没有太在意，与他同在一个房间的是 56 岁的龙叔和 17 岁的阿东。三个人住在同一个渔排的小房子里，他们趴在窗口东拉西扯地聊天，对于曾经在海南经历过无数次台风的他们来说，他们觉得没有什么大不了的。

海水涌动不安，似乎在逐渐地沸腾起来。一浪接一浪的密集的海浪让人觉得大海已经开始不耐烦了，想要迫切地发出呐喊，发出咆哮。海面上不知道从哪里漂流来许多的杂物。在绳索的帮助下，阿亮要到外边去看网箱。海水涌动得越来越激烈，将渔排推动得一高一低的，似乎随时有倾侧的可能。突然间，黑暗的天空里划过一道绚丽的闪电，闪电就落在渔排的旁边。阿东大声喊着阿亮要他进来，阿亮却镇定自若地朝他挥挥手，仿佛在说，没有什么可怕的。他甚至把脚步探出去，以显示自己藐视风暴的决心。

"轰隆隆！"惊雷好像响彻了整个美济礁，跟着倾盆大雨也开始肆虐。

渔排剧烈地晃动着，雨点好像子弹一样地打在身上，雨水冰冷刺骨，但是海浪却是温暖的，落在身上的海水都是暖洋洋的，和雨水形成强烈的反差。阿亮知道，温暖的海水是热带风暴形成的先决条件。

最要命的不是风，而是海浪。

海浪越来越大，浪花不断地扑上渔排，然后粉碎性地冲刷房顶，将渔排上一切可以冲走的物品全部扫入大海里，据为己有。开始的时候，海浪只有两米高，后来逐渐发展到三米，最终达到了差不多四米。巨浪一个接一个地扑打在渔排上，爆发出强大的冲击力。

阿东不得不随着房子的颠簸而东倒西歪，在颠簸中将苦胆水都吐完了，已经吐不出任何的东西，但是依然要吐。

阿东紧紧地抓住固定渔排用的绳子，朝远处看出去，只看到那些周围停泊的船就像是漂浮在海浪里面的积木，一会儿被海浪高高地托起，似乎要送上云霄，连船底都脱离了海面；一会儿又重重地抛下，似乎已经沉入了大海，连旗杆的顶端都看不到了，好久好久才浮出来，全船都是流淌的海水。

四周一下子黑蒙蒙一片，阿东想要寻找父亲所开的那条停在渔排边的船，哪里看得到，根本分辨不出哪条船是哪条船。

这时大概是凌晨五点多，天算是亮了。就在这时候，阿东感到房子颤抖了一下。用来固定木房子的绳子被吹断了。阿东惊恐地大声叫道："绳子断了！绳子断了！"阿亮听到了，他也没办法。风吹着失去控制的木房子向礁盘外冲出去，像断了线的风筝一样被放进了礁盘外的大海。

美济礁是这样的，一个环状的礁盘构成了一个平均水深二十多米的泻湖，平时湖里一般会风平浪静。而越过了礁盘出了泻湖，就是数千米的深海。凶险莫测。从此，他们就和房子一起开始了在大海中的漂泊。

小房子一漂出礁盘，那种感觉就完全不同，波涛汹涌的海面上，是小山似的雪白巨浪，迎面排空而来……小房子在浪峰、浪谷间东歪西倒地颠簸着……呼啸的海风却越刮越猛，海面上狂风怒吼，巨浪排空，房子时而颠簸于浪峰，时而又沉陷入了那浪谷之中，一副摇摇欲颤、随时都可能颠翻的样子……巨大的浪头，一个接着一个地打入了房子之中，不远处，呼啸的海风，卷着一个滔天的巨浪击打而来……房子散架了，所有的人都被打入了水中，阿东被那扑面而来的巨浪给冲击着，一下子便摔倒了，阿东正想伸手去摸抓那掉落的船绳，却又一个巨浪打来，把还未来得及伸手抓住缆绳的阿东，一下子推卷入了那波涛汹涌、巨浪澎湃的大海之中。

可此时在他的四周，除了那呼啸的海风的怒吼、呜咽声，就是一个五米多高的巨浪，如小山般地迎面排空而来。

房子被掀翻了，只剩下作为底座的几块泡沫板，板下是绑着的几个空箱。阿东见阿亮爬上了泡沫板。他也拼命地往那里游。挣扎了几分钟，一只有力的手把他从水里拉起来，是阿亮。十几分钟后，几个人陆续爬上来。经过这样的大风浪，他们渔排工作的七个兄弟，居然一个不少。全聚在了这块泡沫板上。阿亮、龙叔、阿东、阿志、阿敏、阿平，阿发。

七个人一条心，紧紧地抓住绳子，活下去！是他们的信念。而且他们也坚信自己一定能活下去。

这时，他们谁也看不到天空是什么颜色。几双眼睛平望出去，紧紧盯着汹涌而来的波涛。波涛是蓝灰色的，只有浪脊上喷溅着白色的泡沫。

漂浮在海上的这块泡沫板，实在太小了。而阵阵波涛无法无天、飞扬跋扈地翻得又高又急，每个浪头都在考验着泡沫的强度。

阿平蹲在边上，他把袖子挽上前臂，有时用手划一下水，来保持平衡。身上的背心因为没有扣上，两片衣襟在荡来荡去。他不时说道："天哪！好险啊！"他说这话时，眼睛总是向东凝视着那起伏不定的大海。

阿亮在另一边，有时猛然抬起身子，闪开打过来的浪头。阿东有点累了，他裹着湿被子睡在中间。他闭着眼睛，奇怪自己为何待在这里。觉得自己像是在做梦。

阿敏在阿平边上，每个人手头都紧拉着绳子。此刻阿敏陷入极度的沮丧与冷漠之中。如果事情不顺人意，即使最有勇气、最有耐性的人，也会产生这种心情，至少暂时如此。阿敏曾经开过公司，风光一时的时候，手下有几十号兄弟。也不知是什么机缘巧合，让他来到了这大海的最深处。他的声音此刻变得有点奇怪，虽说还很镇定，但却带着深深的哀伤，带着一种无以言说的情绪。

"阿亮，我们这是到哪里了呵？"他说。

"我不知道呵，看不到一点标记。"阿亮回道。

坐在这块泡沫上，简直就像坐在一匹狂蹦乱跳的野马上，何况，野马也不比这泡沫小多少。那泡沫腾跃、竖起、栽下，就和野马一样。每逢浪头打来，泡沫因此而颠起时，它好似一匹烈马向高耸的栅栏扑去。那泡沫如何攀越过一道道水墙，实在令人不可思议。况且，到了滔滔的白色浪脊上，通常还存在这样的问题：浪花每次从浪峰上俯冲下来，泡沫板就必须跟着再跳一次，而且是临空一跳。接着，泡沫板目空一切地撞上一个浪头之后，便滑下一道长坡，风驰电掣，水花四溅，颠颠晃晃地来到了下一个威胁跟前。

下起了大雨。许久滴水未进的众人兴奋极了，纷纷张开嘴巴接水解渴。几人从未想过这雨水味道竟这么好，虽然肚中早已空空如也。

"我们不能喝了这顿没了下顿，也不知道要在这海上漂多久，以后不下雨了怎么办？"众人开始想办法，有人看到海中几个空矿泉水瓶漂过，就想着把瓶子拾来接雨水储备。但没谁敢下去，浪太大了，众人只能作罢。

泡沫板从每一个浪峰栽下的时候，疾风钻透了那几个没戴帽子的人的头发，在尾部扑通一声又颠下去的时候，浪花又溅过他们身旁。这些波浪，每个浪峰都是一座小山，他们可以利用待在峰顶的瞬间，眺望一下浩瀚喧嚣的大海，只见海面熠熠发光，被风吹得支离破碎。放荡不羁的大海演出着一场狂暴的游戏。

"我们好像是在往西漂，"阿平说，"我们会漂到哪儿去呢？前边应该能遇到渔船吧。"

"那倒是，渔政船这时说不定正在到处搜寻我们呢。"阿东说。

阿亮点头表示赞同。

"好啦，"阿敏安慰兄弟们说，"我们会安全的。"

坚持到晚上，阿东困了，就躺在房板上，裹着湿被子睡觉。刚睡着不久，一个大浪袭来，阿东醒来时发现自己已经被冲到大海。

他吓懵了，拼命地往回游。大家都在鼓励他："小弟，快回来！"

由于风浪太大，三米的距离，阿东游了二十多分钟。

天黑了下来，恐惧也跟着漫了上来。

6

午夜时分，好像有一只船的灯光经过远处。后来，又像有一只经过，向同一方向驶去。他们叫喊着，但是他们仔细看时，就没有了，明显是错觉，这样大的风浪，除了美国的航空母舰，哪里有船敢出来？

这时，海风越来越大，浪越来越猛！

天冷森森的，像凝重的黑幡，把天地隔绝开！浪的声音听着就让人发抖。谁也不敢说话，大气也不敢出。

死亡或许并不可怕，然而等待死亡究竟是什么感受？阿东的心一下子跌入冰谷——这不可能！这不可能！早上还好好的，现在就要……死？！这不可能！绝不可能！

可是我不能死呀！不能死呀！我才十七岁！"出师未捷身先死，长使英雄泪满襟。"我不能死！不能死！我怎能这样不明不白地遽然而逝？我不甘心！我不甘心！我要继续追求我的理想，还有我的梦！

然而不甘心又有什么办法？阎王让人三更死，谁敢留人到五更？这就是天，这就是命！阿东的脑海一片迷茫，世界也随之空白。算了！算了！死就死吧——反正人总是要死的，只要死得其所。

这世界上，最痛苦的不是做不成什么，而是没有机会去做，希望渺茫不见，现实摆在面前，你将何去何从？

阿东望望海天……

冰冷的海水从四面压过来。阿东感觉到了体内发出一种前所未有的燥热。这种灼热强烈地试图通过每一个毛孔抗击无穷无尽的寒冷。然而，这漫无边际的寒冷像狂风覆灭微弱的烛火一样，将他卷入一个黑暗、阴冷的深渊。没有呼吸，没有思考，甚至知觉都在逐渐消失。生命从未变得如此沉重。阿东强迫大脑发出微弱的指令，但就连平日灵敏的四肢都毫无反应。求生的强烈欲望瞬间变得那样势不可挡。

风浪现在还不见小下来。但他听到自己的喘息声震颤了整个海面。海面是如此的可怕。看不到月亮也看不到星星。海面似乎已经没有了一丝声音，只有他们七个人在泡沫板上静静地漂着。他闻到了一种鱼的味道。这种味道让他感到，生命，从未如此真实地存在过。他长舒了口气，随着泡沫板静静地漂浮。谁也没有说话，所有的话都叫大海给说完了。

他现在的唯一念头是活下去。

晨曦将天边染成了一片淡淡的红色，整个的海也露出一片惨淡的红色。这已经是 22 日的早上了。

与风浪抗争了一天，所有人都饿了。阿亮从水下的房子里找出了二十几盒罐头堆在了泡沫板上，七个人围绕着眼前的罐头展开了讨论，不是"如何分配"而是"如何开启"。整个泡沫板上除了边角一颗突起的钉子，似乎再也找不到适合开启罐头的工具。起初阿亮还拿罐头砸砸钉子，企图戳出个洞来，后来他发现自己戳出洞的力气已经远超出了罐头所能补充的营养，吸了吸从洞里流出来的八宝粥后，阿亮停止了敲打，不再说话。大家也都失望地跟着阿亮一起回归到了最初沉闷的状态，各自留着力气等待救援船只。所有人只能眼睁睁地看着铁罐头挨饿。

一个浪打过来，把罐头卷走，干脆连吃的念想都没了。

对阿东来说，饿还比较好忍受，可豆子一样的大雨打在他单薄的身子上，让他冷得发颤。最可恶的还是巨浪，一个浪过来，阿东就感觉生命中的热量被抽走一点。有时候是被浪劈头盖下来，有时候是被浪卷到半空。

有了上次被卷走的教训，后来睡觉的时候，阿亮就把阿东窝在自己怀里睡，一边用手抱住他，一边用背来帮阿东顶住浪头。

阿亮是个三十多岁的精壮男人，在漂流的几天里，这个男人扮演了阿东父亲的角色，给了这个弱小少年生存下去的勇气。阿东哭的时候，阿亮总是告诉他："救我们的船正在路上，明天会到了。"

第三天了，风浪相对小了点，不过大家并不知道到底是风浪小了，还是自己已经漂到了风浪之外。虽然已经远离风暴中心，惊魂未定的七个人依然死死地抱住泡沫板，谁也没有开口说话，谁也不知道该说什么。

这时，他们身边，有几只棉绒似的海鸥飞来飞去。有时，它们栖息在海上，随波漂荡。鸟儿一群群轻松自在地栖息着，真叫阿东为之艳羡，因为愤怒的大海对于它们完全无所谓。它们常常飞得很近，用黑溜溜的眼珠子盯着这几个人。那些鸟儿眼睛一眨不眨地审视着，显得十分神秘，十分阴险，大家轰赶它们，叫它们走开。一只海鸥飞来，显然是要落在阿敏的脑袋上。那鸟与他们平行飞着，也不兜圈子，只是像小鸡似的斜着一跳一跳的。它的一双黑眼睛渴望地盯着阿敏的脑袋。"丑八怪，"阿亮对那鸟说，"瞧你那样子，就像用刀子刻成的。"阿平和阿东也赶着海鸥。阿敏自然很想用绳的一端把鸟打跑，可他又不敢这么做，于是，阿敏用他张开的手，轻微小心地把海鸥挥开了。海鸥停止追击之后，阿敏舒了口气，因为他的头发不受骚扰了，其他人也舒了口气，因为他们此刻觉得，那鸟不知怎么那样可怕，有点不吉利。

阿平是个爱热闹的人，这样安静他可受不了。他也不想大家太沉闷，这个"美济歌王"，给大家唱起了歌。他其实会唱的歌也不多。大多不过是在卡拉OK里唱会的，《在希望的田野上》《牡丹之歌》，他的歌声，给大家带来了一些活气。

第四天，饿！这是每个人的感受，但大家都大眼瞪小眼，谁都没有喊饿的力气。

阿东看到老陈嘴在动，以为他藏了什么吃的，眼睛放光："你在嚼什么？"

"泡沫啊!" 老陈指了指用来当浮标的塑料泡沫,嚼得津津有味。

"这个能吃吗?会不会吃死啊?" 阿东很怀疑。

"吃一点没事,我以前吃过。" 老陈很有经验。阿东抠了一点试试,拼命地嚼碎后才能咽下去,肚子确实好受点儿。

阿亮拿着一个绳子系着没有鱼饵的空钩在钓鱼。旁边游来游去的鱼没有愿意上钩的。

老陈发现水桶的壁上沾着十几个海螺!这个做鱼饵肯定好。老陈迅速把海螺拔下来。大家看看海螺,又互相看了看:拿来钓鱼,不如分了吃。

阿东分到两个,虽然只有花生米大,但他吃得很满足。他囫囵把生海螺塞到嘴里,用力把海螺壳咬碎,把里面的肉吸得干干净净!这是他第一次吃生的"海鲜","腥得要命"。

阿敏在被一个巨浪颠起之后,谨慎地抬起身子,说他看到了灯塔。阿平马上说他也看到了。阿东也想看看灯塔,可他不好转身,而海浪又气势汹汹,他一时没有机会转过头去。不过,最后涌来一阵浪头,比别的浪头较为缓和,等他颠到浪顶,他赶忙向西方的海平线瞥了一眼。

"看见了吗?" 阿敏问。

"没有," 阿东慢吞吞地说,"什么也没看见。"

"再看看," 阿敏说。他用手指着,"就在那个方向。"

到了另一个浪尖上,阿东照阿敏的吩咐又看了看,这次他的目光在摇摇晃晃的海平面边缘上,偶尔发现了一个小小的、静止的东西。

它恰似一个针尖。

阿东说:"还不定是什么呢。"

"瞧!前边有条船!"

"在哪儿?"

"在那儿!看见了吗?看见了吗?"

"看见了，的确看见了！它开过来了。"

"啊，这下我们可好啦！这下我们可好啦！再过半个钟头就有船到这儿来救我们了。"

阿敏见水上漂着一根棍子，拿了过来。阿敏把衣服绑在棍子上，挥了起来。

船已经从海平线上消失了，但是最后出现了一颗暗淡的星星，正由海上升起。西方那片条纹斑斑的橘黄色在吞没万物的黑暗中消退了，东边的海上黑乎乎的，只有低沉而阴郁的涛声。

"假如我要淹死——假如我要淹死——假如我要淹死的话，观音娘娘啊，为什么又让我漂泊这么远，眼巴巴地凝视着远处开过的船呢？我给带到这儿来，难道仅仅为了让我经历一下？"阿敏比较有耐性，他萎顿不堪地趴着，不时念叨几句。

那确实是一个沉寂的夜晚。沉沉的巨浪，在一片极端不祥的沉默中席卷而过，只是浪峰上偶尔发出一阵低沉的吼声。

阿平将头靠在一块座板上，漠然望着面前的海水。他沉湎在其他的景象中。最后他终于说话了。"阿亮，"他如梦如痴地喃喃说道，"你最喜欢哪一种面条？"

"面条？"阿亮和阿东忐忑不安地说，"去你的吧，还谈这种事儿！"

"唔，"阿平说，"我刚才想起了牛肉面，以及——"

阿敏说："我好想老婆煮的地瓜粥呵。"

这时候，他们连水都没有一口喝。嘴唇实在干得难受，大家就吸一口海水在嘴中，湿润一下嘴唇又吐掉。长久在海上营生的经验告诉他们：海水不能喝，喝了就死定了。

这种情形在海上过夜，这夜是漫长的。黑暗终于笼罩下来，南面海上升起的一抹亮光变成了纯金色。北面地平线上，露出一道新的亮光，一道细小的淡蓝色的微光，映照在大海的边缘上。这两道亮光构成了宇宙的装饰。此外,除了海浪,便什么也看不见了。

第五天,晚上 12 点,56 岁的龙叔忽然自言自语:"有船来了。"

"哪里有船啊,你说梦话吧?"阿东睁大了眼睛也没有看到船。

龙叔继续自言自语,突然跳到水里,还叫道:"赶快跳啊,船就在那边。"阿亮跳下去把龙叔拉回来。龙叔这才醒了,反问道:"我刚才在干吗?你们要到哪里去?不管我了吗?"这之后,幻觉就像瘟疫一般在他们中间蔓延开来。

众人跟龙叔讲刚才的情况。他说: "我刚才看到有船,上面有灯……"

第六天,龙叔饿昏了,躺在房板上,整个人迷迷糊糊的,脸色煞白。

这天风浪很大,大家顾不过来,龙叔几次都被卷到海里,又被人捞回来。他喝了很多海水,开始吐白沫。第四次阿亮把他捞上来的时候,发现他已经没气了。

阿敏觉着这样漂流在这汪洋大海上,风由海上刮来,声音比死亡降临还要悲哀。

几个人谁也没有谈论龙叔,但是,每个人无疑都在想着这些事,而且默默不语的,各有所思。他们脸上难得有什么表情,只是显得疲惫不堪。

阿敏动了一下,坐直了身子。"好长的夜啊。"他对阿东说。

阿东一碰着寒冷而舒适的海水,便沉沉睡着了,尽管他还在默默哼着各式各样的流行歌曲。默默哼歌是一种战胜恐惧的办法。这一觉睡得太甜了。

北边的亮光神秘地消失了,阿敏倒保持着清醒。

没有人在说话,寂静无声。他们已经很久没有闻到陆地的气息了。在海洋的气息中,他们看见了海面闪出的粼光,水特别深。在那些深不可测的水里,有成群的鱼,它们在夜间浮到紧靠海面的地方，所有在那儿转游的鱼类都拿它们当食物。这样的时间能听见飞鱼出水时的颤抖声，还有它们在黑暗中凌空飞翔时挺直的翅膀所发出的咝咝声。

淡淡的太阳从海上升起，紧跟着太阳越发明亮了，耀眼的阳光射在水面上，随后太阳从地平线上完全升起，平坦的海面把阳光反射到他眼睛里。阿东又睁开眼的时候，海和天都亮了。后来，海水涂上了洋红和金黄。天空一片纯蓝，阳光在浪尖上燃烧着。已经是11月27日了。

海水此刻呈深蓝色，深得简直发紫了。阿东仔细俯视着海水，只见深蓝色的水中穿梭地闪出点点浮游生物，阳光这时在水中变幻出奇异的光彩。太阳此刻升得更高了，阳光在水中变幻出奇异的光彩，说明天气晴朗，陆地上空的云块的形状也说明了这一点。

他记不起他是什么时候第一次开始自言自语的了。往年他独自待着时曾独自唱歌，有时候在夜里唱。现在他居然像老人一样自言自语了。

太阳下去后，天气转凉了，都感到发冷。

晚上11时，阿亮也产生了幻觉，迷迷糊糊地说："那边有灯，我要回去……"说完就跳下去了。众人吓得赶忙把他拉回来，可一转身的工夫，阿亮又跳下水了，并且越游越远。

阿东这个时候已经累得动弹不得，他眼睁睁地看着阿亮在夜色中远去，一点办法都没有。阿东拼命地喊，阿亮不应……

大家还没从刚才的悲伤回过神来，又有人跳水了。这次是老陈，也是说看见有灯。阿东动不了，躺在房板上有气无力地叫着："不要走，我们一起回去……"

老陈被救回来了。他醒了，说不走了。20分钟后，他又跳下去，又被救回来。可刚把他放开，他再次跳下去！

这次他脱了救生衣，黑洞洞的夜，一下子看不见人了。

两个老乡都离他而去，阿东感觉自己也快了……

第八天，这时候泡沫板上只剩下四个人了，阿东、阿平、阿敏和他的堂兄阿志，大家基本上都只剩下"半口气"了。

阿志虽然有一米八几的个子，却是个病号，最后两天都靠阿东照顾。凌晨的时候，阿志说冷得胃疼，阿东为了帮他取暖，爬到他身上睡，给他当"被子"盖。他差不多神志不清了，但他有点迷迷糊糊地唱起了歌，唱什么词也听不清。

到了上午，阿东渴醒了，坐起来的时候，他居然看到远处隐隐约约有东西。他晃了晃眼睛，是船，一艘很大很大的铁船。

船近了，上面还有人抽烟。阿东想喊，喊不出来。他拼命向另外两人示意，最后挤出两个字："来了。"阿敏和阿平马上醒悟过来，欣喜若狂，向船的方向大喊。

铁船上抽烟的船员准备把烟头扔进海里的时候，发现了他们三个人。因为一个烟头，大船离开后绕了一圈又回来了。船在向他们靠近，只用了几分钟。他们拼命地摇阿志，告诉他船来了。可他再也醒不过来了……

这是一艘英国的货船。救生圈、绳梯……当被救上来时，阿东觉得自己产生了幻觉：他向英国人说"谢谢"，英国人用生硬的汉语说："为人民服务。"

船长端来稀饭和鸡蛋。这时，阿东哭了出来。

对于他十七岁的生命，这是一次无法承受的经历。然而，他走过来了。他现在最想的是，父亲的那条船，还有美济礁里的鱼。

7

父亲和那条船永远留在了美济礁。

阿东的心也留在了美济礁。

他还要去那里养鱼捕鱼。

共同生活

第一章

深圳的夜。有些暧昧。

从重金属酒吧出来的时候，帅克就感到头有些晕。开着那辆经过改装的吉普上了深南大道之后，帅克才觉得自己清醒了一些。他将车停在路边，把车窗摇下来，看着这座闪烁变幻的南方都市。

在中国所有的城市里边，也许这是一座最资本主义的城市。物化与开放让帅克对这座城市爱恨交加。帅克实在把握不住自己是否爱这座城市。但有一点，这座城市是如此让他难以舍弃。他在这座城市里被人称为白领，有着不错的收入。然而这并不能掩盖他的低沉和忧郁。在深圳这样一座城市里，什么事都可能会碰上。

当他重新踩下油门，就又有事向他走来了。

在要减速转弯的地方，两个姑娘拦住了他的车。不是剪径的强盗，路灯下，可以看出两个姑娘姣好青春的身段。帅克不由看了一下周围的环境，觉得有点眼熟。这里所处的地段是拘留所的地段，那处在树影中黑森森的建筑就是让人生畏的拘留所。帅克曾在这里接过不幸落入虎口的朋友。

"哥们，能带我们一段吗？我们刚从里边出来。现在没车了。"一个高一点的姑娘说道。她有点大大咧咧的，有一种让人无法拒绝的味道。而在她身边的另一个姑娘，完全是一副楚楚可怜的模样，不像是从里边出来的，倒像是刚从乡下进城在城里迷路的村姑。

在这样的深夜，这样的背景下学雷锋似乎有点不合适。但帅克还是点头了："上车吧。"车里于是洋溢开一股女人味道，那种非良家女的有点野性的味道。

夜晚的深南大道一如往日的拥挤，帅克不耐地开着车，紧贴着一辆崭新的本田雅阁的屁股，焦躁地直想大摁喇叭。本田的后车窗上，歪歪扭扭的"新手"两个大字冲着帅克挤眉弄眼。

"靠，新手还在这种时候跑来凑热闹。"尝试了 N 次超车未果之后，帅克心中暗骂，狠狠踩了一脚刹车，红灯。

身后的两个姑娘倒是出奇地安静，颇出乎帅克的意料。他点燃一支"三五"，按下车窗。

风，冷冷地灌进车来。

今年的天气似乎比去年这个时候要冷些，一缕思绪飘上帅克心头："要是梅清还在，恐怕又要喊冷了吧？"他落寞地甩甩头，强迫自己不去想那个令人又恋又恨的女人。

"嚓"，是打燃火机的声音，一股淡淡的烟味飘了过来。帅克怔了一下，瞥一眼后视镜。那个文静羞怯的姑娘眼望着窗外，手中纤细的"卡碧"悠悠泛起蓝烟，烟雾令她的面目模糊起来。恍惚间，帅克几乎是呻吟地低喃："梅清……"

后面的车喇叭气急败坏的叫声催着帅克起程。他这才记起没问这两位小姐要去哪里。他一边开动车一边问道："我要送二位到哪呀？"那个高个儿好像有些奇怪地看着他："我们不是去你那里吗？我们是无家可归，你不至于送我们到立交桥下边去吧？"帅克虽然来深圳的时间不短，但这种传说中的事他还是第一次碰上。不能说他没有一点不知所措。但既然这件事来了，他也不会太不男子汉。有些事是躲不掉的。他开车将这两位姑娘拉到了他在福田沙嘴租住的那套一房一厅的公寓里。

两位小姐显然是累了。她们倒是有一种主人的姿态，一坐下来就抢占了帅克的卫生间去冲凉。两个人一起进去忙活。这种有点带有自我保护意识的举动多少让帅克对这两个风尘女子有了一点好感。

　　帅克坐在那里为自己冲了一杯咖啡。有人说，全国大多数漂亮的女孩子都来建设特区了。这句话是有道理的。在深圳的大街小巷，总能看到这样一些身影。她们多少给深圳这座美丽的城市增添了一些色彩。

　　浴后的两位小姐看上去清爽宜人，朗朗上口。高个一点的姑娘冲帅克笑了笑："我叫孙兰，她叫王薇。你呢，你叫什么名字?"在深圳，你很难相信一个随便认识的姑娘的名字。无所谓，随便她们叫什么名字。你只要不让她们走入你的生活，她们随便叫什么都不重要。帅克笑了笑："我呀，我叫雷锋，住在中国。"两个姑娘随即大笑起来："你真是一个有趣的人，我们真是好运气。随手就碰上了你。"

　　帅克指了指沙发："这打开是一张床，它是你们今晚的安身之所。"接着帅克说道，"我就住在房里，你们可不准对我有非分之想。我的枕头下边可藏着一把锋利的剪刀!"

　　孙兰说："少臭美吧你，只要你不动歪心思就行了。"

　　帅克有点坏笑道："哪会呢，你们错看了雷锋叔叔了。"

　　等帅克冲完凉出来的时候，两位小姐已经在沙发上睡下了。毛巾被蹬在一边，腰部露出一段来，在柔和的灯光下，都是一副杀伤力很强的样子。帅克朝她们多看了两眼。就肉体本身而言，女人总是相似的。他还是坚定地朝着自己的房里走进去。

　　夜是安静的。此刻他格外地睡不着。他打开电脑，输进了自己的QQ号。他的QQ名叫逍遥子。在网上，他需要一个逍遥行走的空间，作为现实生活的补充。

　　屏幕跳了一下，网上的好友都跳了出来。这时已经是子夜时分，他的好友都不在线。梅清的 QQ 头像并没有点亮。她不在线？帅克点了她的 QQ 名的四个字：意达的花。发出了一条短信。她会隐身吗？没有回音。她是真的不在了。帅克有些怅然地关掉了 QQ。

黑暗中，梅清默默看着帅克的头像由明变暗，无声地叹了口气，点燃一支"卡碧"，深吸一口，将鼠标移到"取消发送"键。

"嗨，好吗？"梅清看着自己的回讯，心中默念："你好吗？"

她点下按键，对话框瞬间消失。身后，她的男朋友阿辉睡得正香，发出轻微的鼾声，像个天真的大孩子

梅清在黑暗中凝视着阿辉朦胧的身影，他抱着一个大大的绵羊抱枕，嘴里叽里咕噜地呢喃着什么。

想必正是好梦连连吧？

梅清面上泛起一丝宠溺的微笑，她伸出手去想要抚摸阿辉因汗湿而蜷曲的鬓发。阿辉发出一声满足的呻吟，翻了个身。梅清的手僵在半空，一个怅然的苦笑取代了宠溺，收回的手以一种无比优雅的姿势再次点起香烟。

……

"你抽烟的姿势很性感。"本色吧里，帅克近乎贪婪地盯着面前的女人说。

"你不是第一个这样说的人。"梅清悠然吐出一口烟圈，轻轻转动着手中的酒杯："唱得不错。"乐池里，一名长发黑衣的歌手正在投入地演绎着一首老歌——YESTERDAY ONCE MORE。这是梅清最喜欢的英文歌之一。

"是吗？"帅克抬头看了一眼那歌手，清淡地说，"声音不够亮，他应该去唱《挪威森林》。还有什么人与我英雄所见略同？"

梅清轻笑了一下，杯沿轻扣着雪白的贝齿："很多，多到你不会想要去知道。"

"我想知道。"帅克似漫不经心地握住梅清的手。一段烟灰掉落

在帅克的手背，他条件反射地缩回手去。

梅清斜睨了他一眼，目光中露出一丝嘲弄："我不想告诉你。"

帅克知趣地没有再问，但心中却泛起一股似乎可以称为"酸意"的感觉，这种几乎不曾出现过的感觉令帅克自己都感到讶异，他不再说话，低头仔细琢磨着这股突如其来的莫名思绪。半晌，他抬起头来，轻轻说："我喜欢你抽烟的样子。"

阿辉不喜欢梅清抽烟，所以她从来不在阿辉面前抽。她对于这种承诺的解释是：只要对方没有看见，就不算自己犯戒。所以她总是在夜深人静，阿辉睡下之后才能自由地做回自己。为了阿辉，她的确牺牲了很多，以前那种呼朋引友对酒当歌的日子已逐渐变得遥远，遥远到偶尔在心底触及，却仿佛是在看着前生的另一个自己。

梅清抽烟，抽得很凶，这是她唯一不能为阿辉放弃的事情。而帅克，帅克总是用一种欣赏到近乎贪婪的目光看着梅清抽烟。

就在梅清陷入回忆几乎不能自拔的时候，帅克掐熄了当晚的最后一支香烟。他总是习惯在睡前抽几根烟，直到烟盒里剩下最后一根。这一根是留到第二天早上备用的。以前梅清在的时候，他总是会留下两根，一根给梅清——梅清总是喜欢一口气抽掉所有的烟。

四月的深圳不似往年，竟有些乍暖还寒的味道，帅克将面孔埋进枕头，试图搜寻最后一缕梅清的气味。窗外飘来米兰的清香，熏熏然使得帅克心头一阵恍惚。他入睡前的最后一个念头是：那个叫王薇的女孩，看起来竟有着梅清的影子。

第二天一大早，帅克就被一阵刺耳的铃声吵醒。他随手抓起个枕头向闹钟砸过去。铃声锲而不舍地继续响着。帅克大声骂了一句不甚文雅的字眼，挣扎着向闹钟抓去，突然想起今天是周末，闹钟昨晚是已经关掉的了。他顿了一下，开始在文件堆里翻找自己的手机。

电话是周飞打来的。他是帅克在深圳仅有的几个真正的好友之一，区别于酒肉朋友的那种。周飞顾不上理会帅克的一连串咒骂，气急败坏地大嚷："老大借个地方给我避难吧，我被老婆赶出家门啦！"

帅克哭笑不得："你又怎么得罪 coco 了？"coco 是周飞的女朋友，周飞一向称之为"老婆"的，人长得清灵可爱，周飞视她如珠如宝。帅克经常笑他："只要 coco 眼睛一瞪，周飞的心脏就要停跳。"

帅克记得有部港产电影里郭富城有一句经典台词："女人不能宠的。"他私下里一直认为，周飞之所以这么怕 coco，就是因为平时太宠她了，宠得多了就不免娇纵，太娇纵了就喜欢发脾气，她一发脾气周飞就忙不迭道歉，越发地宠她，她也就越发地娇纵，从而形成恶性循环。所以他们之间的战争从冷战升级到对骂，从骂战升级到动武——当然周飞只有挨打的份儿，他可没胆子也舍不得动 coco 一根汗毛——动武之后的结果就是周飞近来频频被 coco 踢出家门。

而帅克的家也就毫无例外地成了周飞的难民收容所——谁让一帮朋友里只有帅克还是王牌单身汉呢？

这边周飞仍在滔滔不绝地抱怨兼苦求，丝毫不顾忌他 IT 精英的身份。帅克听到电话里传来嘈杂的人声，估计他正衣衫不整地杵在大街上。不过话说回来，深圳这地方什么事不会发生，所谓精英也是一抓一把，谁有闲心去理会不相干的闲事呢？

帅克叹口气打断周飞，说："我这边可已经收留了两个漂亮 MM 了。"说这句话的时候，帅克在心中仔细衡量了一下那两个女孩与漂亮之间的标准，勉强认可这句话说得不算亏心。

"哇，老大你越发长进了！"帅克几乎可以听见周飞的眼睛"刷"地睁大的声音。

"那我更要上来观摩一下了。你等着，我就在附近，十分钟就到。"

"喂，喂！"帅克对着已经毫无动静的手机大叫两声，想要告诉他那两位 MM 应该还没起床，看美女虽然无罪，但周飞若因为看美女春睡图而被人扁得像猪头，自己就未免太不够朋友了，不管扁人的是那两个女孩还是周飞的准老婆 coco——帅克可不会傻到认为这年头女人还会温顺如迷途的羔羊。那两个女孩虽然可能迷途，但怎么看也不可能跟羔羊扯上一点关系。

帅克决定还是拉朋友一把。他甩开手机，披上件睡袍爬起身，顺手点上昨晚的存粮，叼着烟打开房门。

不出帅克所料，那两个女孩果然还没起床。高个叫孙兰的还在蒙头大睡，一整条雪白粉嫩的大腿露在被外。王薇却已经醒了，半倚在床头，薄薄的被单裹在胸口，也叼着根烟面无表情地看着帅克。从帅克居高临下的角度看过去，能清晰地看到她的乳沟。

帅克强迫自己控制住对她被单下面部分的想象，板起脸说："你们最好马上起床，我有个朋友要上来。"

王薇若无其事地耸耸肩，没有搭腔，孙兰却从被子里探出头来，原来她已经醒了。孙兰道："来就来，还能把我们吃了不成？"

帅克笑笑说："我是怕你们把他给吃了。"

"看不出雷锋叔叔还挺会开玩笑的嘛！"孙兰嚷嚷着，拉着被子半坐起来，盯着帅克。

帅克会意，走到洗手间洗漱去了。

帅克故意在洗手间多磨了五分钟才出来。他虽然从不自诩为正人君子，却也不屑于做那种偷窥的勾当。两个女孩已经穿戴得整整齐齐地坐在沙发上，帅克不知怎的突然想到"武装到牙齿"这句话。他的目光不自觉地溜过王薇被薄衫包裹着的胀鼓鼓的胸口，以一种夸张的语气说："哟，两位姑娘动作挺快啊。"

感觉到帅克有些异样的目光，王薇的脸红了一下，别过头去，孙兰则照例大大咧咧地说："那是啊。"

"训练有素吧?"这句话到了帅克嘴边,被他强咽了回去。他调转头进了房间,撂下一句:"该我了,你们可别偷看啊!"说完不等两个姑娘搭腔,随手掩上房门,手停在门锁上,犹豫了一下,终于没有按下去。

晨浴是帅克的必修课。早晨冲个凉会使他一天神清气爽。据说这个习惯有点西化,但是帅克在此之前并不知道西方人有这个习惯。这是他自己养成的习惯。

刚把全身抹上沐浴液,听到门把转动的声音。他一惊,只见王薇早把头探了进来。

"你真的不想要我们付出点什么?"王薇仿佛有几分天真地望着他。完全是一副童叟无欺的商人模样。

"不会,真的不会。"帅克故意用一副夸张的语调叫道:"哎呀哎呀,你要我将来怎么做人?"要不是周飞马上要来,要不是还有孙兰在外边。帅克倒是愿意和这个长得像梅清的姑娘发生点什么事。

王薇嘟嘟囔囔地说:"见鬼,看来我真是遇到活雷锋了。"

帅克裹着浴袍出来的时候,见两个姑娘都盯着他看。他一下子笑了起来:"是不是觉得刚刚清洗以后,俺特别可口。瞧你们,像两个女色狼一样盯着我。我又不是像我的姓那样真的很帅。"他在王薇的脸上用手拍了拍,"我可告诉你们,别看我人模狗样的,我可是一个长得像好人一样的坏人。而你们,最多也不过是看上去像坏女孩的好姑娘。无论发生过什么事,我都相信你们是好姑娘。"他不管两个姑娘怔怔地看着他,径自去了房间换衣服。

走出来的时候,帅克摸着自己刚换上的光鲜的衣衫说:"瞧瞧,咱脱下衣服像个猴子,穿上衣服却是这样的衣冠禽兽。"两个姑娘大笑起来。周飞正是在这时候敲门的。等他进来的时候,三个人的笑还来不及从脸上退去。

周飞有些奇怪地看着他们:"你们好像特别高兴的样子。"帅克坏笑着望着他："是呵，又没发生什么不幸，我们干吗要不高兴。"周飞望着孙兰，一时好像有些失态的样子。他问帅克："这两位小姐，我怎么不认识？"帅克大笑起来："这是我昨天在路上捡回来的，你怎么会认识呢？"

这时轮到周飞吃惊了："捡回来的？"

帅克故意不说怎么回事。周飞说："还是你这个花心大少好呵，什么好事你都能碰到，这么漂亮的两位姑娘，你居然能捡回来！还是我命苦呵。帅克呀，这年头我给你最真心的忠告是：千万千万别结婚！血的教训，血的教训呀！"

"你小子也没结婚呀。"

"我那实际上跟结婚是一回事。"

"你不是来我这里寻求政治避难的吗？"帅克提醒道。周飞连忙说："是呵是呵，我昨晚整个就没睡，今天我在这里休息，你去忙你的吧。"帅克于是说："那好，我回公司。"他把目光投向两位小姐，"你们呢？"孙兰说："我们也走了。"

周飞还是比较专业的："我们还是留下个电话方便联系吧。"四个人相互留下了手机号码。帅克开车带着她们出门了。在经过赛格广场的时候，把她们放了下来，看着她们的身影消失在匆匆奔忙的人流之中，你无法把她们和千万来深圳闯世界的青年男女分别开来。

第二章

梅清所在的公司是一家广告公司。作为广告公司的文员，她有时忙得脚不沾地，有时又闲得发慌。

广告，无非就是靠那些业务员去把一家家公司和企业的决策人员吹晕，然后让他们提着袋把钱送过来。业务员们都西装革履衣冠禽兽地出门了。她这时就闲下来了。

这家叫作"贝格"（BIG）的"大"公司开出的薪水并不算高，

在梅清以往做过的若干份工作中仅属于中下水平。以前在一家皮包公司倒腾阀门的时候她甚至拿过上万的月薪，这在梅清这个并无显著一技之长，属于样样通样样松的人来说已经是天价了。不过阿辉不喜欢她隔三岔五去陪客户喝酒吃饭，梅清也就不怎么抗拒地换了现在这份不痛不痒的工作。好在她并不非常计较收入，只要赚的钱够养活自己就行了。梅清的人生宗旨是"快乐"，只要饿不死，快乐永远是第一位的。

认识阿辉的时候，梅清刚刚结束与帅克长达八个月的同居生活。八个月对于内地青年来说，还是很短的一段时间，仅够达到拉手—拥抱—接吻—发生关系四步曲中的第二或第三步，但对于深圳这个以速度著称的城市而言，一个星期就可以完成四步走的战略目标，接下来就是或长或短的同居阶段，等待买房、买车，然后结婚或者分手。当然也有坚持同居而抗拒结婚的，保持"单身"这种仿佛可以引以为豪的潇洒状态——比如帅克。

不幸的是，梅清是个非常容易喜新厌旧的人，在一种状态下生活得久了就会厌倦，希望发生些新鲜好玩的事情以保持"生活的激情"。所以，八个月后梅清向帅克下达了结婚或分手的最后通牒。

在梅清看来，结婚并没什么了不起的，结婚后再离婚也没什么了不起。一个朋友曾对她说过，女人这辈子一定要谈过一次恋爱，打过一次胎，结过一次婚再离过一次婚才算拥有了完整的人生。梅清当时歪着头想了一想，觉得很有道理，于是决定奉行。

遗憾的是帅克对此绝对不能苟同，他的宗旨是要么不结婚，要结就懒得离，当然在他充分享受单身的自由之前能不结还是不结的好。于是帅克当时就问候了梅清那朋友的母亲，从而导致了他们之间第一次山崩地裂式的争吵。

当两个个性刚强的人发生原则性冲突时，除非一方"以爱的名义"做出让步，否则一拍两散就是必然的结果。梅清后来常常在想，是不是彼此爱得不够呢？

"也许是吧。"她这样告诉自己。

或许是为了跟帅克赌气，或许是真的想要修身养性返璞归真了，梅清决定找个人把自己嫁掉。梅清也许算不上绝世美女，但认识她的人都不得不承认她身上有种独特的气质，虽然她自己常说这年头只有恐龙才会标榜气质，实在没办法了嘛。梅清对自己的容貌还是有点自信的。后来朋友们都说阿辉走狗屎运，当然也有认为他祖坟上青烟不旺的，总之他很适时机地出现在梅清的生活中。两个想要结婚的人很容易地一拍即合，顺利地在一个星期之内完成了从相识到上床的四个步骤，顺理成章地搬到了一起，梅清开始了她的新同居生活。

虽然仍旧是同居，不过对象不同，生活自然也就跟着新鲜起来。阿辉是真的想跟梅清结婚，这一点阅人多矣的梅清很明确地感受到了。阿辉为她做饭，阿辉很利落地打扫房间，阿辉每天按时下班，从不在外应酬……阿辉会做很多帅克绝不会为她做的事。梅清有时会想，这就是所谓"平实的幸福"了吧？然而夜深人静或是闲着无聊的时候，她就会不自觉地回想以前与帅克一起度过的日子，是不是更加精彩一些呢？自己真正想要的又是哪一种生活呢？梅清没有答案，只是每每在这种时候猛然发现，似乎已经很久没有无拘束地做自己想做的事情了。然后她就会抛开这种类似伤春悲秋的思绪，苦笑着自嘲："人心不足啊！"

业务员都人模狗样地出去了，于是梅清放纵自己缅怀了一下过去。她的思绪被QQ叽叽喳喳地打断了，显示器下角一个青蛙的头像开始活蹦乱跳。她点开头像，是周飞："嗨，美女，有空出来坐坐吗？"

梅清是通过帅克认识周飞的。跟帅克在一起那会儿，他像献宝似的带着她到处去，介绍自己的狐朋狗友给她认识，周飞是其中最跟她聊得来的一个。其实以周飞那种大大咧咧的性格，一脸天真无邪的阳光笑容，基本上跟每个人都能聊上两句，属于无公害的那种。跟帅克分手之后，梅清偶尔会跟周飞及 coco 喝杯咖啡什么的，间接在"无意中"了解一下帅克的近况。

"都有谁啊？"梅清回话。有日子没见了，不知道帅克过得怎么样？不过她可不想跟帅克正面碰上。

"就俺孤家寡人一个，绝对安全。"

"coco 呢？"他们两个一向是联手出击，秤不离砣的。

周飞回了一个愁眉苦脸的表情。

"又吵架啦？"

"小吵怡情嘛，呵呵。"周飞开始傻笑。

"是想我做和事佬吧？"梅清几乎可以做这个一根肠子通到底的家伙肚子里的蛔虫。

"料事如神啊美女。"周飞送上一块西瓜。

"少来，不会去找帅克啊？"

"他忙啊！"

"忙到没空救朋友于水深火热？"

"这个……他最近出了点状况。"周飞似乎欲言又止。

"什么状况？"

"嘿嘿，你来我就告诉你。礼尚往来，两不吃亏，如何？"

"你还童叟无欺老少咸宜呢！"

"那是那是，今晚九点，一米九八，死约会不见不散喽？"

"你埋单。"

"OK，NO PROBLEM."

帅克出了什么状况？梅清无法控制自己不去想这个问题。应该不是伤风感冒咳嗽非典之类的，否则周飞不会有闲心跟自己瞎扯，那么……

"管他呢，反正这个人已经跟我没关系了，去帮周飞补破洞吧。"梅清似乎是跟自己交代过去了。接下来的事就是跟阿辉交代了。

"喂，我晚上不回家吃饭。"梅清还没那胆子在公司公然叫"老公"。

"点解？"阿辉掰了一句粤语。

"有事。"

"什么事？说！"阿辉一贯采取紧迫盯人的方式。

"周飞跟 coco 有点麻烦，找我帮忙。"

"在哪儿？"

"……酒吧。"

"酒吧？！"梅清感觉阿辉似乎是从椅子上蹦了起来。"在这种非常时期你还敢去那种地方，不怕传染非典啊？"

"不会啦，哪有那么巧？"梅清本想说"生死有命富贵在天"的，幸好及时吞回去。

"不许去！"

梅清的眉头皱了起来。她非常非常不喜欢阿辉干涉她的行动，而且是频繁的、经常性的。之所以一直没有发作过，是因为她知道"爱情是需要经营的"这句鬼话。

"不行啊，已经答应人家了。我会小心的，还会早早回来，保证不会喝醉，好不好？"梅清放软口气，开始采取怀柔战术。

"答应了还问我干吗？"阿辉口气不悦，不过似乎有些动摇了。

"你是人家老公嘛，当然要征得你的同意啦！"梅清终于把"老公"两个字说了出来，不过声音放得很小。

"早点回来，啊！"

"哦，知道了，保证！"

放下电话，梅清舒了一口长气。原来做一个平凡的妻子也是很累的，梅清近来越来越明显地感觉到这点。不能自由地行动，不能自由地做自己喜欢的事，不能自由地交朋友，甚至有时不能自由地想。自由，对梅清来说是除快乐外最为重要的东西，她不知道自己怎么会忍受这些，也不确定自己还能坚持多久。

这一切仅仅是为了结婚吗？那结婚又是为了什么？梅清禁止自己继续想下去。看看表，就快到下班时间了，她翻出一本《广告文案实例》开始装模作样地看起来。

小公司的好处之一就是自由，这也是梅清选择这家公司的其中一个考虑因素。差十分钟下班的时候，老板从里面跑出来，交代了几句早点走锁好门之类的屁话之后就拍拍屁股溜了，五分钟之后，文案策划之类的一帮文职人员也都相继开溜，梅清翻出快餐单开始研究自己的晚餐。经过内心一番痛苦挣扎，梅清决定为了身材着想不能向食欲妥协，她跑下楼买了两个苹果充饥，回来继续上网。

"一米九八"是个跟运动有点关系的酒吧，有迪厅，有卡拉OK，当然也有乐队。梅清是第一次来这个地方，一进门她就后悔了，拉住周飞的衣襟抱怨："干吗来这个鬼地方，吵死人啦！""你说什么？"周飞已经开始随着劲爆的迪斯科乐曲左摇右晃，感觉到梅清拉他衣服，伏下身来对着梅清的耳朵大吼。

梅清揪住周飞的耳朵吼回去："我说——干、吗、来、这、个、鬼、地、方！！！"

周飞揉着惨遭屠戮的耳朵，不满地喊："你说去哪儿？"

梅清不由分说，一把拽住周飞的袖子往外拉。走到门口，梅清松了口气："见鬼，心脏都快跳出来了。"

"哎哟，来给我摸摸看，帮你安抚一下。"周飞说着凑了过去。

"找死啊你！"梅清作势欲踢他要害。

周飞赶紧高举双手投降："饶命饶命，想废我武功啊？好歹你也是我曾经的大嫂，别害你弟妹守活寡啊！"

"那你就给我老实点。"梅清瞪了他一眼，"换个地方，这里太吵，怎么说话啊？"

"其实我也就是想发泄一下。"

"那你自己慢慢发泄吧。"梅清转身作势欲走。

"别，别介。"周飞绕起舌头学说北京话，"你说吧，去哪儿？听你的。"

"本色吧。"梅清几乎不假思索。

"你怎么就知道本色啊，对我们帅克旧情未忘是吧？"

"是啊，是啊，我好想那个大色鬼哦，更加想你这个小色狼呢！"梅清摆出一副"我认了看你还有什么花样"的姿态来。

周飞倒是梗了一下，一时无语，片刻，说："那就本色吧。"说着抬手招了辆的士。

周飞是挺欣赏梅清的，他总觉得梅清跟帅克特别般配，所以他们分手令周飞着实纳闷兼郁闷了一阵子。他虽然直肠直肚，可不是没脑子，毕竟你能说一个 IT 精英是白痴吗？就因为他有头脑，所以对于他们的分手一直没有发表什么意见，只是很两肋插刀地陪帅克大醉了几次。爱情是成年人的游戏，生活更是现实得不能再现实的东西，要玩这个游戏就必须有勇气承担后果，在周飞看来，这是成熟的标识，是区分"男人″和"男孩"的基本准则，所以他不多说。不多说不代表他不反对，对于这段夭折的感情他还是很遗憾的，所以现在这个坐在车里一言不发的周飞正在考虑是否有必要把帅克的最新动态报告给梅清——他当然知道自己是梅清这段日子以来唯一的关于帅克的消息来源。

帅克此时正坐在东门那家本色吧里，面对着大门，所以当周飞和梅清推门进来的时候，他举着太阳啤的手就僵在了半空。

周飞和梅清并没有看到帅克。一则酒吧光线太暗，二则帅克坐在靠门较远的一个角落，要不是他正好面对着门，也绝对不可能看到周飞和梅清。然而帅克还是下意识地用酒瓶挡住了脸。他的目光穿过酒瓶锁定在梅清的身上。

梅清看起来似乎胖了些，这让穿着紧身牛仔裤T恤衫的她看起来越发的性感。她率先穿过酒吧区，走向隔壁的咖啡厅。

梅清喜欢酒吧幽暗的光线和嘈杂的人群，这总能令她感受到孤独。她一直认为酒吧是用来享受孤寂的，即使是与帅克一起。既然是要谈事情，那么最佳的选择就是咖啡厅。她从未因避免与帅克相遇而回避本色吧，虽然本色是帅克最喜欢的清吧。也许，私底下，她甚至期待着一次不期而遇。

帅克不动声色地目送着梅清的身影消失在酒吧的转角处，回过头来，发现王薇正似笑非笑地看着自己。

"一个老朋友。"帅克若无其事地举了一下手中的酒瓶，示意喝酒。

"是一个老朋友和以前的恋人吧？"王薇点燃一支卡碧，促狭地冲他挤挤眼。

帅克没有作声，算是默认了。他将王薇面前的太阳啤强塞到她手中，道："刚才你输了，喝酒。我陪你一个。"王薇一笑，用手中的酒瓶碰了碰帅克的瓶颈，仰头喝了一口，帅克则咕咚咕咚一口气灌下大半瓶。

"不必借酒浇愁吧？"

"你认为我有这必要吗？"帅克摇晃着手里的色盅，"再来。"

咖啡厅里，梅清点了一壶炭烧，摸出一支烟，指着周飞的鼻子说："快给我从实招来，又怎么得罪 coco 了？"

周飞笑嘻嘻地为梅清点上烟，随即换了个苦瓜脸，委委屈屈地说："我冤哪，我真比那窦娥还冤！"

"还窦娥呢？你这男人是不是当得太有点不男人了。哪有男人一天到晚鸣冤叫屈的。说，到底是怎么回事？"

周飞一脸苦笑地说："不是因为我是搞网络的吗？坛子里一帮

MM 天天老大老大地叫，她总是怀疑我和谁谁谁有事。你说句公道话，我这人除了嘴巴上不老实外，哪里有过出格的举动。我哪里会勾三搭四。就说你，在坛子里咱们算是最近乎的了，可我们一直是玉洁冰清呵。她总是觉得我会像帅克一样。"

梅清警觉地问："帅克他怎样了？"

周飞连忙说："他没怎么，还不是你说的，你不是说他是少女杀手吗？还有，你还攻击过他是恐龙杀手，什么乱七八糟的都不放过。"

梅清说："他不是吗？"

周飞笑了一下："我承认他是有一点花心，但是对你，他可是绝对地不敢马虎。他老对我说，梅清才是女人里的极品。最好的女人。你离开他的时候，没见他整个魂掉了一样。他是搞摄影的，这种搞艺术的就是好奇心太强。总想介入别人的生活。结果他自己弄丢了你。"

梅清故意歪了头问周飞道："不是在为你会诊吗？你怎么说起帅克来了。还是说你，我开出的处方是，你赶快回去道歉。不然误会深了你们也分手了可后悔莫及。"

周飞狡猾地问："你现在是有些后悔莫及了？"

梅清瞪了周飞一眼，不准说我的事。快起来埋单，我们走了。你乖乖回去请罪。

看着梅清和周飞离去。帅克又要了半打啤酒。一直到两点多钟，他才埋单走人。王薇上了他的车。他醉醺醺地开着车。王薇就拉他："你别把我们报销了。"帅克推了王薇一把："怕报销你就给我滚！"

王薇顺着帅克说："好了好了，你没事，我们回去吧。"

一路险象环生地回到家。还没等冲凉，帅克就扯掉了王薇的衣服。这裸露出来的身体太像梅清了。原则上来讲，女人的结构总是相似的。他狂热地叫着梅清的名字。熟悉的进入过程。只有真正融入的时候，才知道，这里边是如此的不同。和一个不爱的女人只能叫做。而和一个相爱的女人才能叫爱。和梅清在一起的时候那种灵魂融进去的感觉完全不同，生理的快感并没有带来心灵的愉悦。尽管王薇大呼小叫，但帅克的感觉并不好。他是如此注意心灵的感觉。甚至是一个把心灵的感觉看得比身体的感觉更重要的人。

他疲乏地躺在王薇身边，他睡不着。这个不知是真名假名不知背景的女人睡去了。而帅克有几分嫌恶地去了洗手间冲凉。

第三章

醒来的时候头有点发晕。帅克记不得自己昨天是怎样睡着的。

被子掀开着。他记得昨天是有一个女孩跟着一起回来的。可是房间里却只有他一个人。他拧了拧自己的腮，有点疼，他知道自己醒来了。帅克去拉开了落地窗的窗帘，这时已经是中午了。在深圳，有很多人过着他这种晨昏颠倒的日子。作为一个在业内小有名气的摄影师，帅克用不着朝九晚五地去看老板的眼色。虽然他的衔头挂的是公司的艺术总监，但他并不需要总是去公司里。他的时间有相对的自由度。

自由在帅克这里比生命更重要。这要命的自由主义也是导致梅清离开的重要原因。

帅克看了看床下。床前散乱地扔着的卫生纸和一个看上去像是瘫软在那里的安全套提醒着他昨晚的事。而昨晚的事在帅克总是记得不太清晰的。是酒精的作用还是他自己一直要去故意忘却呢？

床头柜上，放着一张纸条。写纸条的人，看来也还不知道帅克的名字："嗨，哥们。我带给你的夜晚能算得上美好吗？当我把自己出售给深圳的时候，我的每一次都是收费的。你是乐于免费赠送的唯一的人。我在想，这里是不是有点感情的成分在里边。想到自己还有感情，我都被我自己感动了。"落款是临时老婆。

这个王薇，还算是一个有趣的人。

　　虽然帅克总是半真半假地和一些姑娘们周旋，但是帅克对走近他的姑娘一直是有些挑剔。首先，长得不难看是最重要的。要是一个连跟她说话时看她一眼的冲动都没有的姑娘，你还能指望有什么兴趣跟她们在一起。其次，是聪明，一个姑娘，要是你说一个笑话，她要二十个小时之后才反应过来，跟她们在一起，有什么趣味可言。这是些看似简单的条件，然而找起来却格外地困难。他觉得他需要的不是一个女人，而更多的一个心灵的朋友。在人生这一段漫长的行旅中，他需要一个心心相印的人一路陪着他走。她能理解他骨子里的忧郁。她与他是相通的。他们之间的交流有时只需要一个眼神。

　　帅克坐在床上。正午的阳光从对面高楼的玻璃幕墙上射过来有点刺眼。一切都是静静的。房子里，是冰箱在运行时有些压抑低沉的声音。时间的脚步沉稳而快捷。生命里的忧郁有几个人能读懂？爱情，它是不是真的发生过了？我抓住了什么我又丢掉了什么。那些一心只停留在追求温饱的打工妹们是没有闲暇去想爱情的事的。她们的观念里是"嫁汉嫁汉，穿衣吃饭"，她们比王薇这样把自己零售出去更可悲。人的生活看上去是相似的，实际上却往往是有着天渊之别的。思想和灵魂的光辉往往能把人从凡俗里提升出来。

　　这样的时候是最容易想到梅清的。

　　梳妆台上还贴着梅清的照片。她自己牢牢地贴上去的。那时她说："我就让你永远也撕不掉我的痕迹！"就算是不贴照片，她这辈子在他生命中烙下的痕迹也是无法清除的。梅清和帅克一样有着裸睡的习惯，两人总是抱得紧紧地睡觉。早晨的时候，梅清总是风情万种地凑上来，有些顽皮地说："你要给我穿衣服，要不我就不起床。"他于是就给她穿衣服。胸罩，内裤，一件件地穿上去。帅克就常常抱着梅清说："清儿，我觉得你像是我女儿。"梅清会凑上来："爹，你就是我爹！"

而今，是谁在为她穿衣？想到这里，一种痛就从骨子里渗出来。梅清，你不是老说我不肯说爱你吗？现在我说了，我爱你，爱你，到骨髓深处地爱你。和所有其他姑娘在一起都不会有什么感觉，只有和你在一起，才是那种真爱的感觉。以为其他姑娘能代替她的位置，但是她的位置绝对是无可替代的。

屋子里处处是梅清的痕迹。那个花瓶是他们一起在福田花市上买回来的。那张巨幅的油画是梅清拉着他花了整整一天时间去大芬村买回来的。还有……空气里弥漫着梅清的味道。梅清，她怎么可能抽身走人呢？

最初她走的日子，像是把他的一切都抽空了。他的整个人没有灵魂一样。去摄影时，镜头也完全没了灵气，抓不住好的瞬间。为了能恢复正常，他拼命地在网上勾引那些真假莫辨美丑不明的MM，在生活里和一些姑娘们打情骂俏，偶尔也会和合眼缘的姑娘上床。然而，所有的这一切，都不能令他忘掉梅清。

帅克这时看了看表，一点多钟。梅清的公司中午休息时间。这时，她一定在网上。

帅克坐在了电脑跟前。打开QQ，梅清的图像果然亮在那里。这个一看上去就觉得熟悉和亲切的头像。

"花儿！"他点了发送。

在网上聊天时，他总是叫她花儿，最早她提出过疑义，她说，别叫花儿了，好花不常开。于是他对她说，你别以为你是好花了，你是坏花，是我的坏花，坏花常开，坏花开不败。于是这个昵称就不知不觉被接受下来了。

她的头像晃动了几下："不帅，你上来了？"她在网上并不叫他的网名。她总是叫他不帅，她说，你有点名不副实，姓帅却长得一点也不帅。有的时候，她会把他抱在怀里，摸着他的脸，装着忧郁地说，你呀，这么不帅，怎么讨得到老婆呢？他抗议道，不帅怎么会找不到老婆呢？你不知道有多少人哭着喊着要嫁给我，只是我不愿娶她们罢了。那时她就说，瞧，狐狸尾巴露出来了吧，说，骗了多少姑娘。帅克总是有些狡猾地说，俺就不坦白了吧，坦白从宽，牢底坐穿。

"你，还好吗？"千言万语的一句问候，沉重得他的胸口有些发闷。

"不好。"她甩过来简单的两个字，疼到了他的心里。只要她觉得不好，就整个世界都不好了。帅克想安慰她，却不知从何安慰起来。他在QQ上自顾自地跟她讲话，她大多的时候都是沉默着，帅克无意中在桌面保留了与她的这一段聊天记录。

　　2003－03－31 13：42：15 逍遥子

　　在城市拥挤的大街上，有无数条这样的平行线，他们匆匆忙忙地穿梭在车流和闹市之间，但从未相遇，也从未相知。

　　2003－03－31 13：42：34 逍遥子

　　男人和女人，分别沿着自己的那条直线走向时间的尽头，而只有幻想中的爱情，是唯一与之相伴的慰藉。

　　2003－03－31 13：43：19 逍遥子

　　在一个灰暗的天空里，他们无助的人生就像两片飘零的叶子，静静地等待能够相遇。

　　2003－03－31 13：44：42 逍遥子

　　短暂相遇渲染了淡淡的忧伤，忧伤源于城市生活的不确定性。

　　2003－03－31 13：45：29 逍遥子

　　爱情成为生活的希望，而相遇是爱情夜空闪烁的星辰，忽明忽暗，令人捉摸不定。

　　2003－03－31 13：50：13 逍遥子

它们都按照自己的节奏和路线前进，一成不变，像一条直线向前伸展，永无尽头。

2003 - 03 - 31 13:50:38 逍遥子

但是，如果孤寂无聊的直线生活失掉了相遇的希望，我们还剩下什么呢？

2003 - 03 - 31 13:52:20 逍遥子

你不说话了，花儿？

2003 - 03 - 31 13:56:43 意达的花

听你说呢。很多时候我觉得我们在迷宫里走来走去，可能相识，也可能不相识，有时相向而行，几乎要走到一起但忽然在一个看似平行的岔路口，又越走越远。

2003 - 03 - 31 13:58:38 逍遥子

生命里有许多的东西会让我没来由地泪湿眼眶。

2003 - 03 - 31 14:00:12 意达的花

在菜市场，蔫巴巴的落市菜们聚集在一起，无精打采，但在看见它们时却会怦然心动，人的情感是从不受控制的。泪流了，我帮你擦擦。不帅，我要上班了，你也要好好保重你自己。

其实上班一样可以聊天，尤其是今天，业务员已经西装革履地全体出动，连老板都不知到哪里鬼混去了，那帮文案或在传奇，或在反恐，或在泡 BBS，没人会理会梅清那小小 QQ。但梅清不想再聊下去了。

她不喜欢忧郁的帅克，也不喜欢这种伤感的聊天风格，这会令她有负疚感。分手，不能说是她的错，然而似乎也不能归罪于帅克，也许，两个从观念到目的都无法一致的人只能是彼此生命中的过客。她不希望帅克因此而变得消沉，像周飞说的"丢了魂似的"。

不知为何，她的心蓦地莫名其妙有几分沉重。是他的忧郁让她难受。

好不容易待到了下班时间，此段时间梅清简直有如坐牢狱之感，度时如年。

闷的时候，梅清会懂得如何去解闷。与帅克的日子，她会和帅克一起去香蜜湖，住在香蜜湖附近的人经常听到有惊天动地的叫声传来，那高分贝的尖叫声中也有着意达的花的。

那时，从海盗船刚下来的她会满脸发白，惊魂未定却满带兴奋，摇晃不定有如风中之花。帅克就会搂着她："我的花儿为什么这么白？"

其实，平时他常对她唱："花儿为什么这样红？为什么这样红？"一副深情款款的样子。

后来，与阿辉去时，阿辉总说："你怎么喜欢玩这种玩意呀？你看那海盗船摇那么高，那么快，吓死人了！别玩了！"

阿辉不喜欢梅清玩，他自己也不喜欢。他觉得，如若要浪漫，不如两人在家吃一餐饭，他下厨，她来品尝。情人节的礼物，对于他来说，一只烧鸡比一束花更实在。

梅清觉得也没趣，当她第一次一个人摇晃着从海盗船上下来时，他会对她生气："看看你的脸都白了！不要再玩了！我在下面看着都为你担心，万一从上面掉下来怎么办？"后来，梅清再也不去香蜜湖，对此，阿辉觉得很满意："此女子还是可教的嘛！"……

于是，她选择逛商店。爱逛商店是女人的天性，梅清亦如此。以前的梅清可以一掷千金，现在的情况比以前来说显得拮据多了，有时如果大方点就到了捉襟见肘的地步了。对此，梅清觉得，深圳是赚钱的天堂，也是花钱的世界。以前，她最喜欢到"王子饭店"去吃饭，只是因为那儿清静，还有，那儿的洗手间干净，清雅。周飞曾很俗地作过形容："吃得开心，拉得痛快。"为此话，coco曾以飞筷插穴警告一番，引得周飞向她与帅克求救："有女要杀亲夫了，快快救火！"

梅清每每下班后吃着阿辉煮好的饭菜，有时会想："生活，是不是平淡才是真呢？"对于逛商店，还是有着些孩子气的痴迷。她喜欢往"女人世界"那儿钻。那儿好玩的东西琳琅满目，各式各样。梅清最喜欢的还是与人讨价还价的过程。每每杀得对方举手拱让的时刻，她那小小虚荣心得到了满足。上网时，她喜欢到论坛里与众多人争辩不休，曾把众人驳得一愣一愣；在生活里，她也喜欢对方那一愣一愣的样子，看到卖主欲罢不休的时候，她想笑。经常有卖主在她穿过 N 个档位后把她追回来，一边气气地告诉她他妥协了，一边夸她有见识，聪明。

这天，闷闷的梅清又逛到了华强北那条街……

梅清喜欢在人多的地方逛街，拥挤的人群会令她感觉分外地孤独。那往来的人流，变幻的面孔，匆忙而陌生。在深圳这个大熔炉里，存在着发生任何事情的可能性，从一夜暴富到横死街头，这里的每一个人都拥有自己的故事。这样想着的时候梅清会觉得兴味盎然。这才是梅清逛街的真正目的，观察人群。当她从一个旁观者的角度审视人潮的时候，她便会忘记自己的烦恼，以一种近乎上帝的心态俯视着芸芸众生，带着一脸莫测的微笑。

然而烦恼总还是存在着，并不会因人们的试图忘却而消失，而且往往，人越倒霉烦恼越多，反之，烦恼越多，人也就越发地倒霉。梅清觉得自己这个理论简直太正确了，正确到可以媲美牛顿三定律——当然她那颗文科脑袋并不了解微观物理学为何物——因为现在她不仅烦恼，而且倒霉。

当她在人群中昂首阔步左顾右盼的时候，不难发现前方一个衣装革履的青年男子频频向她回望。那男子刚刚自她身后超越，边走边回头向她行注目礼。对于梅清这样一个中等偏上姿色的年轻女子来说，拥有超过 70% 的回头率是一件再正常不过的事了，她早已习以为常。但像这等大胆而频繁的回头，概率总不会太高。梅清下意识地低头检查自己是否哪里走光。

一位作家曾在作品里写道：一个美丽的女子年轻时被人注视，会理所应当地将之视为欣赏，一旦超过 25 岁再碰到这种注目，便要赶紧检查一下自己是否衣着不妥，皆因不再自信。对于女人，这不能不说是一项悲哀。当梅清低头检查衣着的时候，心头便浮现出这段话来。她突然想到自己已然突破 25 岁大关，一阵悲凉也就自然而然地涌上心来。然而这一自怨自艾的情绪很快被另一种情绪所取代，那是一种混合了惊慌和愤怒的情绪，因为她突然发现，自己的钱包不见了。

梅清很时尚地斜挎了一个黑色的背包，长度直达臀部，一直随着她的步伐在臀上有节奏地跳跃着。这时，背包的拉链已被拉开，那个沉甸甸胀鼓鼓的钱包不翼而飞了。

梅清的第一个反应是回头向来路看去。她看到的是汹涌的人潮，一张张冷漠而陌生的面孔仿佛俱带着嘲讽，额头上写着"傻瓜"或"蠢货"诸如此类的字样。一瞬间她感到如同置身于汪洋大海，没有同伴，没有救生设备，甚至没有一根稻草，而大浪一个接一个扑面打来，她感到窒息，她将要没顶。

梅清很快地将这种无助感压了下去，她知道，那钱包永远离自己而去了。她为之默哀了 30 秒，接着便愤怒起来。那青年男子分明是看到了小偷，然而他不仅没有出言提醒，甚至连小小的暗示都不曾给过，更勿论什么见义勇为勇擒小偷了。就连周围其他的人，不可能一个都没有发现这一卑劣的行为，然而没有人说话，没有人行动。人们依旧步履匆匆，奔赴着自己的目标，仿佛什么都没有发生过。

然而梅清不能够当作什么都没有发生，钱包里有她几乎一切家当，她的身份证，暂住证（该死的暂住证），几张银行卡——虽然大多是空的，最令她心疼的是十数张各家商场和时装品牌的打折卡，那可是她花了一年多的时间和无数的金钱换来的。幸好，梅清自嘲地笑笑，幸好只有几十块现金。梅清近来手头颇紧，几乎要靠阿辉接济。"但愿那小偷被活活气死。"梅清这样想着的时候，感到好受了一些。刹那，她领悟了阿Q精神的真谛。

梅清叹了口气，掏出手机开始打电话。"对不起，你的手机已欠费，请到营业厅补齐费用……"梅清骂了一句以S开头以T结尾的国际通用骂人语。这下可好，没有钱，没有电话，阿辉的公司虽然就在附近，但看看时间，他应该已经下班走人了。最近他们公司同事已将"新好男人"的光环扣在了他脑袋上，阿辉曾为此津津乐道了好一阵。

"这次可真是穷得叮当响了。"梅清想起这句近来常常挂在嘴边的话，下意识地摸摸口袋。意外地，她居然摸出了两元硬币，那还是早上帮公司张姐带早餐她还给她的。这两块钱虽然不够坐车回家，却已足够支付打一次电话的费用。梅清在心中欢呼了一句"张姐万岁"，奔到最近的杂货店，拨阿辉的手机。

"您拨打的电话暂时无法接通，请稍后再拨。"电话里温柔可人的声音丝毫不能减少梅清骂人的冲动。阿辉用的是市话通，一回到他们住的那破地方就常常接不通。梅清在心中将阿辉连同中国电信骂了个狗血淋头，想了一下，开始拨另一个熟悉的号码。这次电话很快地接通了"喂，谁啊？"帅克的声音还是那样富有磁性，透着一丝不耐烦。

"我。"

"梅清?!"帅克几乎不敢相信自己的耳朵。分手之后，梅清还从未主动跟他联络过。

"你……好吗?"

"好个屁!"梅清暗骂着，她没有时间了："我不好，很不好，帅克，我丢了钱包。"

"你在哪？"帅克一骨碌从床上爬起来，顾不上自己还光着身子，紧紧抓着手机，仿佛那就是梅清的手，是他一直珍惜着，如今却已经失去了的最最珍贵的东西。

"华强北女人世界。我没时间也没钱跟你多说。"

"你待在那别动，我马上来。"帅克撂下电话开始穿衣服。这两天没什么事，他白天大部分时间都待在床上会周公，晚上则照例出去鬼混。本来今晚是约了王薇的，可这会儿他早把约会的事抛到九霄云外去了。

梅清放下电话，怔怔地出了会神。不管是谁，总会有些这样那样的事情缠身，能抛下立即赶来，说明还是重视她的。梅清心中有些些感动。

帅克的改装吉普带着满身的灰尘停在了梅清身边时，她正可怜兮兮地抱着自己的小包坐在路边。他为她推开车门，目不转睛地看着她上车，梅清"嘭"地大力将车门拉上。帅克苦笑着摇头。

"我说过我这辆车早晚在你手里报销。"

"反正你这辆车已经报销得差不多了，不劳我多费心。"梅清没好气地回敬。

"好，好，我不跟你理论。"帅克发动车子，忍不住又道："你就不能看在我英雄救美的分上，好歹对我温柔一点？"

梅清瞪了他一眼，伸手就要开车门。

"别，别，我错了还不行吗？"帅克赶紧拉住她的手。

梅清气鼓鼓地坐正身子，不再说话。帅克小心翼翼地躲避着行人，不时侧头看她一眼，半晌，终于开口道："你……还好吗？"

"废话，能好吗？"梅清没好气，"手机拿来。"

帅克乖乖将手机奉上，梅清开始打电话挂失自己的银行卡。

"损失重吗？"待梅清打完电话，帅克问道。

"不多。"梅清摇头，她不想让帅克了解自己现在的经济状况。

"那……找个地方吃饭？味千怎么样？"你最喜欢吃的，帅克暗想。

梅清沉吟。

帅克的手机不合时宜地哄闹起来，他看了看号码，不自觉地皱了下眉头。

"喂，是我。……我有事，今天不去了。"帅克偷偷看了眼梅清，见她目视前方，似乎并没有在意这个电话。他还是放低了声音，继续道："我真的有事，算我欠你的，改天再约，就这样了，BYE。"

帅克放下电话，一转头，发现梅清正若有所思地看着自己。

"一个哥们。"帅克勉强一笑。

"哦。"梅清耸耸肩表示与己无关。

"去吃饭吧。"帅克继续提议。他的车已经转到华强北步行街。

"不了，请送我回家。"

一个"请"字刺激着帅克的听觉神经，这尖锐的刺激一瞬间经由神经纤维传导至大脑，他的大脑在刺激下迅速做出了反应。"吱"一下，帅克急刹车。梅清的身子向前冲了一下，又弹回座位，她看了帅克一眼，转头盯着前方熙来攘往的人群，没有说话。

"清，"帅克开口，"你不能这样对我，这不公平。我想我们需要谈谈。"

"我们好像已经没什么好谈的了，不是吗？"

"我以为我们仍是朋友。"

"我们是啊，所以我会找你帮忙。"梅清的口气冷冷淡淡。

"这算什么？"帅克怪叫起来，"哦，对了，招之即来，挥之即去可是？"

"你要这么想我也没办法。如果你不想帮我，我可以在这里下车。"

"你!"你太过分了。这句话在帅克嘴边打了一个转，又咽回肚里。不论如何，他不想指责梅清，毕竟当初自己没能给她想要的，就算是自己欠了她吧。帅克叹口气，疲惫地揉搓了下脸孔，发动车子。

"去哪儿?"

"你在白石州停车好了。"

"你住白石州?"帅克又怪叫起来。那地方乱得一塌糊涂，强奸抢劫杀人层出不穷，梅清怎么可以住在那种地方?!

"怎么?"梅清瞥了他一眼，"那也是人住的地方。"

"你……一个人住?"

"……不，两个人。"不知怎的，梅清并不太想告诉他自己新的感情生活，但她还是选择了说实话，她不想欺骗他。

"另一个是……"

"我男朋友。"

"哦。"帅克沉默。他打开车上的破收音机，一阵沙哑的歌声飘荡在狭小的空间。

　　　　让我将你心儿摘下

　　　　试着将它慢慢溶化

　　　　看我在你心中是否仍完美无瑕

　　　　是否依然为我丝丝牵挂

　　　　依然爱我无法自拔

　　　　心中是否有我未曾到过的地方啊

　　　　那里湖面总是澄清　那里空气充满宁静

　　　　云白明月照在大地

　　　　藏着你不愿提起的回忆

　　　　你说真心总是可以从头

真爱总是可以长久

为何你的眼神还有孤独时的落寞

是否我只是你一种寄托

填满你感情的缺口

心中那片森林何时能让我停留

或许我　不该问　让你平静的心再起涟漪

只是爱你的心超出了界线

我想拥有你的一切

应该是　我不该问　不该让你再将往事重提

只是心中枷锁　该如何才能解脱……

　　"记得吗，"帅克缓缓开口，"这张碟还是你留下的。你走的时候带走了所有的东西，只剩下这张碟。"

　　"不，我只是带走属于我的东西。"

　　"是，除了这张碟。"

　　"我忘了。我该连它一起带走的，这是我最喜欢的一张。"

　　"清，你为何要这样残忍？有时我觉得你真是个不折不扣的冷血动物。"

　　"不帅，说到残忍，我们谁也不比谁差，我们是同类，我说过的。"梅清转头认真地看着帅克。

　　"可是我对你是不同的，难道你的心是石头做的，一点都感觉不出来？"帅克将车子停在路边，急切地看着梅清。

　　"没有什么不同，"梅清掏出烟点燃，深吸一口，一字字道，"你甚至从不曾说过你爱我。"

　　"可是我爱你。"帅克疲惫地趴在方向盘上，仿佛失去了所有力气，"我以为你知道，我一直这样以为。"

　　"晚了，"梅清吐出一口烟圈，"当我第一次献身给你的时候，你不曾说过，当我请求你结婚的时候，你也不曾说过。不，你对这三个字怀有恐惧，你爱自由的生活胜过爱任何一个女人，你害怕被套牢。"

帅克呻吟一声，将面孔埋入手掌："清，我真的需要你。"

"看，你只是需要我，你为需要而爱我，而不是因为爱我而需要我，这中间是有差别的。"梅清浅笑着拍拍帅克的脸，"不帅，好好生活，想清楚你真正想要的是什么。"

"难道你清楚你真正想要的？"

"我清楚生活跟爱情是完全不同的两码事。"梅清说，"好了，请送我回家吧，我男朋友在等我。"顿了一顿，梅清接着道，"有人在等的感觉真好，可惜以前我总是等人的那个。我等你等得太多了，可惜你感觉不到。"

人生的许多机遇往往改变在人的一念之间，走在通往住处的小路上，梅清如是想。比如刚才，如果帅克没有接那个电话，如果梅清没有凑巧听到里面女子的声音，也许一切都会不同。然而帅克接听了，而他故意放低的语音、闪烁的态度无不告诉梅清，那女子跟帅克的关系非同一般。"既然如此，何不放彼此自由地生活呢？"

帅克怔忪望着梅清远去的背影，由清晰到模糊，终于消失不复再见。梅清走得很坚决，同分手时一样，没有回头。她说再见时的表情分明在告诉他：我们最好不要再见了。帅克的心沉落如入无底寒潭。他仿佛失手打翻了自己最心爱的花瓶，想要挽救，却已来不及了，只得看着它落下去，落下去，摔成粉碎，心，也随之碎裂。

> 常常责怪自己当初不应该
> 常常后悔没有把你留下来
> 为什么明明相爱到最后还是要分开
> 是否我们总是徘徊在心门之外

　　谁知道又和你相遇在人海

　　命运如此安排　总叫人无奈

　　……

　　当破收音机里的歌声飘起，有风吹过，帅克突然有了心如死灰的感觉。他趴在方向盘上，不想动，不想说话，他无法思考，甚至感觉不到自身的存在，天地间只剩下梅清离去时的背影。一滴眼泪缓缓滑过脸颊。

　　当梅清第一次离去的时候，帅克并不曾如此伤心，他认为自己是了解梅清的，一直以为她不过是小女孩心性，闹闹别扭，早晚还是会回来的，他知道，梅清是爱自己的，他一直感觉得到，而梅清也毫不掩饰地将这一点表露无遗。帅克没有想到，梅清这么快便有了新的男朋友，更加没有想到，原来她对于爱情与生活的了解，远比自己透彻现实。

　　帅克就这样一动不动地趴在方向盘上，强迫自己思考，冷静地思考，脑海中飘来荡去的却净是与梅清生活的片断。人类的悲哀之一便是永远无法控制自己的思维，否则这世上将不再有悲伤存在。直到夜幕降临，巡逻车强劲的车头灯射进车窗，将帅克自如梦似幻中拉回现实。

第四章

　　梅清并不知道帅克此时的痛苦，她从未想到帅克会为一个女人伤心乃至流泪，即使这个女人是她自己。但即便她知道，也依然会说那些话。让他彻底死心，总好过给他一丝希望，无论对帅克还是梅清而言，这希望都太过残酷。

　　"既然他已经有了别的女人，何必还藕断丝连？对大家都不公平。"当梅清这样想着的时候，心底强忍的一丝酸楚终于泛了上来。

不远处，阿辉的小屋已然在望，屋中昏黄的灯光透射出浓浓的暖意。梅清一直拒绝称那里为"家"，而只是叫它"阿辉的窝"，不高兴的时候就叫"大马猴的狗窝"。梅清觉得自己是个没有家的人，她所住过的一切地方，不过是"父母的家""哥哥的家""住的地方"和"阿辉的窝"。唯一曾被她称之为"家"的，就是曾跟帅克共同生活了八个月的那套一室一厅，那是第一次令她产生归属感的地方。心之所在，便是家了。而现在，那个"家"也已经不再属于她，梅清仍是个没有家的人。

然而，此刻，当梅清站在不远处怔怔望着万家灯火中那一点昏黄，嗅着不知谁家飘来的菜香时，第一次对那间小屋产生了"家"的渴望。她加快脚步，迎向那一缕温暖。

"芝麻芝麻，绿豆回来了。"梅清打开房门，欢快地叫着。"芝麻"和"绿豆"是梅清为阿辉和自己取的昵称，忘记了出自何典，只是这样叫着叫着，觉得亲切，便沿用了下来。

"怎么才回来，饭都凉了。"阿辉正坐在沙发上看电视，这时站起身来走进厨房，一边吩咐着梅清，"快去洗手盛饭。"

"噢。"梅清答应着，乖乖地去洗手吃饭。

"怎么这么晚，加班也不打个电话回来。"阿辉一边稀里呼噜地狼吞虎咽，一边含糊不清地问道。

"跟你说过多少次了，吃饭别出声，既不雅观又不礼貌。"梅清皱起眉头。梅清的家境不坏，父母都是搞技术的，自小家教就严，一些生活中的礼仪已然根深蒂固地成为她的生活习惯跟准则。

"这样才吃得香嘛。"阿辉照旧是千篇一律的答案，"我问你怎么这么晚才回来，加班吗？"

"没有，我去华强北逛街了……"

"下了班不回家，没事逛什么街？你要买什么叫我陪你去啊！"阿辉打断梅清的话头说道。

"也没想买什么,随便看看。"梅清漫不经心地用筷子挑着碗里的饭,她的食欲突然间消失得无影无踪。

"不买还逛到这么晚?"阿辉明确表示出不满,"也不打个电话回来。"

"我钱包丢了,手机欠费。"

"什么?"阿辉"哐啷"丢下饭碗,"怎么丢的,这么不小心?!"

"被人偷了,华强北那边人多嘛。"

"知道人多还往那边跑,你看,钱包被偷了不是?你呀——算了,丢了就丢了吧,你手上还有没有钱用?"

梅清默默摇头。

"给你一百先用着。"阿辉说着起身就要去拿钱。梅清拦住他道:"几十块就够了。"

阿辉拿出五十块甩给梅清:"先拿去用吧。"

梅清看着面前的纸币,没有说话,也没有拿钱。她不知道应该对阿辉此举做何反应,是该感激他对自己好呢,还是抗议他形同施舍的举动伤害了自己的自尊?她很想发作,然而发作之后呢?分手吗?为了这一点小事?想到这里,梅清悚然一惊:分手?自己为何会有这样的念头?是为了阿辉刚才的举动,还是……然而阿辉并没有做错什么,他确是好心。

"要是没有听阿辉的话换工作……"梅清开始感到一丝悔意,她禁止自己再想下去。

"绿豆,绿豆,"阿辉用筷子敲敲梅清的手,"想什么呢,拿着啊。"说着将钱硬塞在梅清手里。梅清随手将钱丢在茶几上,勉强一笑,道:"先放着吧,吃饭。"低头扒了口米饭,梅清低低道,"我发了工资就还你。"

"哦。"阿辉像是突然想起什么,问道,"你身上没钱,怎么回来的?"

"……一个朋友送我回来的。"梅清直觉地不想告诉他关于帅克的出现，然而她无法在阿辉面前说谎。在同阿辉相识之初，她就抱定了"不隐瞒，不说谎"的原则，将她同帅克的过往原原本本地说给阿辉听，让他做出选择：接受，或离开。阿辉选择了前者。而梅清也一直很默契地没有再提过帅克，没有主动同他联系过，没有见过面。她要让阿辉放心。

"男的女的?"阿辉的口气不甚在意，甚至带着一点戏谑，然而梅清在他眼中看到了疑虑。

"男的，是帅克。"梅清深吸口气。既然选择了不隐瞒不说谎，就要有准备承受随之而来的一切。她不想自己今后的生活建立在谎言之上。

"哦。你找的他?"阿辉的口气仍是漫不经心的，仿佛毫不在意，又仿佛俱在意料之中。

"是啊，"梅清尽量让自己显得若无其事，"你手机打不通，我又记不住其他朋友的号码。"

"你手机停机一样可以查号码嘛。"阿辉的语气逐渐变得严肃。

"这……"梅清突然发现自己的确是忽略了这一点，事实上，当阿辉的手机不通时，她几乎是理所当然地拨了帅克的号码。

"我忘记了。我当时有些慌，手里又只剩两块钱……"

"所以你就理所当然地打他的电话了?!"阿辉的语气越来越冷。

"你手机不通嘛!"梅清带点撒娇地嚷着，试图缓和气氛。

"哼!"阿辉脸色铁青。

"芝麻，不要生气嘛，我又不是有意要见他的。我这不是尽快回来了嘛。他还说要请我吃饭，我没同意嘛。"梅清走到阿辉身边，摇晃着他的手说。

"你去啊，回来干吗?!"阿辉甩开梅清的手。

"你!……"梅清也气了，然而她更多的是感觉到委屈，自己并没有做什么见不得人的事，更加没有对不起阿辉，退一步说，即便是自己做了什么，又能怎样？毕竟两人还没有正式结婚，自己还有选择的权利不是吗？她不明白阿辉为什么不能够理解。而就在这满腔的委屈之中，天生的理智还能令她冷静地做出分析：为什么自己没有想到用手机查查其他朋友的号码，而是几乎毫不犹豫地找了帅克？

梅清不想进一步去想这个恼人的问题，当务之急是如何摆平眼前的事。在此之前她从未真正跟阿辉吵过架，通常她生气阿辉会哄她，而阿辉生气时她只要一撒娇就没事了。于是这场突如其来的争吵令梅清有些手足无措，她不知是该偃旗息鼓息事宁人还是干脆扩大战事，直到阿辉屈服。正当她举棋不定时，阿辉冷冽的眼神给了她答案。她受不了阿辉这种眼神，那眼神如同一个法官在看着已然证据确凿的犯人，正在考虑如何量刑。

在阿辉目光的逼视下，梅清全身的热血直冲头顶，她冷笑一声，道："好啊，这可是你说的，你别后悔。"说罢转身向门口走去。手扶上门锁，梅清犹豫了。她想起自己身无分文，深更半夜的，没有一个朋友住在周围，自己能到哪里去？她转头看看阿辉。阿辉坐在沙发上，仍旧板着脸，丝毫不为所动。梅清咬咬牙，打开房门走出去。

"清！"阿辉追上来一把拉住梅清手臂，"你到哪里去？"

"要你管！"梅清大力甩脱阿辉，直奔下楼。

阿辉没有再追。

夜色中的深圳，别有一番风情，许多白天看来灰灰土土的建筑在霓虹的映衬下变得分外妖娆，梅清觉得它们很像理发店外站街的妓女，修饰过的庸俗的美丽只在夜晚展露。才九点多，还不算太晚，不，对于深圳来说，现在还早得很，夜生活才刚刚开始。而对于梅清这个身无分文的倒霉蛋来说，漫漫长夜，她不知该如何度过。

梅清将手抄在衣兜里，漫无目的地瞎逛。夜市的小吃摊上飘来麻辣烫的香气，她才想起自己几乎没吃晚饭，肚子不争气地咕咕直叫。

"眼不见为净！"梅清转身快步走过通往深南大道的小路，转弯上了深南大道，繁忙的深南大道如往日般车来车往，行道树下的阴影里，一对对恋人吃饱了饭没事做，手牵着手闲逛，这一切仿佛都与梅清无关，她视而不见，是不希望自己触景生情。往常她跟阿辉也喜欢这样拉手抱肩地招摇过市。梅清抬头看看满天星光，又低头看着斑驳的树影将自己的影子分割陆离。不知过了多久，道上的行人渐渐稀少，梅清觉得腿很酸。

微凉的晚风带着木叶的清香，送入梅清鼻端，梅清微醺。这样好的天气，她突然觉得没有什么事情值得这样折磨自己，她开始怀念那温暖的有着昏黄灯光的小屋，那里有热腾腾的可口饭菜，有永远带着阳光气味的被子，还有一个总是在等着她的带点大男子主义的温柔男孩。一个女人还能希求些什么呢？一刹那梅清决定原谅阿辉。她加快脚步，走向家的方向。夜已经很深了，梅清不想被城管办的人当成无业游民抓去睡拘留所的冷板凳，不过如果不回家，这倒是个不错的过夜的地方，总好过露宿街头。

梅清佩服自己还有这样的幽默感。

梅清走后，帅克便浑浑噩噩地趴在方向盘上，浑不知时间之流逝。一阵急促的敲击声将他拉回现实，他揉揉酸痛的手臂抬起头。呵，不知何时，一弯新月已挂上树梢，淡淡清辉令帅克有了瞬间的迷茫。他蓦然想起某个有月亮的晚上，梅清曾做的一首小诗。当时他们手牵手躺在中央公园的草坪上，月色温柔一如今夜，轻纱般笼罩着梅清白皙的面庞，她口中幽幽吐出"携手共看新月小"的字句，回眸一望的风情，令他深深沉醉。

帅克胸口一阵抽痛，他几乎呻吟出声。今夕何夕？他但愿已是世界末日，生命即将终结。

敲击声仍在继续，一下一下地，急促而猛烈。帅克这才发现一辆巡逻车停在前方不远处，有人在敲他的车门。他打开车门，一个警察探头用电筒往车里一照，跟同事打个眼色，另一个点点头，多此一举地问了一句："一个人？"

帅克懒懒看他一眼，没搭腔。

"证件。"

帅克掏出钱夹，将身份证、暂住证和驾驶执照一股脑递给那警察。那警察草草看了一眼，顺手交给同事，又问："深更半夜地待这儿干吗？"帅克心想关你屁事，嘴里回答："困了，睡一会儿。"他不会傻到跟警察杠上，也没那么好兴致。

"没喝酒吧？"警察口气严峻。

"没，绝对没，清醒着呢。"

"那还不快回家去，没事在这晃悠什么，这一带晚上不安全不知道吗？"另一个口气比较温和，一边将证件递还帅克，一边说。

"这就走。"帅克说着发动了车子。两个警察满意地看着他开出辅道。

去哪里呢？帅克不知道，也不想去想。他驾车冲上滨海大道，猛踩油门，仪表显示时速已达到160，对于这辆改装过的越野吉普来说，这速度还是小菜。他打开车窗，将音响声量放到最大，一路狂飙，连闯了两个红灯。身后喇叭声大作，他不理不睬，继续猛踩油门。一辆鲜红的跑车自后面赶上，车中一个红衣女郎向帅克大力挥手，他冷冷看了一眼，加速超了过去。帅克从未想到自己快三十的人了，还会有这种年少轻狂的举动。不，他不想要酷，也不想藉此吸引陌生女郎的注意，他只希望这样一路开下去，开下去，永不停息，直到生命尽头。帅克以前很少开快车，但只要梅清坐在车上，必要求他开快些，再快些，但他不敢，他珍惜梅清的生命甚于自己。

梅清梅清梅清……

帅克满脑子都是梅清的影子，他快要疯了。

红色跑车载着女郎又追了上来，那女郎打开顶篷站起来，挥手示意帅克跟着自己。狂风将女郎头上鲜红的丝巾吹上半空，丝巾飘飘荡荡，贴上帅克的挡风玻璃。

疯狂，这是个疯狂的女郎。帅克一把抓住丝巾放在唇边，一缕馨香有灵气般钻入鼻孔，直达心脏，麻麻痒痒的感觉遍布四肢。是"午夜飞行"。帅克辨认出这熟悉的气味。他朝女郎挥挥丝巾，女郎大声欢呼。

帅克放慢车速，跟着那一抹鲜红，驶向黑暗。

这世界充满无数的巧合，如果不巧也算作其中一种，那么巧合便无处不在。当梅清在深南大道上游荡的时候，帅克还处于魂游太虚的状态；而当帅克清醒过来，梅清已经踏上回家的小路。机缘，便这样与当事人擦肩而过。

梅清不知道现在几点了，从一个个黑洞洞的窗口判断，应该是已过午夜。远远的，那幢低矮的楼房已然在望，门廊的灯亮着，一个瘦削的身影徘徊。梅清的心脏一阵急速跳动。她加快脚步扑过去。那人影转过身来，灯光下一张憔悴的面庞，是阿辉。他张开双臂搂住梅清。他是那样的用力，简直似要将她揉入自己的身体。他的下巴抵住梅清头顶，梅清听到他喃喃低叫"绿豆，绿豆……"声音似受伤濒死的小动物。

梅清的眼泪下来了。她听到自己说："芝麻，我们回家，我们再也不吵架，我们好好在一起，过一辈子……"她牵着阿辉的手，一遍一遍说着，不知是说给阿辉听，还是说给自己听。

第五章

帅克回到自己的住所时已是凌晨三点。

帅克拉开灯的时候，几乎不敢相信自己的眼睛。有两个人相拥着完全赤裸地睡在他的床上。

是周飞和孙兰！

周飞一直有着他这里的一套钥匙，那是防备自己忘掉钥匙时放在周飞手上的。周飞也还从没在他不同意的时候到他这里来过。

两人也惊醒过来了。

周飞有些尴尬地笑道："大哥，你不是说你今天不会回来吗？你看……"

孙兰用拳头打着周飞："都是你不好，你强迫人家！"

帅克心里有些烦，也没心思管他们是自愿呢还是不自愿。看样子，即使是周飞强迫，孙兰最后也是半推半就地配合。

帅克冷冷地摆了一下手："今天我要好好休息，你们请自便吧。自己去找地方。"

孙兰先走了。消瘦的身体好像是溶进了夜色之中。

周飞好像还没有走的意思。他好像还有什么话要说："大哥，……"帅克摆摆手，打断了他的话："这样你还好说你和找你网的姑娘们冰清玉洁吗？再说你和女朋友闹别扭时我怎么从中调停。你和我不同，我目前没有女朋友，人们习惯了当我是一个多情浪子。我心情也不好，我不想听什么，我能理解你，算我理解了你，好吗？走吧，让我安静地待一会儿。"

周飞重重地带上了房门。

等他们一走，帅克立即把他们用过的被子床罩拉下来丢进了洗衣机里。换上了那套梅清去挑回来的淡黄色的碎花被子。

又是梅清。这房子里到处有梅清的气息。

梅清贴在梳妆台上的照片，所有的东西都是他和梅清亲手买回来布置的。帅克把浴缸里的水放满。那时，他总是和梅清一起挤在窄窄的浴缸里为对方搓背。我的坏花，你是注定了要开在我生命里的。只有你开在我身边，我的生命才有光彩。

一次洗浴彻底洗掉了他的睡意。他翻出了他拍的一组关于梅清的照片。梅清的微笑定格在照片上，依旧是那么鲜活。帅克答应过梅清，也让她成为一名摄影家的。梅清有良好的艺术感觉，对光线和色彩都很敏感，要是多练练一定也会成为一名不错的摄影家。

梅清时常笑帅克太贪心。梅清说，不帅，你不要那么好奇嘛，老是去勾引不同的姑娘。我告诉你，女人的构造都是相同的。帅克现在在心里说：梅清，女人的结构虽然是相同的，可是女人本质上却有天渊之别的。只有像你梅清这样大气的女人才适合我。有一些冰雪聪明，有一点浪漫情怀，有一种独特品位。绝对不是那种只适合在厨房和厅堂出现的女人。这样的女人可以结伴走天涯，可以创造人生的灿烂。梅清，我是经历了太多才明白什么才是真正适合我的。我们是可以彼此点燃对方生命的激情创造的激情的人，我们相伴能使我们彼此的人生流光溢彩。

帅克喃喃地说：梅清，你不适合去与别人结婚，你不适合做一个平常妇人。你是梅清呵。你是我的坏花。

周飞刚转出巷子口，就被人自后面扑上来一把抱住脖子，孙兰嬉笑着凑上脸孔："靓仔，我们现在去哪儿？"

"回家睡觉！"周飞猛地将孙兰的手拉下来，板着脸说。

"不要嘛！"孙兰又缠了上去，"我们去找个酒店……好不好？"孙兰语气娇嗲，说话时热气一阵阵拂在周飞耳上，撩拨得他有些心猿意马。他定了定心神道："不好。"说着掏出钱包，数出五张百元钞票递给孙兰："我心情不好，今天算了，我们就当什么都没发生过，不要主动找我，OK？这是给你的，够不够？"

"你！"孙兰愣住了，胸口起伏，脸上闪过一丝怒气。半晌，她突然嫣然一笑，抬手理了理被风吹乱的鬓角，接过钱来，淡然道："多谢老板。"随即将钱一撕为二，随手一抛，转身快步消失在夜色中。周飞怔怔地看着她离去的背影，残破的钱币飞飞扬扬，旋转着落在他的脚下。

周飞心中百味杂陈。他今晚跟 coco 为了点小事吵了一架，也许是渐热的天气使得人格外烦躁吧，他没有如往日般容让，一摔门走了出来，在路边的快餐店随便填饱了肚子，就打电话到处拉人陪他泡吧。不知是幸或不幸，那帮狐朋狗友个个推说没空，百无聊赖中他想到了孙兰。孙兰倒是爽快得很，一叫就到，在"根据地"陪他干掉了整整两打啤酒。喝得七荤八素之后，他半拉半抱地将孙兰弄进了帅克的房间。

周飞不是不知道孙兰是干什么的，但他不想去多作理会，更加不想回家。甚至在孙兰劝他早点回去的时候，他还挥舞着手臂将孙兰推了开去，嘴里含含糊糊地叫嚷着："我不要回家，不要！那地方闷死人，闷，闷死了！"人说酒醉三分醒，其实周飞心里是清楚的，也许正是酒精的作用，使得他想要放纵的欲望百倍地扩大，这种情况下，他宁可找孙兰这种没有后顾之忧的女人。他得到，也相应地付出，干脆利落，两不相欠——虽然孙兰从头至尾没跟他提过钱的事。

现在，他的酒醒了大半，他清楚自己做了什么，于是便将孙兰像擤过鼻涕的纸巾般打发掉。然而他心里并不舒服，反而有点沉甸甸的，孙兰的举动令他错愕，令他惊异。他不知道自己做错了什么，但至少有一点他是清楚的，那就是这个叫孙兰的"小姐"用一种叫作"轻蔑"的东西划破了他自尊的外衣。他对这个女人有了深一层的了解和认知。

"女人，女人……"周飞喃喃说着，大力甩了甩头，仿佛要将刚才的一幕连同酒精一起在脑中清除。他抬手招了辆的士，直奔最近的"楚天大酒店"。

第六章

帅克一大早就接到公司的紧急电话，催命般命令他十分钟内赶到公司开紧急会议。帅克甩掉电话，慢条斯理地用十分钟时间冲了凉，另外用十分钟时间梳头穿衣，再用十分钟时间赶到公司会议室。前台小姐神色紧张地向他打了个手势，指指会议室，意思好像是说大事不妙。

不会想要炒我鱿鱼吧？帅克耸耸肩。炒就炒吧，他无所谓，他相信凭自己在业内的名气随便怎样都不会饿饭的。

进了会议室，帅克才感受到一丝紧张的气氛，公司高层破天荒全部在座，个个脸色铁青，如临大敌。见到他进去，几个平时跟他不和的主管眼中露出幸灾乐祸的神气。

油头粉面的总经理干咳一声，宣布会议开始。

八面玲珑长袖善舞的杨总这次并没有照例来一段漂亮的开场白，而是直奔主题。他拿出一封信让在场众人传看。当帅克看清这封信的内容时，一股凉气阴森森沿着背脊爬上大脑，他激灵灵打了个冷战。

这是一封律师信。一个叫刘利的律师写来的，他的当事人师艳意欲状告巅峰广告公司侵犯其肖像权。这封律师信的意图很明显，要么广告公司出钱私了，要么法庭上见。

"我希望平面设计总监帅克先生就这件事做出合理的解释。"杨巅峰的面孔阴冷，话好像是从牙缝里挤出来的。

帅克一时无语。这个师艳也算是业内小有名气的模特，跟帅克是老相识了，两人曾有过多次合作，她是帅克最喜欢用的模特之一。工作之余，也很有过几次激情澎湃的"私人交往"。不过自从认识梅清之后，帅克就再也没碰过她一根手指头。师艳指的那单侵权的CASE帅克记得很清楚，那是几个月前的事了，当时公司接了个急单，一时找不到合适人选拍摄，帅克就拉了她来充数，因为是朋友，也就省了手续没签合同，事后帅克按照讲好的价钱分文不少地给了师艳，这事也就算过去了。帅克万万没想到事隔几月，师艳居然来了这么一手。

为了什么？钱？报复？帅克百思不得其解。

"帅克？帅克！"有人不耐烦了。

"哦，杨总。"

"这个师艳是你找来的，你怎么解释？"

"这事我记得当时请示过杨总你的，那案子太急，来不及物色合适的，就找了她来，没签合同也是杨总你首肯的。"

"那是因为你说她是你朋友，我是信任你！"杨巅峰几乎要拍案而起。

"少安毋躁，"帅克摆摆手，"这事我去摆平。"

"是吗？那最好不过。"杨巅峰说着站起身走到帅克身边，亲热地搂着他的肩膀走到会议室门口，低声道："我知道那小妞儿跟你的关系，女人嘛，哄一哄，给点钱，只要不过分，要什么就给她，适当做出点牺牲就搞掂啦，OK？"说着大力拍打帅克的背脊。

帅克扭头看着杨巅峰，微微一笑，压低声音故作神秘道："杨总，您知道您现在像什么吗？"

"像什么？"杨巅峰很有点志得意满。

"像个拉皮条的！"帅克说完哈哈大笑，头也不回地离开了会议室，将杨巅峰晾在当地。

"什么玩意儿嘛！"杨巅峰不顾形象在下属面前破口大骂。

走出会议室的帅克在房门将闭未闭的瞬间清晰地听到了杨总的豪言壮语，他耸耸肩，展露一个"意料之内"的微笑，一刹那，他决定在搞掂这桩"事故"后永不再踏入这个"羊癫疯"患者的地盘。他潇洒地冲着目瞪口呆的各位同事挥挥手，昂首阔步地离开了公司。

五月的深圳已经火辣辣地热起来。太阳这东西是不讲情面的，他将美女恐龙精英和乞讨者各色人等一视同仁地当成自己架上的烤鸭。帅克被阳光刺得有些睁不开眼，他快步走向自己被晒得几乎流油的车子，打开冷气，耐着性子等了五分钟，才舒舒服服地跨入车中阴凉的世界。

　　这辆外表残旧的改装吉普内部其实非常舒适，有着宽大而绵软的座椅，优质而高效的发动机以及快速制冷的空调。现在，严丝合缝的车门将帅克与外界彻底隔离，他听不到外面车如流水马如龙的喧闹，除了冷气嘶嘶的声响，他听不到其他任何杂音。他需要思考，冷静而迅速的思考。

　　师艳，她为什么会做这种事？帅克对师艳的印象一直不错，她身上基本看不到时下所谓"娱乐圈"女孩的浮华与浅薄，她自有一种冷静的、内敛的甚至单纯的气质，绝非"花瓶"之流。这个师艳本是一所名牌大学的毕业生，学经济的，刚从学校毕业不久便参加了一个什么"模特新秀"大赛，因靓丽的外形和不俗的谈吐加上聪明机智而获得了亚军。那次比赛帅克也去了，当时他是以一家报社摄影记者的身份获得邀请的。在帅克看来，师艳是应该夺冠的，不过据说那个冠军得主跟大赛最大的赞助商有点什么关系。当然这种情况在这年头屡见不鲜，帅克也就见怪不怪，但他还是在赛后找了个机会向师艳表达了自己的同情兼欣赏。当时帅克正准备搞一个自己的摄影艺术展，他直截了当地向师艳表明了请她做模特的意图，当然，报酬不高，因为是他自己掏腰包。

　　师艳很是干脆利落地答应了帅克的条件，她甚至表明没钱免费也可以做，这颇有点出乎帅克的意料之外。他记得当时问师艳："为什么？"

　　"因为你是帅克。"师艳的回答如她的人一般，简洁，干脆，没有丝毫多余，却又引人浮想联翩。

那个展览后来获得极大的成功，师艳也因此一炮而红，更成就了她与帅克近三年的合作关系。

至少有一点帅克能够肯定，那就是师艳绝不是单纯地为了钱而做这样的事，她不是这种人。

但人是会变的。三年多过去了，师艳已从当初那个单纯而理想化的小女孩蜕变成一个小有名气的模特，帅克深知这个圈子的复杂，那些光怪陆离的诱惑会令人心甘情愿地将自己的灵魂出卖给魔鬼。虽然上次接触帅克并未察觉师艳有何大的变化，她甚至因那个色眯眯的客户代表要求她穿着过分暴露而将对方骂了个狗血淋头。然而三个月过去了。时间能改变一切，这是一句老话，而古人说，老话总是对的，因为它能存在这么久。帅克曾目睹一个成功企业家一夜之间跌落谷底，一无所有。一个突然而始料不及的变故能够令人刹那间改变，何况三个月之久？帅克似乎又有些拿不准了。

无论如何，见了面再说。帅克掏出手机。

师艳的声音出奇地平静，帅克的这通电话似乎早在她意料之中。她要求帅克到她家里来。"不如找个咖啡厅坐坐？"帅克并没有登堂入室的意思。

"不，来我家，否则一切免谈！"师艳的语气斩钉截铁不容回旋。

帅克很想告诉她免谈就免谈，但职业道德不允许他推卸因自己的失误而造成的责任。

"好，我半小时后到。"

师艳的家在南山区蔚蓝海岸，这里号称南山最高级的住宅社区，均价在八千以上。绿树翠茵，海风习习，帅克精神为之一振。师艳一年前在这里买下一套三室两厅，独居。装修套一句用烂了的话就是：豪华而不失典雅。客厅正对后海，视野开阔，阳台上放了一套乳白色铁艺雕花桌椅，在深圳这个拥有宜人四季的城市，黄昏后坐在阳台上，品一杯红酒，看红霞漫天，听海浪阵阵，何等的舒爽惬意。帅克曾赞师艳是个懂得享受生活的人。师艳当时说："有钱才能支撑这样的享受。""有钱也不见得会享受，没钱未必不能经营心情。"帅克反驳。师艳笑笑，不置可否。现在想想，师艳是否当时已在慢慢转变成一个物质女人呢？

帅克进门的时候，师艳正坐在阳台的椅子上，一瓶香槟盛在冰桶里，两个杯子空着，显然是在等待帅克，一副准备把酒谈心的架势。

帅克谢过了开门的保姆，脱鞋踏上玄关。师艳并没有起身迎接，只是招招手，示意帅克过去。保姆精明地察觉出气氛不对，说了句："我去买菜。"便溜了出去。帅克走到阳台，坐在师艳对面，一时不知如何开口，只得随便找个话题道："最近还好吗？"

"今天天气不错。"师艳答非所问，似笑非笑地看着帅克。

帅克摊摊手。他了解师艳，至少了解以前的师艳。

"好，我不说废话。告诉我，为什么？"

"什么为什么？"师艳若无其事。

帅克盯着师艳。突然间，他看出毛病来。师艳一向曼妙的身材变得有些臃肿，小腹微凸，宽松的居家常服已经遮掩不住——她怀孕了！

不知为何，帅克忽然有些毛骨悚然，暖洋洋的天气，他却周身一阵发冷。

师艳一直观察着帅克的表情，她知道他明白了。

"是……"帅克听到自己声音干涩，几不成声。他抓起香槟酒瓶，给自己倒了一杯，一饮而尽。

"是你的。"师艳肯定地点头，"不管你信不信，我从没让别的男人碰过。"

"这……不可能……"三个月前最后那次合作之后，他们确实有过一夜激情。梅清走后帅克不再约束自己。但当时……

"当时我告诉你我在安全期，其实不是的。"师艳直视帅克的眼睛，"我骗了你。"

帅克心头的重压突然消失，他发现自己能够顺畅地说话了："为什么?"

为什么骗我? 为什么故意怀孕? 为什么陷害我? 这些帅克都没有说出来，他相信师艳能够明白，正如他以前能够读懂师艳几乎所有的潜台词。他突然发现原来自己一点都不了解师艳。有人说，如果一个男人自以为了解女人，那他倒霉的日子就不远了。帅克苦笑。

"因为我爱你。"师艳也给自己倒了杯酒，拿在手里慢慢转着，眼睛盯着杯里晃动的金色液体，轻轻地问，"这理由够了吗?"说着迅速扫视了帅克一眼。

帅克蓦然发现她这个动作像极了梅清，是那样的悠然和漫不在意，而师艳，她一直是直接而率性的。

梅清啊梅清，为什么怀孕的不是梅清? 在这个节骨眼上，帅克脑中竟然冒出如是念头。

"你是说，你故意怀上我的孩子，然后请律师打算把我告上法庭，要让我声名扫地，都是为了爱我?"

"可以说是，也可以说不是。"师艳浅浅抿了口酒，目光越过杯沿落在帅克面上。

帅克默不作声，等待她进一步解释。既然她要他到这里来，必然准备好彻底摊牌，他不急。兵来将挡水来土掩一向是他的处事信条。

"我怀孕，是因为我爱你。我告你，是因为我之前联络过你几次，而你，你对我不理不睬……可以说，我用这方法，是为了逼你出来见我，也是为了惩罚你。"

"好，很好的理由。"帅克笑，"那么，现在你可以告诉我，你到底想要怎样了吗?"

"你先告诉我，为什么不接我电话，我知道答案后才能决定要怎样做。"

"我心烦。"帅克简单地说。事实是他当时正因失去梅清而疯狂地猎取陌生的女人，他不想见熟悉的女人，不想让熟悉的女人看到他的痛苦，他不想成为被嘲笑或同情的对象，像他一向嘲讽的失恋男人般。跟师艳的那次是唯一的例外，也是个意外，酒精成就的意外。

"仅此而已？"

"仅此而已。"

"好，既然我们之间没有第三者，那么就好说了。"师艳盯着帅克，一字字道，"我要你娶我。"

"你开玩笑？"帅克如遭雷击，失声道。

"我这样子像是开玩笑？"师艳抚摸着自己的小腹，反问。

"那你一定是疯了。"帅克点点头，"师艳，你的事业正如日中天，未来发展不可限量，何必亲手毁了它？"

"我已经二十五岁了帅克，在这个圈子里混了三年多，一直是半红不紫的状态，这你应该清楚。青春苦短，这口饭我吃不久了。而且，我厌倦了，我厌倦了打扮得花枝招展地周旋在各色男人之间，厌倦了每天用两个小时化妆再用两个小时卸妆，我疲倦，帅克，我想嫁人了。你看，素面朝天的感觉多好。"

"你可以转行的。"

"转行？做什么？帅克，我虽然是学经济的，却一天都没有做过本行，我的知识都荒废了，你要我去写字楼应聘吗？再说，你看看我的家，"师艳指指自己的家私装修，"我的开销不小，钱来得容易去得也快，我并无积蓄。"

"那也不用非选我不可，相信外面想娶你的人大把……"

"可是我爱你帅克，"师艳打断他的话头，"我只爱过你，也只能嫁给你，那些男人……他们一碰我我就想吐！"

帅克沉默。他真的不知该如何处理这件棘手的事情。一直以来他的保护措施都做得很好，从未想过会发生今天这样的事情。要他效仿那些无赖男人，给她点钱让她去打胎，这种事帅克无论如何做不出来。毕竟师艳不比街头的路人甲乙丙丁，他一直当她是朋友。但是结婚……他不甘心。

"要是我拒绝你，你准备怎样？"

"帅克，我一直以为你是个男人，真没想到你会问出这句话来。"

"我已经问了。"

"不怎么样，"师艳呷了口酒，继续道，"律师信已经送到你老板手中了，拖你公司下水违反你一直标榜的职业道德吧？"

帅克深吸一口气，说："你真的想把事情搞大，为了你的一己私利？"

"这不是什么一己私利，这关系到我的终身幸福！"师艳握紧双拳，如好斗的公鸡般，狠狠瞪着帅克。

帅克也瞪着师艳。半响，他突然笑了，微笑着摇头："师艳，我一直认为你是个聪明的女孩，没想到你会做出这么愚蠢的事情来。你想想，我要是撒手不理，远走高飞，到哪里不能生存？我在任何地方都可以重新开始，你又能奈我何？甚至，我根本不用另外去哪儿，这年头打官司的事情司空见惯，不见得被告就一定理屈。即使这官司我输了，对我也不会造成太大的影响，你要相信深圳人的遗忘速度。"帅克用手指指脑袋。

"当然你可以，"师艳也笑，"如果你真的这么想，我们也就没什么好谈的了，你现在就可以走，只要你能狠心扔下你的骨肉，并让你的公司蒙受不白之冤。"

帅克没有回应，他掏出根烟点上，狠狠吸了一口，将自己笼罩在烟雾迷离中。

"对不起，孕妇不能吸二手烟，对孩子不好。"师艳用手扇开烟雾。

帅克默默掐熄香烟，将剩了大半截的烟蒂扔出阳台。他转头看着远处的大海。

"别骗自己了帅克，也别再继续侮辱我的智慧了好吗?"师艳开口，"我知道你不是那种人，否则你今天就不会出现在这里。我太了解你了，或许比你自己都更加了解，你是有责任感的。如果你真的不在乎，根本就不会理会孩子的好坏。"

"值得吗?"帅克终于开口，他转过头来看着师艳，"我并不爱你，你不会有幸福。"

师艳嘴角牵动，目中露出胜利的光芒:"这不重要，我知道我爱你，这就够了。给我们一点时间，我会让你爱上我的。老一辈的人不乏盲婚而白头偕老的例子。"

"我们认识已经三年，我并不曾爱上过你。"

"那是因为你将我当作工作伙伴，你一向是公私分明的。"

"随你怎么说，我知道我只有用这种方法才能最快速有效地得到你，即使你不爱我，也不在乎你的事业名声，但你不会忍心伤害无辜的孩子，不是吗?"

帅克呻吟一声，掩住面孔，声音无比沉重疲倦:"终日打雁，今天却叫雁啄了眼睛。"他苦笑。

"你不必有挫败感，我保证我会是个很好的妻子，我能很好地照顾你的生活和事业，试试看，你会发现我比梅清更加适合你，我们甚至可以有共同的事业，这一点梅清永远都无法做到。"

"没人可以取代梅清在我心目中的地位。"

师艳一笑，不置可否。

"娶我，这是最为两全其美的解决办法，你不会有任何损失。"

"或许还有其他办法。你无非想要一张长期饭票。"

"你以为我是为了钱吗？"师艳摇头，"帅克，你太小瞧我了。我要的是你的人。"

"不可能。"帅克喃喃地说，"不可能。"

"你不用马上下决定，我知道这对于你来说太突然了。我不逼你，心急吃不到热豆腐。"师艳嫣然一笑，"我给你三天时间来好好考虑清楚，OK？记得给我答复。你会记得的，是吗？"

帅克不知道自己是怎样走出师艳的家门的，也不知道自己一路上都做了些什么，当他头脑略为清醒的时候，他发现自己坐在重金属酒吧的洗手间里，面前一摊呕吐后的狼藉。他想转动眼球看看四周，却发现头也在跟着转动。一个清洁工用戒备的眼神盯着他。他咧嘴冲清洁工笑了一下，扶着墙壁摇摇晃晃地站起身来，头脑猛然间一阵眩晕，胃里翻江倒海，他又弯下腰大吐特吐起来。直到呕吐物变为黄黄的汁水，他才觉得好受了些，东摇西晃地蹭到盥洗池边洗了把脸，一抬头，镜子里映出一张仿如末期癌症病人般青瘆瘆的面孔。

帅克用力拍打着自己的脸，费力地绞尽脑汁冥思苦想，于是白天发生的一切重又回到他脑中，如剪坏了的电影胶片，断断续续，支离破碎。却又无比清晰。他的头针扎般剧痛起来。

帅克挣扎着走出洗手间，一个装扮入时的冶艳女郎迎了上来，一身镂空装处处见肉，脸上的化妆大白天出现足以吓哭小孩子。她娇嗲地搂住帅克，一阵廉价香水的味道考验着帅克的嗅觉神经。

"靓仔，好点了吗？吓死我了！"

帅克费力地看着她。

"哎哟，你还真是喝糊涂了，不认得我啦？我可是刚刚陪你喝掉两打啤酒啊！喏，你朋友在那边可以做证哦！"女郎说着呶呶嘴。

顺着她指点的方向看过去，帅克看到了吧台前的周飞，他一手搂着个女人，另一只手正拿着瓶啤酒猛灌，大半酒水顺着嘴角流下来，淌得满身都是。他放下酒瓶哈哈大笑，在帅克看来，他笑得像个白痴。

帅克不记得自己是怎么会跟周飞在一起的，他只隐约记得自从上次半夜将周飞赶出自己的家，至今已经有一个多月了。

周飞也看到了他，大笑着迎上来，一把抱住帅克，嘴里含含糊糊地咕哝着什么。帅克发觉周飞的身子直往下滑。

"我……我还以为你掉进马桶里去了呢！"周飞在震耳欲聋的音乐声里叫得声嘶力竭，一边止不住地大笑，"来，我们再喝！酒逢知己，哈哈！酒入愁肠，哈，哈哈……去他妈的女人！"周飞大力拍打着帅克的后背。

"就是就是，难得大家这么高兴，谁不喝趴下谁是孙子！"帅克身旁的女人起劲地怂恿。

未等帅克作何反应，原本坐在周飞身边的女人起身走了过来，一把拉开那扶着帅克的艳女，对帅克说："别听她瞎搅和，你们都差不多了，走吧！"

帅克突然发现这女人居然是孙兰。周飞怎么又跟孙兰搞在一起的？自己又是怎么来到这里，又怎么会跟他们俩一起？帅克呻吟着捧住脑袋，他不能想，一想就头疼如裂，好像有个小鬼在他脑子里拉锯子。

孙兰很是仗义地叫来两个保安，把两个醉醺醺的男人架上的士，报了帅克的地址。

一上车周飞就变成了一摊烂泥，把人家干干净净散发着橘子香味的车厢吐了个一塌糊涂。到了目的地，帅克还能勉强帮孙兰把周飞架进房间，丢在沙发上，他自己扑进房间，摸索了半天没找到灯擎，再也支持不住，朦胧中凭着印象扑倒在好像是床的东西上，立即人事不省。

第七章

有时候，能够长睡不醒也是一项难得的福气。帅克现在比任何时候都渴望拥有这样的好福气。清醒的人需要面对各种各样的问题。然而现实是残酷的，命运这东西的唯一嗜好就是将芸芸众生当作猫爪下挣扎的老鼠。

帅克是被一阵喧闹的动静惊醒的，他醒来的时候发现自己虾米般蜷缩在电脑台下面，周身酸痛，嘴里又干又苦，脑袋昏沉沉好像随时都有掉下来的可能。窗外射进来的阳光是昏黄而暗淡的，现在是什么时候了，清晨吗？闹钟显示的时间是六点。他吃力地撑起僵硬的身体，站在窗前伸了个懒腰，马上否定了自己的想法。太阳的半个身子隐藏在西天的云霞中，赤裸裸像个大蛋黄。已经是黄昏了，他整整睡了一天。

这时惊醒帅克的那阵声响再次闹腾起来，他搜寻着熟悉的声音，是手机。帅克摸出衣袋里的手机看看来电显示，号码很熟悉，是杨巅峰那神经病的办公室电话。他皱着眉头按下拒接键，顺便关了机。然而这个电话已经残忍地将帅克自混沌中拉回现实，帅克此时无比清晰地记起了自己的困境，以及那个造成自己狼狈境况的女人。

魔鬼！帅克觉得用这个词来形容师艳再贴切不过。他踉踉跄跄地走到客厅去找水喝。一走出门口，就看到了四仰八叉躺在地板上的周飞，一条腿翘在沙发上，头发蓬乱如草，嘴里嚅动着，好像在嚼着什么东西，一副好梦正酣的模样。帅克摇摇头走过去，伸脚踢了他两下。周飞没有反应。帅克索性拿起茶几上的水杯，一咬牙，将整杯凉水倒在周飞脸上。

周飞一激灵起来，怪叫着："下雨了下雨了！"

"下你个头！"帅克一把将周飞拉了起来。周飞摇摇晃晃坐倒在沙发上，揉着惺忪睡眼，勉强看清了面前的帅克。他咧嘴"嘿嘿"

一声傻笑："是你啊老大。你也来避雨?"又转头茫然看看四周:"这是你家啊老大?我怎么会在你家里?"

"我还想问你呢!"帅克一屁股坐在周飞旁边,点了根烟。烟草的刺激令他头脑略为清醒了些。他隐约记起昨晚将周飞架回来的情景,好像还有个孙兰?他起身在屋里转了一圈,又打开洗手间的门探头望了一眼,没有人,孙兰不知何时离开的。他重又坐回周飞身旁。周飞正捧着脑袋大声呻吟:"我这是怎么了?发生了什么事,我挨打了?"

"很可惜没有。你喝醉了。"帅克板着脸。

"喝醉了?昨晚?"周飞脸上露出恍然的神气,好像是记起了些事情。

"哦,对了,是在重金属。"周飞叹了口气。

"我们是怎么到那去的?"帅克是真的一点都想不起来了。

"你是怎么去的我不知道,我是在那里碰到你的,那会儿好像我们都喝得差不多了。"周飞也拿起根烟点起来,狠狠吸了一口,接着就剧烈呛咳起来。

"不会抽就别硬充。"帅克皱起眉头。

周飞没理他,又吸了一大口,这次他很顺利地将烟雾吞了进去,端详着手里的香烟,自语道:"我发现烟和酒真他妈是好东西,能让你麻醉,飘飘欲仙。我以前怎么没发现呢?""你什么时候开始抽烟的?"帅克发觉事情好像有点不对劲。

周飞一下子沉默了,自顾自地大口吸烟,好像跟烟有仇似的。终于,他掐灭烟蒂,缓缓开口:"一个月前,跟 coco 分手的时候。"

"你跟 coco 分手了?!"帅克失声叫。

"你很奇怪?"周飞抬头看着他,"男男女女,分分合合,我以为你已经见惯了。"

"为了孙兰?"帅克觉得不可思议。

"算是吧，可又不是。"

"是兄弟就别跟我吞吞吐吐的。"

"我想，主要是我觉得对不起她。你知道吗，我发现我根本没办法面对她还装出一副若无其事的样子来，真他妈累，特难受，那感觉。你背着梅清找过别的女人吗？"

"没有动过真格的。"帅克答。

"那就是了，"周飞点头，"背叛自己真心喜欢的女人，那滋味真是闹心。"

"所以你就跟coco分手？你不知道这样对她伤害更大？"

"我知道，但总好过让她有一天发现这事。就算她一辈子都发现不了，我也过不了自己这关。我跟她说我们不合适，分手算了。我保证不是为了别的女人，不能让她知道我跟孙兰……上过床。"

"她怎么说。"

周飞又沉默起来，出了半天神，才继续道："她反应很奇怪，既没哭也没闹，特别平静。她说，不管是为了什么，我总是等你的，但别让我等太久。我把房子留给她住，她不要，坚持要搬出去。临走的时候，她那眼神……她那眼神……老大，我做梦都会梦到她那眼神。"周飞捧住头。

帅克拍拍周飞肩膀，没说话。他不知说什么好。

"我跟孙兰，就跟吸毒似的，白天我拼命工作，拼命加班，实在没班可加了，我就找孙兰。我总得有点事干，不然，一闲下来，就想起coco的眼神……"周飞搓了搓脸，舒了口气，"老大，我想，人总得为做过的事负责不是？不管是好事还是坏事，总得要有个担当，我们毕竟是男人，对吧？"

看帅克没有反应，周飞继续道："我做错了事，受罪也是应该的。这么想想，心里就觉得好受些。你呢，老大，没事干吗跑到酒吧去灌酒？还弄了个妖怪似的女人，我差点以为你口味变了呢。"周飞强笑。

帅克沉思片刻，抬起头来认真地看着周飞，眼睛里神采焕发："我口味没变，心更加不会变。你说得没错，做错事是要受惩罚，但因为一个可以挽回的错误没有及时去弥补而遗憾终生，值得吗？"他顿了一顿，手搭在周飞肩上，继续道，"问问你的心吧！"

"我做错了吗老大？"周飞声音里充满迷茫。

"你变心了吗？"

"我爱她。"

"谁？"

"coco。"

"那干吗拿一个无心的错误来惩罚自己又折磨 coco？她做错什么？"

"我是为她好……"

"你以为你很伟大？你这叫自私！你准备这样过多久？你以为我们能活多久？非要等到她嫁人你才知道后悔莫及？

"你离开 coco 已经是个错误，又缠上孙兰更加错上加错！你还想害几个人？孙兰再怎么说也还是个人吧，是个女人！你拿人家当什么？真要有担当的，就面对事实，逃避算什么男人？！"

"老大，我没有……"周飞一脸的委屈，"我没想那么多。"

"那你现在就给我滚回家去好好想想！我有事出去，自己锁门。"

带上房门，帅克开始苦笑。劈头盖脸地教训周飞一顿并没使他得到发泄，他开始反省。其实自己有什么资格教训周飞？自己又比周飞好到哪儿去？梅清离开后，自己还不是到处去找女人，用花天酒地来逃避？然而周飞毕竟有一句话说得没错，做男人是应该有担当的。是好是坏，总要有勇气面对现实。他掏出手机。

对于帅克如此快地有了答案，师艳有些吃惊。她怔怔地望着面前的帅克。

"你说什么？"

"我说，我不能娶你。"

"你确定？"

"从没比现在更确定。"

"给我个解释。"

"因为我不爱你。"

"就这样？那孩子呢？工作呢？名声呢？你全都不顾了？"

"我造成的后果，我会负责，所以，如果你要告，就尽管去，公司的损失我会赔偿，在这里待不下去我可以去其他地方另起炉灶。至于孩子……"帅克顿了一顿，认真地看着师艳，"他是一条生命，不是物品，我没有权利决定他的生死，但我知道，如果我不能够给他一个温馨的家庭，我宁可他不要来这个世界受苦。而一对不相爱的父母是无法给孩子一个幸福的家庭的，这样子生他出来，你不觉得残忍吗？"

"可是我们会幸福的，我爱你，你也会爱他的。我是真的爱你啊帅克！"

帅克缓缓摇头："没用的，我不会爱你。我爱梅清，只爱她一个，哪怕不能够跟她在一起，我还是会在她的婚姻之外看着她。爱不是索取，师艳，你明白吗？"

"我不明白！我只知道我爱你就一定要得到你！我没那么伟大，我知道爱是自私的！"

"我们不可能的，师艳，去打掉他吧，否则你会受苦的。"

"不要你假惺惺！"师艳冷然看着帅克，"这就是你的最后答复？好，既然如此，你可以走了。我不用你管。但是，你记住，我会让你后悔的！"师艳的目光中充满刻毒。

帅克深深看了她一眼，转身走了出去。

房门关闭的刹那，帅克并没有如预期的听到打碎东西的声音，也没有撕心裂肺的号哭声，在薄薄的房门那边，一切死一般寂静。帅克突然有了毛骨悚然的感觉。师艳，她会怎样对付自己？

"该来的总是会来的。"帅克走进电梯，没有犹豫，没有回头。

不爱合同

1

接到李雪来信的时候，我还是《太平洋时报》的记者，当时李雪正在滨江大学上大学三年级，学的是企业管理。在接到李雪来信的那一刹那，我是被一种惊喜的感觉所笼罩。我的眼前浮现出这个大眼睛姑娘的模样来。在我短暂的教师生涯中，李雪无疑给我留下了深刻的印象。那时候，我刚刚走出校门，与我的学生李雪者们年龄差距不大。我作为语文老师，口若悬河地在讲台上侃侃而谈，兴之所至，泥沙俱下，对这些中学生们颇具吸引力。我注意到了李雪的那双眼睛，那双眼睛是充满神采而且极为专注的。这双眼睛令我汗颜。有一次，我布置的作文题目是《我的老师》，李雪写了我，把我写得十分伟大而且博学，真正令我沾沾自喜了好长一段时间。

后来，我与校长因为一些观点分歧吵了一架，再说我对学校里为了一个小小的职称你争我斗的风气极为不满，一气之下，我便不再误人子弟了，辞职南下广州，开始了我的自由职业生涯。广州人把我们这些在各报社应聘的自由职业者叫作流浪记者。我与《太平洋时报》签的合同是两年，在广州这个人情淡薄的地方，工作又不稳定，我真是觉得活得太累，南下了，却没有活出想象中的风生水起。和故人们少了联系。只是零星地知道，李雪考上了大学，在武汉这样一座特大城市中接受高等教育，不出意外的话，她将有一份体面的工作，舒适地过一辈子。

哪怕是到了后来，李雪都没有告诉我她是怎样找到我的地址。我的地址一直在频繁地换动，能找到我实属不易。只是有一次，她有些狡黠地望着我说，我就有这种能力嘛，即使你躲到天涯海角，我也有办法把你找到。我当时只是不以为然地笑了笑。

李雪在信里的口气好像我们压根儿没有几年不通音讯，好像我们之间不是师生关系一样，她好像觉得她是我很长时间的好朋友一样，她极随便地对我说，日子真他妈没意思透了。毕业后，她有可能要分回那个小县城的某一家企业里去，她说她想到广州来，不在乎什么铁饭碗泥饭碗的。她末了说，你看像你这样，也并没有什么不好。

以我个人的立场，我当然希望这个我喜欢的姑娘能到广州，不说是红颜知己，至少，我有了一个谈得来的朋友，这个朋友曾是我学生，她尊敬我，跟那些与我嘻嘻哈哈却从骨子里看不起我也被我看不起的所谓朋友有着本质的区别。她的到来将使我的生活增添许多温馨。但作为在广州混了些时日的过来人，我不得不提醒她这里的艰辛和复杂。李雪在回信里对我挖苦有加，她写道：我敬爱的司徒老师，您不要把我想象成四年前坐在您的讲台下全神贯注听课的那个傻姑娘，是不是您觉得广州竞争太激烈，怕我抢走了您的饭碗？不管您帮不帮忙，反正我意已决，恐怕没有人能说动我了。要是您不肯帮忙的话，我就这样直接闯过去，广州之大，我想不会找不到我的容身之处。既然她来意已决，我也算是仁至义尽了。我只得在我采访的对象和我交往的圈子里四处打听。要不，她贸然闯来，真不知会发生些什么事情。

她来广州前的一年里，我们信来信往，不会比热恋中的人信少，但我们在信中只谈广州，只谈不同人在这样的时代里的不同心态。她在信中问：司徒老师，你好像说过，你要成为最优秀的作家，现在还想吗？我在信里对她说，作家现在都快成骂人的话了，我都不记得我说过如此没有出息的话。

这段时间里，我没有断过交一些女朋友，有的甚至到了谈婚论嫁的地步，最后都是临门退缩，现代爱情故事都是些没有结局的肥皂剧，谁会信爱情什么的那不是傻瓜吗。在我的辞典里，爱情就是晚上迎进来早上送出去。爱你爱你之类的话倒是时刻在嘴边，随时赠送，那是通往床头的红地毯，像法国葡萄酒的颜色。这段时间收到李雪的来信，听到她要来的消息，压根儿真没有把主意打到她头上去。她于我就像一道很美的风景悬挂在远处，只能想象，不能触及。我喜欢这种遥远的友谊。我是怀着一个长辈对孩子想念的感情在想她。

平时交往比较密切的一个哥们郑义雄是一家公司的经理，我与他几次提起李雪，他说："小事一桩小事一桩，你的宝贝学生工作的事包在我身上了，我公司的那个秘书小姐左看右看都不顺眼，我到时候炒了她换上你的李雪不就行了。"

"你公司的秘书怎么了？是不是不屈从你的淫威。李雪要过来了，你可不要打什么歪主意，要不，我跟你急。"我一本正经地对阿雄说。

"当然当然，朋友的女人，我会动吗？"

"不要瞎说，李雪是我学生。"我有些生气了。阿雄怪声怪气地学我的口气重复了一遍："学生，你可真纯洁呵。"同在一起吃饭的朋友们一起大笑起来。我真是哭笑不得，随声发出些勉强的笑来。

2

还没等到最终领到毕业证，李雪就急不可耐地要来广州。我也不好怎样劝阻。要劝阻反而好像是我不欢迎她来一样的。我只好老老实实按照她写信告诉我的车次去接她。

虽然是六月，但广州那段日子阴雨连绵。从武汉开过来广州的81次列车那一天晚点得特别离谱，本来应该中午一时左右到的，一直等到下午五时左右才到。不见面的时间太长了，在这之前的电话里我说恐怕我们快要认不出来了，还是用一点标志好了，我要举一个写着她名字的牌子，她不答应，她觉得太俗。表示不用任何标志一定能把我从接站的人海里揪出来。最后要来火车站的时候，我还是举了一个红色的牌子。上书两个歪歪扭扭的大字：李雪。中午一时以后，只要见有人出站我就举着这块纸牌，手都举得酸软了。雨又见缝插针地来偷袭，弄得我衣服没有一块干的，狼狈极了。

　　我一直记得她走向我的模样。那时我真是等累了，她三两下就冲到我跟前。她没有叫我老师，而是大大咧咧地叫我的姓道：司徒！然后就从我手中夺过写着她名字的红纸牌扔在地上，那块红纸牌因为雨水的原因，有一道道褪色的水痕血一样往下边滴落。真是在践踏我的名字。她娇嗔地向我抗议道。

　　我真是来不及回过神来，除了那双眼睛外，她几乎已完全不是原来的李雪了。那个李雪有神，灵动，但是并不漂亮。可眼前的李雪，初一看来，漂亮得让人不敢正视。她也明显长高了，站在我身边，看样子显得比我还高。她穿一件黑色的短袖衫配上一条牛仔裤。显得充满了热力。

　　我尽量不让自己激动。在这灰暗的日子里，我才不需要那种沉重的爱情，我们背负不起太严肃的感情。而她只不过是我的学生。想到这些，我坦然地接过她手中比较重些的两个包来。冲她笑笑，然后，找了一辆的士，直奔我的住处。

　　由于报社不提供住房，我自己在广州的城乡结合部冼村租了一套一房一厅的住房。从外地来广州的流浪记者大多是这么住的。我们把东西放下后，安排李雪吃罢洗罢，我给阿雄打了个电话。郑义雄任经理的这家公司是一家广告公司。阿雄在电话那边说，怎么说来就来，好吧，我这边马上着手炒掉那个秘书，三天后让你的李雪来上班吧。晚上，我让李雪睡在房里，我自己睡在客厅里的旧沙发上。第二天我醒来的时候，李雪已为我下好了面条，小妇人一般地在我的沙发跟前捏我的鼻子："懒虫懒虫，快起来吃饭。"我睡眼蒙眬地睁开眼睛："别闹别闹，你以为这是武汉？早上吃什么面条，本来准备带你去喝早茶，让你知道广州人民是怎样打发早上这一顿的，你这一闹，把我的好兴致都闹没了。"

"明天再去喝早茶吧，今天就算了，吃下这顿面条算是回味一下故乡的生活。留给你表现的日子以后多着呢。"李雪一边哧溜溜地吃着面条一边说，"司徒，我们这也算是同居了吧。"我吃惊得筷子差点掉下来了。"别胡说，我们这充其量只能算是共同生活。不不，也不是共同生活，只是你暂时借住。"

李雪一下子笑起来："看你吓的，好像我就要缠住你不放似的。"

三天以后，李雪去了郑义雄的那家蓝天鹅广告公司上班，职务是秘书。公司为她们在杨基村租了一套房子算是宿舍。我替李雪把她简单的行李提了过去，她们一共是四个女孩住在一起，这样也令我放心了一些。尽管李雪似乎对我的小窝恋恋不舍，但不可能总是让我睡在那破沙发上。一夜就已让我腰酸背痛的，时间长了我非腰肌劳损不可。而且，李雪这样一个女孩住在我身边，我不敢保证我能一直把得住心性。我想我是有一点害怕。

安顿好了李雪，我感到心里一阵轻松。亦感到有一些淡淡的失落。但在广州这样一座城市里，是不允许有任何懈怠的，日子一如往常过着。这一年，好像是要到世界末日一样的，广东到处都是成灾的暴雨，这里也是洪灾那里也是洪灾。我采访这些灾害都采访到有些害怕了，心情也坏到了极点。也是在这个时候，我两个月以前写的一篇人物专访被主人公提出上诉，说我损害了人家的名誉。报社领导找了我谈话，语重心长地说："年轻人，工作的事要有一个认真的态度，新闻的事是不容许有一丝一毫马虎的。"虽然我没有马虎，但这时候我也只有一个劲点头称是的份儿。

李雪星期天便到我这里和我一起煮饭。也不知她从哪里学来的手艺，炒起菜来还真炒得像模像样，我懒懒地躺在沙发上看书，李雪一个劲地在厨房里忙乎。很快就有了一桌子菜端了上来。李雪就说："司徒，我是不是像很早就是你老婆？"我连忙说："别吓我，我可没有能力当别人的老公。""你终归要结婚的吧？""不！我永远也不要和谁结婚。"这时候，我们之间的气氛有些尴尬，但我知道只有这样，在广州这样一座飘浮的城市里，我们都没有能力承诺什么。李雪多少有些怨艾地瞪一瞪我，然后我们便无言地开始吃饭。过了一会儿，李雪沉默不住了："看你，一天到晚东奔西走，又黑又瘦，这些日子肯定有什么不愉快的事。司徒，你真的需要人照顾，我可以把你养得胖胖的。"这话听来不由我不感动，但那只是刹那间的事，很快我就嬉皮笑脸地说："我才不要呢，到时候胖得走不动了，像头猪，我还活不活呀。"

在工作不顺心情郁闷的日子里，李雪无疑为我的生活增添了许多亮色。我们这些临时被聘的记者，采访时一副铁肩担道义的模样，但实际上我们的心是虚的，我们没有正式的记者证，没有广州户口，有的甚至连广州的暂住证也没办，在广州这样一座城市里，活得有些不明不白。有时候感觉自己像无证行医的游医一样。我们也不过是民工，只不过有些文化而已。在百万民工回家乡的春节里，我们也一样要背负行李千山万水地回家过年。因此我特讨厌谁提到民工这个词。现在，有了李雪时不时过来我身边，一口的家乡话，我们可以聊过去的那些故人故事。有时候，李雪会盯着我，然后说："司徒，第一次见你，我就觉得我是被你吸引住了……"每到这时候，我总是急匆匆地打断她的话："要编故事别拿我来开涮。"

李雪老是抱怨我不肯带她进入我的社交圈，其实我的社交圈子挺简单，甚至称不上什么圈子。因为大家在一起污言秽语惯了，我是怕李雪受不了。但李雪坚持要参加我的活动我也不好坚拒，只好带她去。我们这帮清贫的流浪记者去的最多的是东风东路的红太阳酒吧。那里布置简陋朴素，消费不高，颇适合我们这些囊中不丰又渴望交流的单身汉。

我们赶到的时候，江成他们那一伙已经坐在那里了。这是一群写诗的朋友，江成则是一个热心的组织者。这个警察，当不成007，就来文化圈子中凑热闹。一见到我们，老江就叫道："怪不得这些日子很少见到人，你这个花心萝卜开始恋爱了。"江成故意把"恋爱"两个字拖得很长，显得有些怪腔怪调。几个人一起笑起来。内蒙古过来的娜仁一直以胆大著称，她用手在我的脸颊上轻轻拍着，一边说："你是有了新人丢旧人呵！没良心的。"我拨开她的手："别闹别闹，这位是我学生。"王晓就用《你究竟有几个好妹妹》的调子哼道："你到底有几个女学生，为何每个女生都这么天真。"一拨人摇头晃脑地为他打着拍子。李雪有些拘谨地朝大家笑笑，在我身边默默坐下，那帮朋友们见李雪并不怎么响应他们，也就没有把话题再集中在我们身上。

王晓是那种喝起酒来不要命的角色："来，许久没有在一起畅饮了，今天我们好好地喝吧。来，第一杯先干了。"他率先一仰脖子，喝完了。我们也都跟着喝。李雪在我旁边不断用胳膊肘碰我，小声说："别喝太多了。"可是在这种时候，我是不会装狗熊的。我也记不得我喝了多少杯。最后是李雪扶我回家的。她用陈醋冲了糖水让我喝，一边嘀咕道："要老是这样，身体非给喝垮掉不可。你的那些朋友，还说是什么文化人呢，一个个跟流氓一样。"我借着酒劲，对李雪说："李雪，我承认我喜欢你。可我不爱你，我谁也不爱。爱情是傻瓜们的游戏。"李雪盯着我，我接着说："去，拿笔和纸来，我们订一个合同。"我在纸上歪歪扭扭地写道："不爱合同。"接着写内容："合同双方认为，爱情是一种弱智的表现，是一些痴人的游戏，订约者心智健全，绝不陷入愚蠢的爱情中去。立约人：司徒吉。"我把这合同递给李雪，让她签名，李雪看后，大笑起来，随手潦草地在我的名字旁边签上了她自己的名字。然后冲过来对我说："现在我都签了合同，你不用再害怕了吧。今晚我可以和你住在一起了吧?"

是我先上去抱住她的，然后我们便吻在了一起，又在床上滚在了一起。李雪不是处女，这让我有些失望又让我有些轻松。

3

有了不爱合同以后，李雪像是有了一张爱情合同一样，成天往我这边跑，寻呼机一天到晚被她呼个不停。像是一根线拴在她手里，而有时候当我欲火中烧要找到她人时，却四处都找不到。这真是不公平。更让我烦的是，她一天到晚要检查我的寻呼机，哪些人呼了我，有多少个是女的，她了如指掌。白天采访完后晚上要赶写稿件，她却来到我这里一定要我陪她讲话，我说你不见我正在忙吗，她就说我就知道你开始烦我了。然后就坐在旁边一个人津津有味地哭起来。我只得去劝她。连续几次都不能按时完成报社交代的任务。

本来生活就不轻松，如今加上了李雪，更是觉得累得难受。有几次，我在寻呼总台留言说要赶稿停呼，然后在办公室的沙发上美美地睡一觉。有时候一想，来广州都快两年了，我究竟得到了什么呢。过去的同事总是关心我赚到了钱没有，我只得坦白地说没有。跟我一起来广州的王晓现在和一个书商在合作，据说是挣了不少钱。王晓也没有少向我灌输钞票制造的神话，我自己也不是不知道，可就是挣不来钱。我随王晓去过一趟他们公司，他们的经理长得獐头鼠目，却一副志得意满的样子。钱真是能壮人胆。王晓指着我对那经理说："这是我的哥们，才子，《太平洋时报》的大记者。"末了又补充一句，"我这哥们可是广州名记呵。"我笑起来："怎么听起来像是江淮名妓一样，别把我当董小宛了。"那经理握着我的手说，以后我们多合作。王晓又指着那经理对我说："这位是出版界有名的李维力，成功地策划了'名女名情'系列书系，发行量创下了广东纪录。"我冲李维力点了点头。就去看他们策划出版的书。这些书里，有《股海冲浪》《速富窍门》《浪女孽情》……还有一批杂志，封面一律是大腿和胸脯，上有醒目的要目：黄潮涌中国、乱伦悲歌、他扑向他的嫂子……我感到内心里有一股说不出的悲哀。王晓留我吃饭，我推说有事，赶回了报社。这种钱，我真的挣不来。

回到家的时候天已经很晚了，刚要开门，发现李雪从旁边踅出来。我吃了一惊，然后我说："你是在这里等我吗？让别人看到了还以为是怎么一回事。以后，没有跟我联系上不要随便往我这儿跑。"李雪很委屈地嘟着嘴巴："人家担心嘛，呼台说你停机了。人家还以为发生了什么事呢。"我用手搂住她的腰："好了好了，进屋去说。"李雪把我的手打开："我不进去了。"说完，扭头就走。

我没有赶上去追她，我真是不想纵容她的坏毛病。我走进房去，打开电脑，想写点东西，却一行也写不下去，只得翻开一本书，依旧看不下去，心里烦乱得要命。到下边的一个四川小吃店胡乱地吃了一点。又觉得自己没有什么胃口。回到住处冲完凉，天已经很晚了。辗转反侧地睡不着。呼了一下与李雪住在一起的一个熟悉的女孩，她告诉我李雪一直没有回去过。我从床上跳起来，这个害死人的李雪，会到哪里去呢？我拦住一辆摩托就往杨基村赶。我实在想不出她会有什么地方好去。和她同宿舍的几个女孩一筹莫展地站在那里。下定了决心这辈子不让女人来烦的，现在还是被烦了一次。

一直等到深夜一时左右，李雪才幽灵般地踅了回来。看到我，她只是平淡地说了一句："算你还有一点良心。"然后推门和那帮姑娘走进屋去，把我尴尬地晾在那里。倒是另一个姑娘提出请我进去坐坐，我连忙说："太晚了，我得回去了。"

日子就这样不咸不淡地过着，王晓来找过我几次，说是要给我提供发财的机会。王晓说："出来了就是要放开胆子捞点钱。要不，你说像我们这些人有什么东西壮胆。人家那些打国家工的，虽说穷点，可是有得房子分，有得医疗福利。还有得薪加，有得官升，我们这些辞了职的人是一群没有明天的人，我们的一切只能靠我们自己。"见我张开嘴要说什么，王晓挥手打断了我："我知道你要提什么社会责任感、道义、良知什么的，可这些书我们不做照样会有人去做。这年头，只有钱才是真的。"他递给我一个他拟出来的选题报告，一边又说，"司徒，你脑子灵，看问题比较准，要真是把心思放在了弄钱上，我还真不是你的对手。"

我翻开王晓的选题报告，标题是《股市情仇》，两句内容提要是：当代情欲物欲长镜头，世纪末情绪大展示。一些章节的小标题都已拟好。王晓说："你也采访过许多股市人物了，多点惊心动魄、大起大落。再加上婚外恋、情妇、小蜜、畸情，多做些性的细节描写，这本书一定好卖，以你的文笔，写这东西是小儿科了。二十万字，一个半月成书，基本稿酬三万。书发行超过五万册，另付发行稿酬。"王晓拿出一个信封来，"这一万元是订金。怎么样，你干不干？"

我没有明确对王晓说我不干，而是推说我实在太忙，也的确，要是我一边上班，根本无法用时间去弄这么长的东西出来。王晓说："你那不够一壶酱油钱的班不上也罢。"我不置可否地笑笑："我命里五行缺金。"

李雪不知从哪里得到了她一个同学亦即我的另一个学生的消息。大概是从跟老家人通电话时无意之中得到的吧。此人名张琴，当初在我班上时成绩平平，因而我不太有印象。李雪用打听来的寻呼机号码呼了张琴，张琴现在在广州一家歌厅里做小姐。小姐也者，不再是过去少爷小姐的小姐，而是卖笑者的别称，我不主张李雪去与张琴交往，倒不是我有什么职业偏见，只是我曾为人师，培养出一个张琴来，我实在是问心有愧。李雪笑着攻击我道："还蛮有职业自豪感的，监狱里人满为患，哪个没有经过学校教育这一关，要都像你这样，我们的园丁还敢见人吗？不过也别担心，我和张琴走不到一条道上去的。"

李雪倒是听我的话不去找张琴，但张琴却经常打电话找李雪，李雪对我说："张琴白天里没有什么事做怪无聊的，她这人也是，什么事不好去干，偏要去干这行。"我不便表述什么意见。只是不置一词地沉默。这时候，寻呼机突然猛烈地响了起来。李雪连忙拿过我的寻呼机去看，见上边有一横，知道是女的呼我，李雪问："是哪个姑娘又在呼你了？"我一看，是娜仁。对李雪讲了，李雪就问："是不是那天摸你脸的那个娜仁？"我只得说是。"那我不准你复机。""不行"，我强硬地说，"娜仁一般不会呼我的，呼我一定是有正事。我和娜仁之间什么事也没有哇。"娜仁通知我第二天去中国大酒店参加一个记者招待会，在广州，参加一个记者招待会只需回来发一个通稿，当时能有二百到四百元钱的一个信封算作是车马费，这对收入不丰的小记者也算是一不小的美差了。复完机回去时，李雪坐在我的床边抹眼泪。我用双手环抱住她："这是干吗呢，我的老佛爷，怎么好好地就哭了。"不说还不要紧，一说她哭得更厉害了。

我只好使用最后一招，把她抱到床上放平，吻着她的眼睛，她的泪水，手轻柔地在她身上游动，最后她才止住了哭。她说："你是一个流氓。"我说："流氓才好呢，男人不坏，女人不爱。"她马上接着说："爱你有鬼用，你又不会爱人。"我一时语塞，只是更加用力地在她身上动作，她说："你就只知道回避，不知道你要回避到几时。"完事以后，李雪朝我凑上来："司徒，你和多少个女的睡过觉？"我含糊其词："不多。""我跟她们比怎么样？""你是我见过的最会睡觉的女人。""你跟娜仁睡过没有？""没有。""不，你肯定跟娜仁睡过，她的奶子那么大就是被你睡大的。"我在她的胸脯上捏了一把："傻瓜，以前我没有睡你它还不是照样大了。"

4

广告业这几年一直不太景气，李雪所在的那家蓝天鹅广告公司一直是不死不活地维持着，进入九五年以后，这种维持都已变得不可能，公司负债累累，老板终于不肯在这家倒霉的公司上劳神费力了。公司宣布解散，我的哥们郑义雄又沦为自由人。李雪和她的一干同事作鸟兽散。宿舍也退租了，李雪重新无家可归。她又把她简单的行李往我这儿搬了过来。这时比初来时的东西多装了至少三个包。一些瓶瓶罐罐的化妆品我都叫不出名字来。女人，真是一种有能力把简单的生活弄得复杂的动物。

我的房间被清洗一新，所有的书和稿纸被摆放得井井有条，只是我再也找不到我要找的稿子在哪里，我原先虽杂乱，但我总能记起我要找的东西在哪里，现在常常要为一份稿子把整个房间翻个底朝天。她还有些表功地对我说："司徒，你不觉得走进来整洁多了吗。"我不耐烦地说："整洁顶屁用！"她就坐到一边去生闷气。房门口摆着几双拖鞋，进客厅必须换上拖鞋。而进卧房必须穿袜子或者打赤脚。这般烦琐令我大为不快。租一处房子原本是要找一个能随心所欲的处所，要是我得处处中规中矩，我要这个人的空间来有什么用。

可我又不能说她什么，现在她失业了，心情肯定不好，我只好小心翼翼地找些她喜欢的话题。起初我们还挺乐观，不就是要找一份工作吗？这有什么太难的呢，后来我打听了周围一些朋友，都找不到合适的。李雪自己也急，她跑到南方人才市场登了记，又满街找那些职业介绍所。交了一些手续费报名费后就没有了下文。"通知我去见工呢，"那天我一下班，李雪就兴冲冲地贴过来对我说，"是一家制衣公司，去做总经理助理呢。"我也为她高兴。"那你明天好好地收拾得端庄大方一点去吧。"

见工之后接着就是上班。公司发给了她一套很不俗的时装作为工作服，那种为白领丽人专门设计的时装。可是才上十天班，她就说她不想去上班了。我问她怎么回事，她说她们那家制衣公司效益极差，老板也花，一次她一个人在办公室时老板从身后把她抱住，两只手就停在她两边的胸脯上。我非常气愤，说要去曝光老板的丑恶嘴脸。李雪拉住我："别去，别以为人家会怕你个穷记者的。"

这次报社派我去浙江采访，原定的是十天的行程，结果我五天就回来了，一回到住处，发现李雪正与一女子谈得火热。那女子一头短发，把原来的一头乌发染成了一头黄发。见到我，那人说："司徒老师，认不得了吗？"我只得惶恐地承认。李雪在一边大笑起来："她是张琴呀！"听说是张琴，我心里便有些不高兴，但我尽量不让这种不高兴流露出来。我淡淡地说："真累呵。"我就进房去躺下了，两个姑娘在厨房里张罗。我好像是模模糊糊地睡了一觉，李雪捏我的鼻子把我弄醒。我吃完，张琴就要走了。现在天近黄昏，她要开始去"上班"了。我培养出了这么一个张琴，对广州人民的夜生活，算不算是一大贡献呢？

张琴一走，我就问李雪："不是说好了不要与张琴来往的吗？这倒好，你把她领到家里来了。"李雪满不在乎地说："张琴又不是洪水猛兽，怕她干什么。""我不让你跟她这种人交往。""你以为你是谁，你是我什么人，管这么多。张琴是哪一种人，也不见得比你们差，瞧你们，为了记者招待会上一个小小的红包去违心地写稿，比讨饭也强不了多少。有什么资格对张琴说三道四！""可是我不准你带她到我的房子里来。""对，是你的房子，你以为谁想在你这里待一样的，我现在就搬走。搬去和张琴一起住！"她去找来旅行箱收拾起自己的东西来。我上去抱住她，不断认错，好言劝慰，最后她才打消了即刻搬走的念头。

吵了一次以后，我们似乎总是有些疙疙瘩瘩，她照旧还跟张琴来往。我也睁一只眼闭一只眼，王晓来找过我几次，见李雪没事做，王晓说："要不让李雪到我们那里去学打字，工资是低一点，可比这样闲待着好。"李雪自己不愿意打字，我也不想李雪进王晓他们那种公司。

最后李雪的工作问题还是张琴解决的。张琴认识的人多，且多是些老板。李雪便被介绍去了一家豪华的酋长大酒店做咨客。

酋长大酒店替他们的员工也是在杨基村租的宿舍，李雪正式上班之前要搬过去，在她搬走的前一夜，她柔情似水地倚在我身边。从我的枕头底下翻出一本破杂志来，对我朗诵其中的句子道："在那年轻的岁月里，你不经意的温柔的一瞥唤醒了我一生一世的柔情，为了你献出我自己我不悔此生。"我连忙用手在鼻子跟前挥舞着像是驱赶什么异味一样，口里说道："酸，酸得发馊。""可是我不觉得，"李雪像幼儿园的小朋友那样用双手支着下巴伏在我身边说，"我觉得就像是在写我当初对你的感觉一样。这句话是为我们俩写的。""这种狗屁句子，犯得着为它感动吗，要是想听，我只要一张嘴，每一句都比这精彩。""阿吉，"这是李雪第一次这样叫我，从此她便不再叫我司徒，而是像广东人一样，在我名字前加一个"阿"字，"我是爱你的，你却逼我跟你签了个不爱合同。你肯定会为此而后悔的。"

我们不再说什么，李雪熄了灯，静静地躺在我身边。外边是嘈杂的人声，在冼村这地方，几乎没有静下来的时刻。微弱的灯光从窗子里透进来。我看到李雪的眼睛在黑暗中闪闪发亮。她将耳朵贴在我的胸膛上，听着我的心跳。然后便一颗颗开始解我的扣子。她把我脱得精光，又开始脱她的。在这幽暗的背景下，我才第一次感觉这个跟我赌气吵嘴的人的美来。我宁愿这种美于我是一种风景，不要让我知道她的病痛及弱点。我爱她吗？或者我的骨子里还有爱这种情感吗？她上来紧紧地抱住我，一股巨流般的快感把我淹灭。她要了一次，还要一次，在这中间，她发疯般地吻着我的脖子，吻着我的肩胛，我的肩胛被她吻得火烧火燎般疼痛。后来才发现被她吻出了两道血红的广州人称之为"铁板烧"的印记。我虚脱般地紧拥着她，然后沉沉地睡去。第二天早晨醒来的时候，我见她睁着眼睛，两只眼睛上都挂着泪珠。

5

酋长大酒店气派豪华，在广州市最繁华的路段。平时我经过这里的时候，都对它侧目而视，现在不同了，李雪在这里工作，使我一下子觉得跟它亲近起来。每当黄昏时分我经过那里的时候，就看到李雪穿一身红色的旗袍文静地站在门口，亲切地迎接着每一个走进去的宾客。这些客人大多衣冠楚楚。对于李雪这个聪明的学了四年企业管理的大学生来说，我总觉得她不该做这种职业。可我又说不上有什么不妥，况且，这份工的薪水比我的要高。每当我从酋长大酒店门口经过的时候，李雪就冲我笑笑。因为多是在我休息的时间她们上班，而且她们又不休正常的节假日，李雪到我这儿来的时间明显少了。

李雪和张琴结伴来看过我几次，我对张琴不像原先那样冷淡了，甚至发现张琴不乏幽默之处。张琴也跟李雪一样改口叫我阿吉，还敢于跟我开一些露骨的玩笑。有一次张琴说，有一个相命先生，见到三个女人吃香蕉，就断定出了三个人的身份。旁边人问原因，他说，你看第一个女人吃香蕉，剥开以后，两手捧着蕉，一口就吞了下去，这必定是一个妓女；第二个女人，剥开以后，左手拿着蕉，右手把自己的头往前边推才一口一口去吃，这位必是一个新娘；第三位，剥开后，把香蕉一节一节捻断，才一小节一小节去吃，这必是一位尼姑。张琴说完，我和李雪笑得打滚。张琴不讳提妓女的字眼，有时拿我出来开涮："阿吉，读书时我们想惨了你，找一个时间让我得偿夙愿。"这时候，我才发现，李雪的脸色有些阴沉。

我也不知道我到底在忙些什么，一天到晚忙忙碌碌地在一些人与事中奔波，写一点稿，开一些小有收益的新闻发布会，然后就是和一帮朋友喝喝啤酒聊聊天，时间过得飞快，不知不觉夏天就到了。这才记起李雪有几个月没有呼过我了。她那里又不让听电话，我只得赶到酋长大酒店去，站在门口的咨客是一位陌生的姑娘。我问她："李雪呢？"她冲我摇摇头，她说她刚来上班不到一个月，不知道谁叫李雪。我进去找了酒店的领班，领班告诉我，李雪在三个月以前就已经走了，但她们都不知道她去了哪里。

我呼了张琴，赶到张琴所住的杨基村，张琴说："大记者，总算记起我们来了。寂寞了吗？"我立即说："别油腔滑调了，告诉我，李雪现在在哪里？"张琴依旧嬉皮笑脸地说："我又没有义务替你保管李雪，找我干什么。"见我真是急了，张琴说："三个月以前，李雪被酋长大酒店炒了鱿鱼，她怕你又为她着急，没让我告诉你，找了很多地方都找不到合适的。她做咨客时跟人进到卡拉OK唱过歌，现在她就在歌厅里陪人唱歌，还不错的。"我的脸一下子气得发青，张琴连忙补充道："可不要瞎想，李雪可是卖艺不卖身的。""那她现在在哪里？"张琴给了我一个李雪的寻呼机号码，让我自己去找她。

连续呼了三次也不见复机，好久以后，那边终于有了响动："谁呀？"一个懒洋洋的声音问道。我喊道："是我，司徒吉！""干吗这么凶呢？"那边依旧是懒洋洋慢条斯理的声音。我朝四周看了看，只见人们都在盯着我看，我压低了声音："你现在在哪里？我想见你。""那你过来吧。"她告诉了我她所住地方的门牌号码。我一路找了过去。

一路上我想着怎样对她说，说些什么，还有我以什么身份对她说，显然不能再作为老师为她指点迷津。也不能像她的男朋友似的干涉她的生活方式，我现在觉得我的身份挺尴尬的。我真是没有权利和资格去指责她。还没见到她，我冲动的情绪就已经平静下来。她也不是小孩子了，她做出的选择肯定有她自己的苦衷和理由。

李雪已在楼下等我。我随她到了她住的三楼。房间里的布置就跟她在我那里布置的一样。我所有的火气在此刻已化为乌有，有些痛苦地认同了李雪如今的身份。"小姐"，李雪现在是小姐了。只是我对李雪再也提不起兴趣来。甚至连抱她一下的冲动都没有。"怎么样，我请你去吃饭，"李雪对我说，"随便点一家酒楼。"我冲她笑了笑："是不是富起来了，听起来一副奔了小康的样子。""富不富，请你吃顿饭还是请得起的，算是答谢你引我到了广州。"我叫起来："天地良心，广州可是你自己要来的，别把我当成千古罪人似的。"

"我知道你在想些什么，其实，我们陪客人唱唱歌，也没有什么太过出格的事。"在五羊新城的一家酒楼坐定以后，李雪还在跟我解释："我们跟张琴她们还是不同的。"我摆摆手，让她不要说，我说："我也不认为张琴她们有什么不好了。"我笑了一下，补充道："都是自食其力的劳动者嘛。也没有堕落到剥削阶级阵营里去。"李雪的手从桌子下边伸过来在我的大腿上捏了一把。我故意酸酸地念出了徐志摩那首不为人称道的诗的标题："别拧我，疼！"李雪冲我笑起来。我看到她那眉毛有明显地修整过的痕迹，失去了那种天然的不事雕琢的自然美。手指甲上是一层粉红色的指甲油。李雪说："别人说漂亮的姑娘卖身体，聪明的姑娘卖智慧，又丑又笨的姑娘卖苦力。你常说我又聪明又漂亮，可是却混成这样子，是不是苍天不公。"我没有接过她的话题，我说："呼一呼张琴，一起吃顿饭吧。"张琴现在已不在任何卡拉OK陪唱了，她常住在杨基村的一家发廊里，专门进行特殊服务。白天没生意的时候，她就和她的"同事"们打打扑克、闲聊来打发时光。由于离这里近，张琴一呼即到。张琴化浓妆，但仍然掩饰不住眼圈周围那圈发黑发青的阴影。正吃着饭，李雪的寻呼机响亮地叫了起来，我立刻一皱眉头，指着那寻呼机说："你要这东西干什么？""你不是也有吗？""我是为了工作方便。""我也是。""也是为了'工作'方便？"我坏水直往外冒地故意问道。

6

报社一直是一个是非之地，一时查有偿新闻，一时抓精神文明，但是红包该拿的还是照拿，有偿的文章还是一篇篇从报纸上出来。而且时不时还有假新闻爆出来。一些人便对流浪记者颇有微词，似乎全是这一群人弄坏了新闻秩序。又传说国家要整顿报刊，有多少多少的新闻从业人员将失业，一时间，满城风雨，人心惶惶。一些高校里新闻系的毕业生又鸭群般地往这些地方拥。总编打电话说要找我好好聊聊时我就预感到没有什么好事，总编为我泡好一杯茶，对我说："司徒，一年多来，你为报社采写了不少有分量的好稿。"我默默地看着总编。"你是一个很有才气有想法的人，现在我们报社又新分来两个人，是上面强行分下来的非接受不可的那一种。报社原来一直想争取到编制把你从北方调过来，但是实在争取不到了，我们感到很不安，也不好一直耽误你，去找一个能帮你办调动的地方去把问题解决了，这样对你才公平。"我是一个一点就通的人，我知道该怎么去做。我说："在《太平洋时报》的这两年多的时间里，我真是学到了不少东西，这两年里，感谢你对我的许多照顾。"总编连忙打断了我的话："客气什么，我的能力有限，真是感到很内疚。以后还是要多给我们写稿。"

走出了报社的门，才感到心里空落落地一阵难受。我是被炒鱿鱼了，这是不争的事实。一直高谈阔论的所谓的责任感和使命感失去了依凭的基础。不能再铁肩担道义了，你想把它当作事业时它却不当你是它的从业者。我苦笑了一下，真是献身无门，就像一个丑姑娘一样。

我想凭这几年在广州打下的基础，要找一个单位应该不是很难的一件事。走了几家报社和杂志社，一家一家人满为患的样子。仿佛中国什么都缺就是不缺人一样。有几家原来老开玩笑说要挖我过去的单位真见我来了却是避之唯恐不及。"我操，"见到李雪以后我说，"我还一直以为我是精英分子，这时才知道整个一个社会渣滓。"李雪安慰我道："不就是一时没找到工作吗，有什么好泄气的。再说你还可以靠写作来养活你自己呢。"

连续三个月没有工作，我在家里炮制的那些小说散文之类的玩意又卖不出价钱来。欠了房东两个月房租了。我差不多把相机、书柜、电视机能折价卖的东西都卖光了。唯有一台电脑一直舍不得卖。李雪赶来我的住处："你还有什么东西要卖，卖给我。这里不住了搬到我那里去住不就行了。"她找来一辆小货车把我和几本书和那台电脑一起拉到了她住的地方。

李雪不知什么时候去配了一部手提电话。平时白天她会待在家里睡觉，晚上经常不回来睡觉。我知道所谓卖艺不卖身不过是编出来的自欺欺人的鬼话，我是宁愿相信这句话是真的。我感觉其实我更可悲，现在我实际上是靠她在养活，靠一个姑娘卖身的钱在过日子。这一段日子，我经常把我自己灌得大醉。寂寞、无聊、空虚，还有那种没有明天的绝望情绪一起向我涌来。转眼就是中秋节了，李雪买回一大堆各种水果、月饼以及一大堆菜，把整个冰箱塞得满满的。那一天我们做得很丰盛，张琴也赶了过来。我们喝了很多酒。我说："来，我们为月亮干杯。它看着我们一步步长成今天这样子。"张琴伏在桌子上哭起来："我真想家呵，我妈要是知道我在广州过着这样一种生活，非得打断我的腿不可。"我指着自己的鼻子说："司徒吉你真有本事，培养出了两个小姐，小姐是什么你知道吗，小姐是婊子，是妓女，是鸡。"李雪口齿不清地冲我说："你这个没用的阿吉，说这些烂话是什么意思？妓女有什么不好，杜十娘不是妓女吗？还有李香君，还有苏小小，还有董小宛，留下多少佳话。还要是有钱又有情的阔少爷才能得见。像你这种又穷又刻薄的家伙怕是无缘得见了。""我他妈算什么，一个被妓女养活的孱头。"我旋即又否定了我的话，"不，我是世界上最优秀的男人，像我这么优秀的人真不应该过成这个样子。"我们把录音机的音量放到最大。我举着杯子说："我们去找月亮。"高一脚低一脚地打开阳台的大门，外面的阳台上只能看到狭窄拥挤的房子令人窒息地一栋连着一栋，我说："这杨基村真他妈的像一个鸡窝。特别是有了你们这些土鸡活跃在这里。"我们不知道那天晚上我们闹到了什么时候，我们三个人醉成一团挤在一起睡了。

在这灰暗的日子里，我深深地知道了没有了明天的日子会糟成什么样子。要是我病倒了怎么办？还有，我不能就这样飘来荡去过一辈子吧？我得有个家，至少需要一个安身立命的房子。一大串现实的问题困扰着我。我跑去找了王晓，王晓说："现在终于觉悟了是吗？那好，先把《股市情仇》这本书做了。这个选题一直还没有人去做。像你这样聪明这样优秀的人才要是赚不到大钱真是天不开眼。"我连忙摆摆手："少这样踩我，我现在的光景就只差去要饭了。"

我坐在电脑跟前专心地编造起《股市情仇》来，为弄到更多一点钱，我又接手编辑另一本杂志的任务。这是一本内地一个地级市文联办的杂志，书商每期花一万元买过来编辑发行。刊名用很小的字，我编出的一些东抄西摘的破文章用醒目的字体标出来：中国情人现象大扫描。我做这些时，李雪有时在电脑跟前看看，问我道："不怕写坏了你的文笔？"我说："这年头，除了没钱以外，还有什么东西是可怕的吗？"

7

《股市情仇》居然发行得很不错，短短两个月时间，发行量已达到 8 万册。第二渠道像是一张铺向全国的大黑网，许多有着不良倾向的印刷品就通过这张网源源不断通往读者手中。还有我编的那本《中国情人现象大扫描》书商的评价也不错。王晓给我送稿费来的时候，兴冲冲地对我说："老兄，你真是出手不凡，卖点抓得准。知道读者爱看什么。好多人在这个行当里打滚好多年都吃不准。真有你的！你早该干了，钱途是光明的。"王晓有些故作神秘地对我说："有一位老板，提出要跟你合作，我替你提了条件，月薪五千，年底参加分红。怎么样？干不干？要不我先替你约见一下老板。"

老板叫文子东。在南海渔村的酒桌上抱拳对我说："我是《太平洋时报》的老订户了，你的文章我经常看，真是精彩呀精彩。还有你在《羊城晚报》上发的小散文我也留意过。"我连叫惭愧。我说："我好像也很熟你这个名字，你以前是不是常写些诗？"文子东一下子哈哈笑起来："那都是过去的事了，真有意思，还有人留意到我过去写过诗，真是难得，来来来，喝酒喝酒。"王晓见我们聊得热烈，插进来说："你们两人是不是都觉得久仰得很？"文子东对我说："以前倒腾药材，挣了一点钱，文化人嘛，文化是一个摆脱不掉的情结。总想在文化上做点什么。王晓也跟你说了，我们合作，现在应该是大展拳脚干一番的时刻了。你觉得怎么样？有什么条件你尽管提。"我说："干，那我们就干吧。"

那晚我喝了很多酒，吃完饭后，王晓提议去轻松一下。"那就去轻松一下吧，"文子东赞同道，"我们去华盛顿斯大厦，那里我熟。"

华盛顿斯大厦是一栋气派的建筑，以一股君临万物的气势耸立在市郊。穿过粉红色灯光的电梯，咨客小姐把我们带到了四楼的"国花厅"，这里的楼面经理立马赶过来与文子东打起了招呼。那是一个精干的女人，三十来岁模样，抓住文子东的手摇个不停："文总，好长时间没有来潇洒了。"文子东说："来了几个弟兄，要好好轻松轻松。"楼面经理会意地走了出去。"国花厅"是一个近二十平方米的中厅，里面一个门套着一个小房，王晓对我说："要是想要跟哪位小姐'个别谈心'的话就可到里边的小厅里去。这家卡拉OK的老板有来头，这里是绝对安全的。"这时候，茶水和啤酒都已上来。还上了一些点心。楼面经理领了一个模样清纯年轻的女人进来："这是这里的'妈咪'，你们找她帮你们搞掂吧。"

"文总，"妈咪也跟文子东熟悉，一脸灿烂地说："有什么吩咐？"她的样子，绝对不会让人想到古代白话小说里的那种鸨母的形象。文子东说："叫几个好一点的姑娘过来陪陪我的几个弟兄。"文子东在妈咪的胸脯上摸一把，"所有的姑娘中，我真是觉得还是你最好。"妈咪嫣然一笑，在文子东的额上轻轻亲了一下："比我好的姑娘实在是太多了。"一副气定神闲久经欢场的样子。文子东小声对我说："男女之间，我最欣赏嫖客与妓女之间的关系，不用缠缠绵绵花许多精力，这精力拿去想挣钱的事好了。与她们一下子钱货两清，干净利落。"妈咪拍一下手，一队姑娘鱼贯而入，一字排开，妈咪说："这些小姐都挺开放的，看中了哪个，先生们尽管说。"有的小姐低着头，王晓说："别害羞，抬起头来，接受祖国和人民挑选的时刻到了。"

"你，过来，"王晓指着其中一个文静一点的姑娘说。那姑娘走了过来，王晓仔细看了看又挥了挥手："走吧走吧，怎么没波呢？换另一个吧。"我想到在另一个地方的另一家卡拉OK厅里，李雪也同样在接受着祖国和人民的挑选，我心里就烦得要命。我和王晓一唱一和，故意找小姐们的岔。折腾了很久，才总算选定了三位小姐。小姐们的歌唱得都很够水准，一些凄婉的爱情歌曲被她们唱得声情并茂。什么《选择》《九百九十九朵玫瑰》，妓女是世界上感情最丰富的动物，稍微用手一碰就会淅淅沥沥往下滴。

我又不断地喝着啤酒。我把《纤夫的爱》报成《奸夫的爱》，大声唱道："妹妹你睡床头，哥哥我在你身上游，我俩的情，我俩的爱，在床板上荡悠悠，荡悠悠。"小姐们笑作一团。厅里只有一盏微弱的彩灯亮着，色调很暧昧。我们不唱歌的时候就和各自找的小姐抱得紧紧地跳舞。不知是酒精还是其他什么原因，我感到我的心在膨胀燃烧。我朝跟着我的姑娘使了一个眼色，她便跟我走进了小房间，我将四张百元钞票塞进她的胸罩，我说："脱了。"她真是久经沙场，很快就脱掉了，我好像是怀着深仇大恨般在她身上狠狠地运动着。她母狗一样在我身下嗷嗷直叫。完事以后，她在我耳边说："你真棒。我给你个寻呼机号码以后你好找我。"也没等我表示什么意见，她就用一张小纸片写好了递到了我的手中，我一看纸片上的名字：姜淑贞。婊子却叫如此贞节的名字。我笑道："你这个贞字是贞操的贞吧。我看你光剩下操了，要贞干什么呢，叫姜淑操得了。"小姐冲我笑了一下，说："你真幽默。"并在我的脸颊上亲了一下。

最后在那一天我醉得不省人事。王晓他们把我送回了李雪的住处。李雪到现在了还没"下班"，王晓把我安顿在床上。我躺下后便什么都不知道了，第二天早上醒来的时候，发现李雪还没有回来，我的头又痛得厉害。心里感到十分窝火，却又毫无办法，我们的不爱合同正在悄悄地发挥作用。

第三天我就算正式在文子东那里上班了，说是公司，实际上也算不得什么公司，没有注册登记，也没有什么正规的手续，我们在自己的名片上印了个月牙儿书社，文子东是总经理，我的名片上则印着副总经理，然后另外就只有一个接电话的小姑娘和一个打打杂的小伙子。我们看准什么书能挣钱就上什么书，也小批量的做一些盗版书。印完发出去就完事了，谁也不知道这书是谁做出来的。有一段时间，我们盗版了一批畅销的社科类书籍，文子东得意地对我说："我们也算是文化传播工作者了吧，因为我们的劳动，这些精神食粮得到了更广泛的传播。"我就担心地问："会不会出事，这可是违法的。"文子东笑道："有什么事出，现在的书商，几个不是这么干的？我们还处于资本的原始积累阶段，原始积累无规则可言。到时候我们做大了，就一切都正规化，现在时机还不成熟。"

王晓还是经常来找我玩，见我一直住在李雪那里，王晓说："又不是租不起房，把自己弄得太不自由一点了吧。像是在吃软饭一样的。"我也想搬出来一个人住。刚向李雪表示出这个意思来，李雪就发起脾气来："滚吧，滚得越远越好。永远看不到才清静。"见我真的去收拾东西，李雪又从后边抱住我，把脸紧贴在我背上，她哭了，她说："阿吉，别把我一个人抛在这里，我会死的。在广州我真的只有你一个亲人。我不会缠着你要嫁给你的，我即使嫁人一定会嫁给别人，但是现在，暂时不要离开我。"这时候，她不再是欢场上那个风尘女子，而是一个孤苦无依的孩子。我只得把搬家的打算先缓一缓。

8

这段时间做事的时候我老是走神，虽然生意出人意料的好，文子东高兴得什么似的。但我却一直提不起兴趣来，时常躲在住的地方睡觉。李雪不在的时候，张琴也过来陪我说话，有一天，我们都感到有了欲望，我和张琴终于也睡在了一起。张琴摸着我并不厚实的胸膛："你真是好有福气，我和李雪两个人免费同你睡觉。"我就说："怎么样，是不是要我也像那些嫖客一样付费？""不用了，你是我们的金卡贵宾。"李雪不久也看出了我和张琴之间的变化，只是淡淡地笑了笑："好哇，一不留神，你们就搞到了一起。"我就笑着把她们两人紧紧地搂在一起："我这辈子最大的成就就是培养了两个好学生。"我问李雪道："我是不是也算是你们的客户？"李雪说：

"不，你首先应该是我们的情人。其次才算是我们的客户。"

我便老想这世界上是否真的存在爱情这样一种东西，要是性欲也算爱情的话，那么所有的动物也就都懂得爱情了。要是性欲不算爱情，那到底什么才算呢？人首先得生存着，活着是第一位的，那爱情，是不是也是活着必不可少的内容呢。我在清晨的时候突然醒来，这时候，杨基村才有一点安静，李雪还正在沉沉地睡着，我就想，这是七年前在讲台下傻呆呆地听我大放厥词的那个小姑娘吗？时间是一股什么样的洪水，又把她这个样子冲往我的身边。我在这种时候会情不自禁地摸摸她的乳房，这两团多少有些可笑地挂在前胸的赘肉，为什么会吸引那许多的男人为之沉迷？她两腿之间那个本是以生殖为目的的处所，什么时候已偏离了原来的功用？有多少人摸过它了。我现在以一种既不迷恋又不厌恶的心情平静地对着这具肉体。我对她没有爱，却没来由地产生了一种依恋。这依恋使我欲去不能。

李雪突然醒过来，双手环过来抱住我的脖子，拉我睡下："一大早发什么呆？睡觉睡觉。"我一躺下，她用手伸过来摸着我的脸："傻瓜，还跟我签不爱合同呢，瞧你这样子，是不是爱上我了，你开始后悔了是吗？"我把她的手打开："少臭美了，谁爱上你了？""别不好意思承认，爱上一位'小姐'也不是一件什么丢脸的事。"李雪坐起来，对我说："阿吉，你猜我现在存了多少钱了，差不多二十万了。我要是倦了，就去一座内地小城，那里谁也不知道我的过去，在那里找一个喜欢我的人，平平静静地过一辈子。我就是一个完全崭新的李雪了。阿吉，我要是一下子从广州消失，到时候，你可不准恨我。"我在她脸上拧了一把："感谢你还来不及呢。"

公司里出了点小事，我们胡编书号印行的《孽情罪子》被界定为黄色书刊，这是一本直接从台湾的竖排本盗印的，书在市场上被发现，可是谁也不知道是我们做的，文子东有一套特别能保密的体系，估计也不大可能被抓到什么把柄。反正钱已经挣到手，为了慎重起见，我们还是暂时停止了工作，文子东塞给我一沓钱让我去找个风景区散散心。我就去江浙沪一带转了一遍。那是一块遍野生长妓女的佳话的地方。这容易让我想起李雪，现在的妓女，也是大不如昔日的妓女了。在杭州的卡拉OK厅里的苏小小的后代们，一个个只知道伸手要钱，这实在有点让人失望。

旅游回来的时候已是冬天，李雪正躺在家里发烧，我问："怎么了？""我想是感冒了，没什么大不了的事的。""吃药了没有？""没有。"我一下子生气了："不行不行，得吃一点药，快躺着别动，我去替你买药。"让她服完药以后，我让她好好睡一下，正在这时候，她扔在桌子上的寻呼机响了起来。她起来穿衣服，"我要走了。"我连忙制止："搞错没有，病了还要去。"她说："是得去。"我有些恶毒地说："您真是敬业，怕是可以评劳动模范了，得五一劳动奖章也说不定。"

李雪一下子对我发作起来："司徒吉，少这样挖苦我好不好，我是敬业，我是要得五一劳动奖章，你又能比我好到哪里去，还自命作家呢，你瞧你一天到晚都在编些什么东西，都是些见不得人的东西，我卖身不好，可也比你卖心强，你不爱，谁你也不爱，一走就是一个多月，电话都不打一个过来，一回来假惺惺地要我吃药，要我保重身体，这些日子，要是我死了你都不知道，做给谁看呢？你说你到底爱什么，你连你自己都不爱，过去你标榜过的理想、事业什么的，有什么是你真正爱的，你甚至连钱都不会爱，你完了，司徒吉，我至少还是怀着希望在挣扎着，你呢，你才是真正没有明天的人。"

李雪骂完，反而把我骂得平静起来。但我还是不由得脸上发烧，李雪继续穷追猛打："红脸也是你装出来的吗，表演的水平真是日趋娴熟了。"我不温不火地说："是又怎么样？我的脸皮现在比婊子还厚。"李雪恶狠狠地说："你已经成了冷血动物，完全没救了。"说完，她风一样地背起她的真皮手袋，上她的"班"去了。

9

书市上一本名为《中国可以说不》的书大为走红，据说策划这本书的张小波赚了大钱，文子东就对我说："司徒，我们是不是可以改一改思路，现在政治也是一个人们关注的热点，做好了一样可以。"我也表示赞同，这样做出来的书起码不至于不敢给朋友看吧。但是对政治在行的人大多在北京，文子东就派我去北京疏通关系。在北京这座风冷夜寒的城市，我把一些平日里在报纸杂志上经常见到名字的专家学者约在一家高档的酒楼吃了一顿饭，这些名流平易近人，和我谈笑风生。他们一口一声称我为老板，我不断辩解我不是什么狗屁老板。名流哈哈笑道："又谦虚了不是？现在是你们这些老板们的时代，你们有钱，所以活得潇洒。你看我们这些人，说起来是国宝，动起真格来粪土也不如。"

这次我策划的选题是《哪里会成为第三次世界大战的导火线》，我把约他们写稿的意思说了，一位专家说最近太忙："前几天，也是你们广州的一家大报来约我写稿说是要给我三百块钱一千字我都还是没有时间来写。"我连忙拱手抱拳道："我们给的稿费也是这个价，还请各位前辈支持一下。"其中一位特别平易近人的老先生开口道："小老弟你是个爽快人。我们就劳累一下这把老骨头吧。"临走，我每人递上一个红包，这是广州带过来的坏习惯，大家并没有感到奇怪，毫不扭捏地收下了，我感到松了一口气。

等我把北京的事忙完再回到广州的时候，回到杨基村，打开门，不见李雪的人，我以为她又是去"上班"了。但是房中的气氛让我感觉到不对，房子里收拾得整整齐齐，而且显然是好几天没人动过了。透过窗子好不容易射进来一束阳光，在杨基村这个房子紧挤着房子的地方是很难得的。光线里，明显看到许多的灰尘在飞舞着。在这个充满灰尘的城市里，我们是否也是这中间的一粒尘埃？我想起了李雪有一次和我一起坐在楼顶看月亮时，曾对我说，有人说，每一个生命都是一颗流星，那我们要是流走了，不就再也、再也找不到痕迹了？我好像当时说，生命本来就是一次不着痕迹的旅程。一如眼前这个寂静的下午。这次，我预感到她是要彻底从我眼前消逝了，而且将再也不会出现。

果然，当我走进卧室的时候，我看到了放在床头柜上的那本她当初下广州时带过来的《红楼梦》，这是一本精装的硬皮书，书下边是一封给我的信：

阿吉，当你回来的时候，我已经离开广州了，我现在的钱已足够我去一座小城开始我新的生活。曾经爱过你也恨过你，也许到现在仍然有些爱你和恨你，但这些都已不太重要。当初我刚来时，是多么急于从你口中听到一句说爱我的话，可是你谁也不爱，我盼来的只是一张不爱合同。活着不容易，生活把我逼到没有了退路，我懂了生活着比爱更重要。因为我心中始终有些爱你，所以我特别不能容忍我这个样子生活在你的身边。不用找我，我去重新开始生活的地方是你找不到的。也许你压根儿就不会想到找我，这只是我自作多情。也好，不要让我留下一丝一毫的痕迹。记住，我从来就没有到过广州。这套房子你接着住吧，房租已交到了年底。

我把那本《红楼梦》翻了一遍，里边掉出一张纸片，赫然是我当时酒醉后写的不爱合同。我与这个世界签订了不爱合同。我把它撕成碎片，撒得满屋都是，李雪不在了，我甚至连一张她的照片也没有，除了这封信，没有任何东西能证明她来过广州，走过的痕迹会慢慢消失，我疑心我不过是做了一场梦。

书架上，是我策划的那一堆乱七八糟的书，那么，我也能说，广州，我没有来过吗？

爱在世界杯的日子

1

呼机响起来。

逼—逼—逼—逼。

它叫得既尖利又急促，一点修养也没有。而且这叫声听上去有点下流。

但你不理它不行。有时你恨它恨得不行，可是离了它总觉得别别扭扭。呼机这东西有时候像老婆一样。

当然目前我还没有老婆。我所引述的看法是我哥哥赵大刚的观点。他常常有一些独到的见解让我佩服得不行。没有让他到中科院哲学所去工作真是我国哲学事业的一大损失。

广州人把呼机常常要叫成柯机。有的叫成抠机。说有事请柯我倒还不算什么，说起有事请抠我来就显得色情意味异常强烈。

但不管怎样，它响了，就不一定是一件坏事。

虽然它响的时间和地点都不是很对。这时我正在北京路的性用品商店，正在严肃认真地参观陈列柜里的那几种造型逼真的器官模型。多好的东西呵，它卫生洁净，默默无语，深情款款，别无所求，一点异味也没有，永远是一副任劳任怨的奉献者的姿态。自从发现这个地方后，每次只要来北京路，我一定在这地方去走一遭，像是有一种要会见一下情人的那种冲动。

我留意过她们的价格，只是局部的大致价格在五百元左右，而整个的橡皮人大概是两千元左右，真是不能说贵，比起那些可能会带有致命病菌的小姐们来，这是一个绝对公平的价格。

有一次一个营业员十分敬业地介绍我正看着的一件产品，这件产品是一个橡皮人，她被折叠得很好，露出的头部嘴巴大张，一副又有激情又漂亮的模样。营业员看到我流连忘返的样子，就说：她很好使的，只要是能派上用场的地方都有用。我没有想到她介绍得如此艺术又得体，我想要拿过来看看，但终究没有好意思开口。不一定非要把她们迎娶回家，我只要看看也就心满意足了。

呼机此刻是正在我的兴头上响的。

我按一下显示键。这是必要的措施。看看是谁。我曾经不留神招惹过几个姑娘，最怕是她们，复机过去，她们说，小刚，我有了，你去想办法吧。这是让人大伤脑筋的事，你又不能对她们发火，只好赔着笑脸说，亲爱的，我会想到办法的，你是不是先去把他给做了，我不方便出面的。她们还极有可能会哭哭啼啼，真是让人束手无策，这样的呼机，当然是不复的好，就当是没有收到。

显示屏上是一个最近不常出现的姓氏。姓氏前面有一条短横线表明是一个性别为女性的人呼。当然如果问寻呼台的话她们会说是一位姓某某的小姐柯。她们把所有的女性都作为小姐，全然不在乎对方是不是都抱孙子了。我就上过这么一次当，刚配上寻呼机那会儿，有一位姓氏陌生的小姐呼，很激动地打电话过去，却是单位里清扫垃圾的老太婆呼，她问我堆在我门口的那堆旧家具怎么处理，弄得我不高兴了好长时间。

我翻开代码本。呼我的人姓潘。

在广州，我倒是和一姓潘的小姐有过交往，但那是两年以前的事了。那是一个我没有来得及攻下来的堡垒，那么，此时，是她又冒出来了吗？

我最后冲陈列柜上那些形态各异让人心慌的各色样品无限留恋地看了一眼，然后急匆匆地去找电话，我有些歉意地想，宝贝们，谁叫你们不会说话，而我复完机后，说不定就整一个能说话的回来了。

八位数字按完以后，嘟——嘟——它发出一串长音，通了。我不动声色地问，是谁呀，谁在呼我？里边传来一个我久违了的声音，是我呀，我是潘娟，小刚，你还记不记得我。我在心里想，怎么不记得，想过却没有整到手的姑娘我会一直记得的，这叫什么，这叫饿狗子记得千年的食。

天地良心，谁也不知道当初我要把她弄到手的愿望有多么强烈。我们就只差那么一点了，她却居然就一下子从我的眼前消失，一点音讯也没有。像是一艘潜进了深海的核潜艇。我觉得一下子有了万般委屈涌上了心头，我在电话里说，这两年你都到哪里去了。我还以为你从人间蒸发了呢。潘小姐在电话那一头笑了，你才从人间蒸发了呢。我一直找你都找不到啊，这是刚从一个熟人那里找到的你的呼机号码。我知道这是假话，有段时间她经常呼我，不可能没有我的呼机号码的。但我宁愿相信这是真话，我于是说，那么你这时找我了，到底有什么指示。她笑了，你还是这么油嘴滑舌，我能有什么指示，我想见见你。

我也想见见你。真的。

我们约好了在一个叫老房子的酒吧见面。

我赶到酒吧的时候酒吧里人并不多。与平时人头涌动的景象大不相同。这才记起今天有世界杯足球赛，酒客们大多去电视机前狂热去了。这年头，像我这样不为足球所动的人恐怕真是不多了。足球是什么东西，犯得着为它发疯吗？

但不管犯不犯得着，有人就为它发了疯。

世界杯并没有改变老房子酒吧的结构，他们没有去找一台电视机来把这里弄得乱哄哄，这使得这里显得有些落寞和几许宁静。这样正好。老房子酒吧的布局一如这些日子风行广州的许多酒吧一样，装饰成 20 世纪六七十年代的农房的样子，墙壁是不经装修的土坯砖模样，墙壁上用白石灰刷着"工业学大庆""农业学大寨"的标语，空调在树叶和木板的掩盖之下，室内挂着做成马灯样的电灯，上方的墙壁上挂着一串串的红辣椒，两边是一副红纸春联，上面写的是毛泽东的两句诗："四海翻腾云水怒，五洲震荡风雷激。"桌椅都是原色的木板钉出来的。虽然有些流俗但还简洁，而且这里的消费不高，也是我愿意选择这里的因素之一。

我选择了一个靠角落的地方坐下来，有点带红色的灯光泻下来，像是一瓶清水谁在里边滴上了一两滴红墨水，平白地在每个人脸上抹上了一层极淡的红晕。不远处的另一张桌子上，是三个女子。两个露脐装，露出的中间部分白皙丰满，特别是两个肚脐眼圆润饱满，收视率很高的样子，另一个是白色的连衣裙，看上去都挺漂亮，是白领丽人，抑或是宾馆卡拉 OK 厅里的女郎，不得而知，她们静静地坐在那里，并不闹，都拿着一支烟在抽，不管她们是干什么的，世界杯让她们如此清闲，看上去又高贵，又典雅，从她们的脸上，你一点也看不到她们床上的表现会如何。也许她们素来能征惯战。

我要了一杯啤酒。按照晚报上的预告，这时该是开幕式了吧。酒吧里的几个服务员在向外边探头探脑，他们是在时不时看一眼不远处一家士多店里摆出来的电视。我把玩着我手中的啤酒杯，吹着泛在杯沿的泡沫，把杯子转过来转过去地喝。眼睛却盯着门口看。现在是晚上九点三十五分，离我们约定的时间足足过了半个小时，好在我并不急躁。跟女人，永远无法急躁起来。

我实在不知道我这种等待有什么意义，而且我记不清到底是多少次这样等待了，许多的时间就在这样的等待中逝去了，生命没有这样的等待又会有些什么？那么，我们这样的约会会构成爱情吗？

爱情是一种什么东西，有时与女人打交道越多越是不明白了。我有些低沉地盯着啤酒的泡沫发愣。它们从淡黄的液体里生发出来，而我的时间，是一种易溶于酒的东西，它们也像泡沫一样冒上来，然后消失。

这时候，潘娟出现了。她径直向我走来。这表明我还没有太大的改变，她向我一走来，也方便了我很快地认出她来。

比起两年前来，她的确变了许多。女人是最易在时间里变化的。潘娟不再是两年前那个淘气的小姑娘，现在她看上去要成熟了许多。这种成熟使她比当初那种单纯的美丽更多出了许多风韵。纵有千种抱怨，在她这目光的注视下全部都会消解。

她也要了一杯啤酒。她说："不用要我在这里详细汇报我这两年的具体情况吧？"我说："不用了不用了。"我知道，越是我摆出这样一副姿态，她越是会把她的情况讲给我听的。反正是迟早的事。她的眼睛里的那一种寂寞甚至比两年前更甚。有这种寂寞便肯定有我的机会。

我于是说："不是说好了我们只喝酒不谈国事的吗。"她笑起来，斜我一眼，抿了一口酒，说："想不到你还是这样善解人意。"

我们都不再说话，这时，酒吧里放起音乐来，低低地回旋着，是邓丽君唱的《路边的野花不要采》，这样的酒吧，它是放不出什么高雅的乐曲来的。这就算是不错的了，而且他们没有把音量放到张张扬扬的，这就很好，既不会吵人，也不会影响交谈。

潘娟把嘴巴朝另一张桌子上的几个人努了一下，对我说："猜猜，她们是做什么的？"

我说："别考我，我还真猜不出来。"

潘娟好像并没有在意我说什么，她低低地像是自言自语道："真羡慕她们，又年轻又自由。"我笑起来："这听上去像是一副老气横秋的样子。可是你，说不定比她们还年轻呢。"

"可是我的心已经老了。"

我说："这年头谁的心都老了。"

"你的心就不老。"

"听这话好像我的人老了一样的。人老才心不老呢。"我们相视着同时笑起来。

她边笑边说："真是的，人家又没有说你。"

我又笑了，她还没变，"真是的"这句话是她的口头禅，我以前曾经为此老是学着她的口吻讲话。我喜欢听她的声音，她的声音里有一种金属撞击的清脆。我举起啤酒杯："来，为了我们两年后的重逢，干杯！"她乜斜了我一眼，也举起杯和我重重地碰了一下，然后，我们一起一饮而尽。

我打了一个响指招呼服务员过来，我说："来一扎啤酒。"服务员应声而去。潘娟说："真是的，你想要灌醉我吗？"我说："对，就是想灌醉你，为了我们这不了的缘分。"潘娟伸出她的小拳头在我的臂上捶了一下："不要脸，谁和你有不了的缘分？"

"潘娟，这两年，你都想过我吗？"

"你说呢？"她反过来把皮球踢给我。

"肯定想过。"

"你怎么知道？"

"因为我也一直想你。"

"谁知你想谁，别只是口里说得好听。"

我说："你这人怎么怀疑一切呢，要是你不信的话可以给我一方手巾或者一把卫生纸什么的，我保证像宝二哥那样把心呕在上边给你看。"

潘娟扑地一声将一口啤酒全部喷洒在面前的小桌子上，像是不留神局部地区下了一场酸雨。这雨点也纷纷扬扬地洒了些在我的酒杯里。换了别人这酒我是再也喝不下去了的，但潘娟不同，她还是两年前的那副模样，这种不加掩饰的率真让我心动。我说："现在我喝的不是酒了，是你的口水了。"潘娟说："看来你挺委屈是不是?"我连忙说："不是不是，有多少人在排队等着您施舍呢，我这是近水楼台先得月，你看我喝得多么幸福。"我咕咚往下喝了一大口。

我相信两年前在我们之间的那种亲密关系又回到了我们中间，真是神奇，时间过去了许多，许多的人和事我们都经历过了，可是我们好像没有被时间隔断什么，时间在我们中间像是一层透明的玻璃。这种感觉太重要了，后来有个朋友告诉我这是因为我们没有上床的缘故，他告诉我，性是男女关系的腐蚀剂，两个相爱的人总是靠到最近，往往因此而伤害了两人之间的感情。

时间就像是凝固在了我们的酒桌上，我不知道我还是不是两年前的那个赵小刚，我想潘娟也肯定不再是两年前的那个潘娟，时间一定在她的身上刻下了永远也无法磨去的痕迹，我喜欢这种感觉，酒吧里没有人在意我们，每个人有每个人自己的方式，他们不关心我们，我们也不关心他们，这样真好，我们这些井水与河水之间永远秋毫无犯。灯光随意地泻下来，酒吧给人的感觉有时就像是一个穿着睡衣的少妇。有一种暧昧与挑逗的成熟美。这样的地方也是最适合于故事生长的地方。都市里有了酒吧，就像乡村里有了红高粱地一样。

我把椅子朝潘娟移了一下，伸出手去抓住了她的手。她没有避开。那细长的手指柔软修长，却又不乏一种力量，我在她的手背上摩挲一阵之后将她的手扳起来与我的掌心相对，然后五指交叉握住了她的手。这是一种融合一体的动作，她柔媚地朝我一笑。这一笑无比动人。

一种暖暖的潮水般的欲望从我的小腹处细细地向全身漾开去。我想这种感觉应该是人们所说的爱了，这狗日的爱情，真是一个让人琢磨不透的怪物。我想同样的感觉，也一定在潘娟的心中升腾，甚至我似乎能看到，那种如我一般的欲望在她的身上一波一波地漾动。

我知道我们该离开酒吧了，这是火候，一个好的情人必须像一个好的烹饪大师一样，恰到好处地把握住火候，不能过火，一过火这个故事准黄，也不能不到火候，要是这个故事夹生了那是怎么也熟不了的了。我挥起台上那张纸片："埋单！"打出来的一个数字没有超出我的预测，爱情在可以接受的范围内。这样爱起来才会格外投入。适当的经济基础是愉快的爱情的必要条件。

在上出租车的时候，我问她："我们去哪里呢？"她说了珠江边。车沿着东风路往前走，经过东峻广场时，发现在那台超大屏幕的彩电下边，密密层层地挤满了球迷，在那里呼呼喝喝。她冲车窗外的那些人看看，脸上流露出厌憎的情绪，她小声嘀咕道："他妈的足球。"车走出了一百多米以后，她好像还不解恨似的又补充了一句："他妈的球迷。"潘娟一向很少骂人，这不是她的风格，我不知道她今天是怎么了。

海印桥边的海珠广场一直就像是一个大杂院，卧的躺的站的坐的里边什么鸟都有。这一天，人也稀少了许多，都可能是在家里的电视机跟前看世界杯去了。我们找一个石凳坐下来，我搂过她的肩膀来，她顺从地靠在了我的怀里。

今天是农历五月十六，月是一轮圆月，高挂在天上，从古榕树的叶缝间看上去，那月亮真是美得像梦幻一般，潘娟的脸很饱满，是那种书卷味很浓的脸，那神情有时就像是从言情小说里走出来的一样的，她的眼睛不大，然而她的眼睛里有一种梦幻一般的色彩。月光从树缝间透下来，洒在她的脸上，她在月光下美得超凡脱俗。我用手梳理着她的头发，她给我用家乡话唱一首江南民谣。

月光下的这一刻我真的有了一种经过净化了的爱。我爱她，眼前这个叫潘娟的姑娘让我从心底生出一种爱意，它不是情欲，是爱情。这一刹那，所有的一切都似乎静止了，只有爱还活着。我从她的眼睛吻到了她的嘴唇。她也忘情地回吻我。我用手探进胸罩摸着她小巧而结实的胸脯。我们充满了融为一体的渴望。

我附在她耳边轻声说："到我住的地方去好吗？"她脸色潮红地点了点头。

我们迅速杀到了我在冼村租住的出租屋。开门的时候，我的手因激动而哆嗦几次拿错了钥匙。潘娟的手搭在我的腰际像是一个热源。我们一关上门就紧紧地抱在一起。我们全然不在乎我们的身体因为流过汗而有些黏乎乎的。此刻，爱情与性欲交相燃烧，我们已经顾不了那么多了。我熟练地解掉她后背上胸罩的扣子。她的乳房一点也不张扬，像是有些稚嫩因而散发出一种圣洁的光晕，和她眼睛里的热情激荡在一起，将我的血液搅沸。我有些忙乱地把她剥得干干净净，她身上汗味和一股淡淡的香水味混合在一起。她也手忙脚乱地帮我扒着我身上的衣服。如果快乐能发出声响，此刻它定然震耳欲聋。我们相互向对方扑去。

刚刚进去，外边猛然传来一阵高呼："哦，进了！进去了！好球！"今天这场比赛是巴西队对英格兰队，不知道是不是罗纳尔多踢进去了一个球，这时他们的欢呼就像是在为我和潘娟欢呼。我们爱在全世界的欢呼声中。潘娟真是不简单，技术全面，情感投入，她不自觉地叫出声来，我用嘴巴堵住她的嘴巴以免声音太大令有些人彻夜无眠。潘娟用嘴巴咬着我的嘴唇，咬着我的肩膀。我们两人的身体相互呼应，爱得天衣无缝。潘娟在最迷醉的时候情不自禁地冲我喊道："小刚，我爱你。"她倒下又坐起，无意识地接着道："小刚，我恨你。"我们都被引导到了爱和恨的巅峰，我们汗津津地搂着。她的头在我怀里拱动着："小刚，你真棒，真是的。"

我说："你也好，真的是想象不出的好。"我们相互吹捧着，窗子里透过来外边暧昧的夜光，球迷们的呼喝声依旧不时响起。他们还没有踢完，而我们的这场打完了。潘娟说："你爱我吗？"我连连点头，但是我知道，这个头这时点得有些不由衷，爱情，往往在做完爱后让人特感迷茫。不像做爱前一门心思满脑子满嘴巴全是爱。

"小刚，我可以抽支烟吗？"见我有些奇怪，她说，"别这样盯着我好不好，其实我几年前就开始抽烟了，不过抽得不多而已，我只是在背地里抽烟，在我最亲近的人面前抽。"她抽的是那种女士摩尔烟，带着很浓的薄荷味，她说："我在最烦闷和最幸福的时候都爱点一支烟。"她猛吸一口，很享受地让烟雾慢慢逸出。我们都不急着穿衣服，倚墙坐在床上，我身上的汗水正在冷却，就像火山爆发后冷却的岩浆，汗水湿了我屁股底下的床单，有些凉飕飕的感觉，在相对的安静中，我似乎只听到时间在流着，爱和恨在时间的流动中也是那么无声无息，我老是有一种奇怪的感觉，我总觉得时间在睁着一双空洞的眼睛见证着一切。爱情，这种一直折磨着人类的疾病难道真的会在肉体的碰撞中消失吗？一些人在生长，一些人在老去，所有的人都不相同但所有的故事却相互雷同。

潘娟用手肘碰了我一下："真是的，你怎么什么话也不说呢？你现在在想些什么？"我告诉她："现在真的什么也没想，要是想什么的话我一定会想你的。"

"小刚，你怎么都不问问我这两年都有些什么经历。"

我反问道："你认为这对我们的爱重要吗？"

她说："我也不知道。"

然后她对我说："我结婚了。"她的声音几乎低到不想让她自己听到。

我平静地望着她沉默着。

她说："你怎么就一点也不吃惊？难道你不觉得意外吗？"

我说："我为什么要吃惊，爱你是我和你两个人间的事，而结婚是你和另一个与我不相干的人的事。"

她的脸好像受了什么伤害般地阴沉下来。但这种阴沉很快就过去了，就像是一片云飘过地上阴了一阵很快又明朗了一样。

我接着说："我真的是这样想的，我爱你就是爱你，不会管你有没有什么过去，也不会在乎其他什么，我想，要是有足够的爱的话，所有的一切都是可以克服的。"

潘娟捏着我的鼻子说："你这个小傻瓜，怎么还是跟两年前一样单纯和一样无所顾忌。大家都在长大，怎么你就长不大了呢？"

我一脸坏笑地对她说："刚才你都在夸我真棒，怎么现在嫌我不够大起来了。"潘娟笑骂我道："流氓。"我说："要不要我们再流氓一次。"她笑着凑过来，又一次地倒在我怀里。

2

回到我所混饭的那家报社上班的时候，很多人都是一副精神不济的样子，这都是世界杯弄的。

贺保胜走到我办公桌旁来跟我侃球。他说："巴西对英格兰那场球那才叫棒，巴西队那真不愧是世界足球的王牌之师，踢得那才叫经典，看了他们踢球以后，你再看中国队踢球，就像幼儿园的小朋友玩玩儿，有什么戏。你不觉得巴西的中场配合天衣无缝吗？"我一脸茫然地盯着他的嘴巴："什么是中场配合？"贺保胜不屑地对我说："小刚，你他妈真没劲，整个一球盲，你说你还有滋有味地活在这世界上干吗？"我也懒得和他较劲，伏在桌子上打盹，贺保胜是那种嘴闲不住的人，他依然对我不依不饶，说："小子，你球也没看，却是一副打过持久战的样子，说说，人家看世界杯的时候你干什么坏事去了？"我迷迷糊糊地说："都是些解放全人类的大使命，没法跟你这种球迷说的，古人说玩物丧志，我看你这么着是一点革命理想也没有了的。""你倒说说你的革命理想。""洒向人间都是爱，天下少女俱欢颜。"保胜一下子大笑起来："好好好，有志气，有志气。"

电话铃这时响起来。贺保胜上去接了。然后，妖声妖气地学着一个女声对我说道："你好，麻烦你找一下赵小刚先生。"

我拿起听筒："喂。"那边轻轻地应道："嗨。"只这一个字我就知道是潘娟了。我问道："你是怎么知道我的电话的，简直比我这个小报记者还小报记者。"她说："这有什么难的，你们那份小报不是全广州的报摊上都有得卖吗，买一份报纸，我就知道了你的电话，怎么，今天还要上班?""是啊，我是每天都要上班，生命不息，上班不止。""你睡好了吗?""没有，现在我是边上班边打盹。""你呢。""我睡不着，所以就给你打电话试试。"我压低声音问："想我了吗?"潘娟在那边笑骂道："臭美去吧你。只是想跟你聊聊。特想聊聊。"

我看了看装着看报纸却实际在注意我的贺保胜，又看了看陆续回来的报社同仁，压低声音说："现在我在办公室聊天不方便，等我方便的时候我们再聊。"她不情愿地挂上了电话。见我放下话筒，贺保胜说："嗬，还'方便的时候'，这种时候是指大便的时候还是指小便的时候? 怎么，新发展的业务?"我只得点点头。

"好啊，哥们，我们都去为足球冲锋陷阵了，你却陷进了温柔之乡，太不男人了你。"

贺保胜继续着对我的攻击，我含笑不语，我实在是不知道该怎样去反击他。

我不知道这年头不当球迷是不是就算是有一点叛逆，去他妈的世界杯，老子不感兴趣，也犯不着为谁去装出一副迷之弥深的样子来。我要扮给谁看呀。

我得熬到下班，虽然我这份工不是一定要坐在这里熬，但老是不见人也不好，有时候，装一下孙子也没有什么不好。翻开报纸，报纸上连篇累牍的是关于世界杯的事，世界杯花絮，世界杯特刊，世界杯新闻，世界杯预测，想不到有这么多靠世界杯吃饭的人，要是不打世界杯他们会蹲在哪一个角落里呢。我觉得有些想不明白。这些人平日里都在干些什么，我也想不出来没有世界杯的日子他们的模样，也许是因为太无聊了人们才急于跳出来当球迷的。

下班的时间姗姗来迟，反正还是来了，来了就好，我信步走出办公大楼，今天不是很热，太阳也不是那么酷烈，我随便坐了一辆车来到了环市路。有名的花园酒店和白云宾馆就在这条路上，灰尘很多，我去了友谊商店，这种原先好像只为外国人开的商店，现在它纡尊降贵，向我们每一个人敞开着大门，当然，我们得对它敞开钱包才成。冷气开得很足，我在里边觉得很舒服，夏天里要做爱一定得到冷气这样足的地方才够劲。

在家用电器柜区前，我看到了一排字：买名牌彩电，看世界杯新闻，电视厂家世界杯倾情奉献。真是无孔不入的世界杯。也可以说是精明过分的各色商人。我们逃不脱世界杯，即便我们不做球迷也是在世界杯的包围之下。我走出来，沿着环市东路往前走，一些酒吧打出了足球吧的旗号，也许不过是摆上了一两台电视机，也许还有人在里边赌球什么的。其实足球也是一种商业行为，在唾沫星子都是商品的广州，要是找到一样不带商业色彩的东西肯定像找一名处女一样困难。这样也好，只是有人把足球要抹上一层英雄主义的色彩就很让人受不了。有人还说爱足球是一种爱国的表现，爱狗屁的国，中国队龟缩在家里当孙子，连世界杯的毛都摸不到，连爱国的机会也不给中国球迷。我要真是球迷的话，早抹脖子了，肯定不好意思攻击非球迷的。

我走在有些愤世嫉俗的街道上，呼吸着汽车喷出来的废气，要是恐龙时代恐龙们肯定是永远也无法想象这世界有一天会爬满这种怪物，这比所有最凶猛的恐龙都要凶恶的东西肯定会令那些高大笨拙的恐龙们避之不及。

世界杯期间特隆重推出特惠睇波钟点房。一条巨大的条幅从一家宾馆的楼顶垂下来。这条广告真有气派。粤语也许是世界上最暧昧的语言。睇波，除了看球以外，好像还有一层有些黄色意味的意思。我忽然想，世界杯真是好，要不，我和潘娟也找时间来开一次特惠钟点房"睇睇波"。房费五折。其实，什么他妈的世界杯特惠，要是广交会期间，要是开房率高的话才不会特惠呢，不给你整出个世界杯特贵来就算不错了。现在广州的宾馆酒店普遍开房率不高，所以才挂出这样的幌子来。但不管怎样，这于我不是什么坏事。

想到这里，我即刻给潘娟打电话。"嗨。"潘娟好像就一直在电话机旁等着我的电话似的。

我爱听她这种声音，不知是不是因为我们的关系进了一层的原因，潘娟的声音比起两年前要迷人了许多，这声音对我来说是这么亲切，以至我一听就有一种在夏天里吃冰镇西瓜的感觉。只有不坐在潘娟身边的时候，我才想，爱，也许真的在我们之间发生了。

我喜欢在这样一个有凉风的电话亭里给人打电话，电话真是一个很好的东西，捏着一个话筒，你会觉得对着一个最亲近的情人，这是一个真正与你没有距离的情人，你不用在它面前注意你的姿态，有话尽可以对它情意绵绵地倾诉，一根细细的电话线很容易使心没有了距离，现代的很多爱，会因为电话线而产生。很难想象古代人与人之间没有蛛丝网一样连接起来的时候会是一个什么样子。我对着电话筒说："娟，我想你了。""你骗人。""是真的，没有半个字骗你。""你是不是经常在电话里把这句话对不同的姑娘们说？"我还真是被问住了。我说过一些次，但也不适于用"经常"这个词，爱是很容易在话筒里产生的，但这话毕竟不适于对潘娟说。我只好不说了。"我说中了是不是，说过了说说过了，我又不会追究你的刑事责任。"我笑起来，真的，潘娟真是好，她总能使我适时地轻松起来。

"其实小刚，我有时真是喜欢听你骗骗我，哪怕明知是假的我也愿意相信。"我在电话里轻声抗议道:"哪一句是假的了,再这样说我要外交部新闻发言人表示遗憾的。"潘娟说:"我还是像两年前那样喜欢听你讲话。要是再回到两年前多好呵。"

是呵,要是再回到两年前多好,那时候,她就像是清明时节的小白菜,鲜嫩得能弹出水来。鲜嫩是女孩子最美的因素,有时候她不要漂亮,只要年轻就够了。我喜欢看女孩子青春期里那纹理细嫩的脸庞,喜欢看她们晶莹亮闪而又纯净的目光。甚至她们脸上因发育而长出的痤疮也是一种美丽。要是回到两年前,时间还没有在她的脸上揉出一点点的褶皱,她的脸就像是一块刚刚织好的绸缎。那里有一种令手发滑发颤的感觉。回到那时,她愿意像这样扑进我的怀抱来吗?时间是一个没有办法填平的沟壑,我无论怎样伸出手去都再也无法抚摸到两年前的潘娟。

我说:"可是我们却无法再回到两年前了。其实我也特别喜欢现在这段日子,有你的爱在陪我。"潘娟说:"真酸真酸,像是在写流行歌曲的歌词,小刚,你再这样说我的牙齿就要掉了。"我用假意有些生气的语气说:"你是怎么了,人家只要一说正经的你就这个样子来对付,再这样我可真生气了。""别别别,说吧,今晚,我们什么地方见面?""酋长大酒店怎么样?""这么浪漫,那里消费可是够高的。""高一次也没什么,晚上八点半,酋长大酒店见。"

我们选择了酋长大酒店的1808房。拉开绛紫色的曳地天鹅绒窗帘,可以俯瞰广州市的万家灯火。潘娟去把电视机打开了,这时是巴拉圭对保加利亚。潘娟拿过遥控器来乱按一气。她说,这些狗屁东西有什么鬼的看头。狗屁的足球。嘣地一下,电视又被她关了。我从她的背后把她环抱住,两手分别握着她的一对乳房,我说:"还是这一对波好,有这样一对波,世界上所有的波全是他妈的狗屁。"

潘娟就回过头来吻我。她把舌头在我的嘴巴上撩了一下后迅速又离开。她说:"还是小刚好,小刚不懂得足球,可是小刚懂得女人。”她又按了一下遥控器把电视打开了。她说：“我们不怕，就是要全世界电视上的球迷都看着我们做爱。让球迷为我们欢呼。真是的。”

我说算了吧，我们把音量调到零，让那些球迷看得到但是叫不出声来。让他们在我们房间里当哑巴。潘娟兴高采烈地把音量调到了零。我躺倒在弹簧床上。潘娟也过来躺在我身边。“不想听听我丈夫的事吗？”她问道。

我说：“只要是你愿意讲的我都愿意听。”我盯着她的嘴巴，把手从她的腰际的凹处伸过去搂着她。

她说：“我丈夫是一个球迷。”我一下子大笑起来。她也跟着我笑起来，但她接着说：“你不用笑，这是真的。”我说：“那么你就是足球寡妇了，美国有足球寡妇状告足球协会，你也可以试试，说不定也可以拿回一笔赔偿什么的。”潘娟捏了一下我的鼻子：“傻瓜，你就是他们给我的赔偿。”我连忙说：“这不行的，我对足协那伙人一点也不感兴趣，凭什么由我来抵债。”潘娟在我的屁股上狠狠地拍了一巴掌：“瞧瞧瞧，好像亏了你似的！”

她翻了一个身，靠我更近了一点，伏在床上，两只手托着下巴，她说：“小刚，是不是在广州这样一座城市里，所有的闲情逸致都会被视作无聊。说有聊吧，他们也有聊不到哪里去，一天到晚是足球呀围棋呀什么的。再不就是公司生意股票什么的，你说这样累不累？”

我不说什么，我翻过身来两眼望着天花板上的石膏线。电视上那些不会讲话的图像发出的光线在天花板上变幻着。这狗屎一样的文明，它扰乱了我们平静的生活。我们不再为爱而爱不再为恨而恨。我们不知道在我们的身边有多少种的电波在飞来窜去。空气说不定比远古时期羊圈里的空气还要糟糕得多。我们却在这样肮脏的环境下边津津有味地过着日子。

潘娟见我不说话，她接着说道："以前我以为有了一点钱以后，人便会快乐起来，现在才发现我错了。快乐其实与物质并没有太大的关系。"

我说："这是需要有一点钱以后才能领悟的真理，目前我还不能达到这个境界。"

潘娟说："小刚，我是说真的。"见她一派严肃的样子，我不便再说什么。

窗子外边又传来一阵欢呼，大概是又进了一个球，我看了一眼我们的没有声音的电视，见镜头正对准着观众席，人们举着五颜六色的彩旗挥舞着，潘娟随我的目光看了一眼屏幕："你看他们叫不出声来在那里干着急。"她一下子显得很高兴的样子。

我在她的屁股上拍了一下，我说："看你这样恨足球的样子，表明你还是非常在乎你家球迷的。"潘娟回过头来好像不认识我似的仔细审视我，看得我都不好意思起来，她说："哟，想不到你还会吃醋呢，说得酸溜溜的。"我说："少臭美吧你，我吃哪门子醋？你在乎他其实也并不妨碍你在乎我嘛，现在是信息时代，不是提倡资源共享吗？像你这样优秀的资源，不提高利用率未免太对不起造物主了。"

潘娟上来揪住我的脸颊："你这个混蛋，有你这样对待爱你的人的吗？"我把她的手打开："我爱得这么大度肯定是符合时代精神的。"

潘娟拿起遥控器啪地一下把电视关了。然后她走到窗子前一个人静静地看着窗外。她生气了。我索性把头朝向靠里边的墙壁，不再去看她。爱什么呀爱，两年多不见一点音讯，丈夫迷了足球才想到要我来候补，却还来跟我生什么气。当我是候补中央委员还是什么的。我才不干呢。

冷气开得很足，房间里甚至有一些凉意，我拉过一条毛巾被来盖在身上。闭着眼睛想起一个个我以为我爱过或者我以为被我爱过的姑娘们来。那时候骑单车跑几十里地去只是为了悄悄地看一眼，真是傻得美丽，女人，在你年轻到还没有心计去脱下她们裤子的时候她们美得触目惊心。在我耳边说了千万遍爱字的人却因为我没有钱而投入了别人的怀抱。人生这条路其实也不长，爱是不是我们在某一段路上相互取暖的一个借口。

女人是孤独的动物，男人又何尝不是更孤独的动物。

房间里此刻只有空调运行的声音。冷风滋滋地冒进来，热气呼呼地排出去。空调是一种自私的发明，充分展示了人类以邻为壑的个性。全球变暖长江洪水不能说与空调的发明无关。人类不断纵容自己的欲望。我讨厌空调却又离不开空调，就像是有时候讨厌女人却又离不开女人一样。人们尴尬地生活在一种两难之中。

要是两年前她就在了我的身边，那么我们今天会是一种什么局面呢？生活和生命都是一次性的，完全没有什么可比性。或者我们如今已经反目成仇了，或者我们真的结合在一起有了一个小的赵小刚。爱情来去无痕，人生也是来去无痕。生命中，我们能抓住的又是什么？对潘娟说过的话我不是对其他姑娘也说过吗？可是一切会有什么痕迹呢，所有做过的都是白做了。就像人们常说的一句话，不做白不做，做了也白做。

靠窗子的那边传来一阵抽泣的声音。我见潘娟在那里抹眼泪。我是最见不得女人哭的，一见她哭了，我的心立马软了。我走过去从她的后面两手搂住了她的肩膀。"是我不好，别哭了，好吗？"她一点反应也没有。我说："有空调的房间是不宜生气的，你看，这里封闭得这样厉害，一生气，这空气就特别不好了。"我见她正在听我说话，就接着说："要是你生一满屋子气，这房里怎么待？生气要是通俗一点讲的话就是放屁。"潘娟扑地一声笑出声来，两个眼角都还挂着泪珠，她用拳头轻轻地打着我说："你这个坏人，你才放屁你才放屁。"我知道这下子就已经转危为安了，一下子挽救了革命挽救了党。

随着一些强队的相继登场，世界杯的味道越来越浓，那些球迷们放的屁都带有足球味。大街上尽是些因看了世界杯而睡眠不足的人们。世界杯像是一场瘟疫，至少，它也是一场流行病，我和潘娟是两个在这场瘟疫中具有了免疫能力的人。但是我们患上了另外一种病，这种病被人们称之为爱情。只是我一时拿不准我是不是沉入了这种感情之中。

潘娟常常在做完爱以后睁着一双空蒙的眼睛对我说："小刚，我爱你，你是我这辈子的索命的冤家。"我知道这话它可以同时对许多人说。但我还是爱听她这样说。在单位里我约潘娟出来做爱的时候用一种隐语，我说的是我们今晚踢一场足球怎么样，潘娟就说我们一定要踢出水平来。我们随着世界杯的进程一场场踢得有条不紊。

要下班的时候，贺保胜拉住我说："小刚，由你这个非球迷来说一说，今晚阿根廷对克罗地亚，你猜谁会赢?"我随口说道："可能是克罗地亚吧。"贺保胜跑上来两手握住我的手："知己知己，就讨你的口彩，克罗地亚今晚一定赢。"我一下子感到特别滑稽，后来才知道，贺保胜在投注公司买了克罗地亚赢，他要在这世界杯上博他一次。

后来我想，什么鸡巴的爱国球迷，不过是赌徒罢了!

潘娟也知道今天是阿根廷对克罗地亚，她对我说："小刚，今晚是阿克之战，两强相遇，我们也要踢出水准才对。"我在电话里对她说："这个自然，我们决不辜负祖国和人民的期望。"

月是新月，黄昏的时候就出现了，等到我和潘娟在海珠广场见面的时候，那弯月亮已经快要沉下去了，天气是那种酷暑的天气，潘娟一边擦着汗一边对我说："还远没有到盛夏，这鬼天气怎么就这么热了呢? 真是的。"她用她汗津津的手在我的脸上摸了一把，拿出她随手带的一把折叠小扇递给我："给你一个献爱心的机会，替我扇一扇。"

我们慢慢地朝海珠桥走上去，一走动，就觉得凉快了许多，天空这时已经有了许多星星，高架在珠江上的海珠桥，江风格外猛烈，我感觉到心底一阵畅快。我们静静地走在人行桥肩上，潘娟把她的左手紧拉住我的右手，在桥的中央停了下来。我们扶着桥栏面对着珠江站了下来，一时回过头相互看一眼，又马上把目光重又看着远处的珠江。江的两岸，霓虹灯一个劲地闪烁着。这一切，就在这里如此美好地作了我们的故事的背景。

潘娟过来两手环抱住我，将她的下巴搁在我的肩膀上对我说："小刚，你猜我在这里都想到了一些什么？站在这里，我想到了《魂断蓝桥》里的那座桥。"说着，她在我耳边轻轻地哼起了《魂断蓝桥》里的主题曲。她贴我那样近，口中的气息吹得我耳根一阵阵发痒。

在她的歌声中，我回过头来，这座架在珠江上的铁架桥真是太像《魂断蓝桥》里的那座铁桥了，虽然我知道，我们演绎不出一个那么煽情的故事出来，但在此情景之下，的确是一种令人激动的背景。我把她的手一下子握紧，看着桥下的流水，猛然有了一种非常纯净的情感在心底升起，这种情感不再只是那种肉体的欲求。一种想守着她伴着她一直走的冲动这时刻来得格外强烈。我感觉我和她像是在这里守了几百年了，还要这样生生世世地守下去。我拉着她转过身来，紧紧地抱住了她。我在她的嘴唇上轻轻地碰了一下，她即刻热烈地来回应我。

桥肩上的行人不多。只有来来往往的汽车在我们身边经过。不知道过了多长时间，我们才彼此放开，我在她耳边轻声说："娟，我爱你。"潘娟伸出食指在嘴上轻轻地嘘了一声："别说，一说出来就假了，老实交代，这是一句骗倒了多少个无知少女的口头禅？"

我一下子觉得非常没趣，像一个魔术师一下子被人揭穿了手法，我自我解嘲地笑了笑："知我者，潘娟也。"一想也是的，哪怕我再爱她，爱得再密不透风天衣无缝，最终也不过是想要了她，说穿了其实也是一件俗事，身体里的冲动总是强烈过灵魂的冲动。

潘娟笑了笑，说："我喜欢实实在在有些油腔滑调的小刚，有趣而又轻松，喜欢你的身体，喜欢你带给我的这许多快乐，我不要你给我织梦，我不再是青春期的无知少女，我的爱世俗实际，具体可感。"这时候，风把她满头的披发飞扬起来，这些日子刚刚放过了美国的那部所谓的爱情大片《泰坦尼克号》，潘娟把双臂展开，故意学片中的女主人公的样子对我说："小刚，我感觉我在飞。"

我连忙说："还说我呢，你看你，都酸得飞起来了。"潘娟说："其实我这算不了什么，前些日子我们单位组织旅游，一些四十多岁的老妇女做这个动作，同时她们还会故作媚态的一笑，多皱而擦了太多粉的脸上看得出像是刷了石灰的样子，那才让人恶心死了呢。"

那种轻松的气氛又回到了我们中间。潘娟说："我们先转一转，然后，我带你去我那里，怎么样？"

我们沿着珠江边向东走去，前面有一座新建成的江湾大桥，我们将从那里上桥到河的北岸再走回到海珠桥。我们要围着这一段珠江转一个圈。江边摆满了桌椅，珠江边成了一个巨大的露天大排档，一些人在那里喝酒划拳，一些没有摆桌椅的地方，则溜达着一些身份可疑的人。我和潘娟刚走几步，就有一个小女孩走上来缠住我。"先生，小姐好漂亮哦，买一朵花送给姐姐吧。"她举起她手中的一大捧玫瑰花来。我和潘娟一下子笑起来。我问："怎么样，小姐，接受我送的花吗？"潘娟说："是人家小姑娘要你送的，这种花，我肯定要把它丢到珠江里去的。除非哪个时候你自己主动想起来要给我送花我才接受。"我对小姑娘说："你看我真失败，我是想买花，可是送不出去。"小姑娘不依不饶地跟在后面，仿佛我欠她什么似的。

我们只好都不再理她。跟了我们好一会儿，看到实在没戏了小姑娘才走开。这年头，所有的事都有人在诱导。爱情亦然。送花这件事，多了一个人来向你推销，事情就复杂起来了，送的和被送的人都被弄得很尴尬。

有一段路我们走得很安静，江边的栏杆上，倚着的一对对有情人都吻得非常投入，他们旁若无人，潘娟有时看到特别专注的，就回过头来冲我含意深刻地一笑。风中带着一种煤油味和一种轻微的臭味，这是一条被工业污水和生活污水糟蹋了的江。好在这是夜晚，使它看上去不是白天那条发黑的江，两岸的灯火在珠江上轻轻波漾，随着变幻的霓虹灯，显得异常美丽。

登上江湾大桥的时候，我们感觉到仿佛登上了一个高塔之上，有一种凌空御风的感觉。江湾大桥新建成不久，桥上的车流量不大，人流量也不大，因而有了一种旷远的感觉。再往东看，是海印桥上太阳神在那里建的两个硕大的太阳标志。车每次从桥上走过，像是隐隐地从空中通过一样的。潘娟用双手撑住栏杆，风吹过她的头发来拂着我的脸颊。她忽然冲着远处高声长啸：呜——哇哇——听不到一点回声，旷远的夜空吞没了她的声音。她又冲着远处长啸一声：呜——哇哇——然后，她一阵放声大笑。笑过之后，她转过身来看我，夜光中，她的目光闪烁迷离，像一只发情的小母猫。

我也受了感染，双手在桥栏上撑了撑，清了清喉咙，我也大声叫道：呜——哇哇——叫出来之后，真是感觉到全身一阵通泰，好像是所有积郁的东西都得到了释放。潘娟走过来从我的后面抱了我，温热的小腹正好抵着我的后臀，一股热源就从那里传过来，向我的全身漫漾开去。一波一波，弄得我有点无法自持。同时，她轻轻地呼吸就贴在我耳朵根上，麻麻酥酥的。我转过身来在她的耳边对她说："走吧，要不的话，我会在这人行道上要了你的。"

潘娟小女孩一般地含羞一笑，然后又荡妇般地对我说："只要你敢要，我就敢陪着你做。"

我只好双手抱拳道："拜托拜托，你饶了我吧。"潘娟不屑地说："胆儿就那么芝麻粒大。"我觉得真是无法把握她，就像两年前她突然从我的世界里消失一样，她所有的行动都是无法用正常的逻辑来思维的。你不知道她会一下子又冒出一个什么怪念头来。虽然我知道她这样说也不过是说说而已，但她敢这样说已经让我心里害怕了。

走到她家所在的那个小区的时候已经是午夜时分了，我还是拉着她的手，她把我的手挣脱，冲我"嘘"了一声，指了指小区门口的保安员和大楼门口的保安员，对我说她要先进去，要我随后才到，她在十八楼的电梯门口等我。她要我尽量装出一副熟门熟路的主人模样，以免保安盘问。我们偷偷摸摸的相约像是地下工作一样刺激，这使得我们的行为有了些神秘的气氛。夜风凉下来了，我感到背脊上有一股凉飕飕的冷气在冒，第一次到别人家里去偷情，坦率地说我是感到有点害怕了。潘娟在我的额头轻轻吻了一下，然后向小区的大门走去。看到她的两个屁股在袅娜地扭着，像一片在轻风中摆动的花瓣。她消失在了第一个楼道的大门里，这世界一下子空洞起来。我们在这里爱着恨着，世界不曾有丝毫的增减。那么我们的这一切到底有什么意义呢？好久了，我都一直没有缓过神来。过了一会儿，才想到潘娟等久了。连忙主人一样昂首阔步地走过小区的大门，看也不看那保安一眼。

潘娟想是在那里等急了，把我拉到了十七楼和十八楼之间的拐角处，因这高楼使用电梯，这里一般是没人会走的，因而被人撞见的可能性几乎为零。站定以后，灯熄了，这里的灯是声控的那一种，这样的楼梯白天都是黑漆漆的，到了夜晚更是黑得触目惊心。我和潘娟只听得到对方的声息，却一点也看不到对方，就连一点黑影也看不到。为了不惊动灯光，潘娟用很小的声音对我说："怎么花了这么长时间，我还以为出什么事了呢，我当是保安把你拦住了，正着急呢。"我小声说："你看我是能被保安拦住的那种人吗?"我们便在墙角接吻,潘娟被我推得往后面一靠,"咣当",一个废铁桶被她绊动了,发出响声来,路灯一下子大亮,吓了我们一跳,灯光在我们两个狼狈的人身上停留了一下,戛然而灭了。潘娟说："还是到我们家去吧。"为了不弄亮灯光,我们蹑手蹑脚地走着,潘娟拿出早准备好的钥匙,轻轻地开了门,我被她牵着轻手轻脚跟着她走。她告诉我她们家还有一个保姆,肯定睡了,我们要尽量不惊醒保姆。

她把我领进了她的睡房里,准确点说是她和她的那个球迷的睡房,这时候她才松了一口气。她对我说："我们都成了地下党员了。"我们两人相视着笑起来。我环视了一下这个房间,好家伙,真是够气派的。锃亮的红木家具透着一股中国特色的豪华劲,那张足有两米宽的大床像是一个巨大的爱情的舞台,显然不是为我登台准备的,我不过是一个客串的角色,我不无醋意地说："你们家球迷的足球场都比别人的宽广。"潘娟打了我一下:"什么球迷,哪里有你这么会射门呀。"我在她丰满的屁股上用劲拍了拍:"原来你主要是欣赏我的射门技术。"

潘娟再次要求我小声一点。她说:"别让保姆听到了。"是的,保姆是睡在我们身边的定时炸弹,她时刻可能会向球迷告密。于是我便不再讲话。潘娟到客厅里边去侦察了一番,发现保姆房里一点动静也没有,就让我小心地去冲凉。洗干净备用。

当我躺在床上以后,潘娟大张旗鼓地去冲凉了。她这时候不再在乎声音大小,甚至是故意弄大了一点声音。她将把她所有的部位清洗得完全符合部颁标准。她以一种对使用和被使用渴望的心情在细心地工作,从她洗的时间来看,她是一种对祖国和人民负责的态度在做着清洗工作。比清洗食物都仔细。想象得出她的身体此刻一定气味芳香,口感嫩滑,朗朗上口。想到这里,爱情在我身上生长,如果欲望就是爱情的话,那么我此刻的爱情肯定堪称经典。我的爱情弥漫在整个房间。

请感谢这张大床，我们在这张大床上翻来覆去。潘娟忍不住咿咿呀呀地叫出声来，在这时刻她也没忘记随手抓过枕巾来塞在嘴巴里。那些叫声沉闷压抑，像是遭了绑架，后来她紧紧地抱住了我，又拉开了堵在嘴上的枕巾，用只有气流一样小的声音对我说："太好了，小刚，你真是太好了。"我自己却一点也感觉不到我的好来，在这样的时候，我反而有些低沉，同样的床上，她的球迷肯定也曾经让她好过，我想我肯定不是最好的。这时我想起了一句广告词，不求最好，但求更好。我忽然感到这时我没有什么话还要说，一点倾诉的欲望也没有，潘娟像是有许多话要说，看得出，在这个她特别熟悉的战场，她比平时要更为兴奋。而她这种兴奋却不能毫无顾忌地表达出来，她得压低声音，是不是这种环境更刺激了她，她在我耳边不断地说着，嘴中的气息不断地向我的耳朵吹过来，我却是那样地急于睡觉，她的这些耳语给我一种有些不舒服的感觉。但我却不能把这感觉表达出来，我闭着眼睛装睡。

我不知道我是什么时候睡着的，醒来的时候，有阳光透过白纱窗帘照进来，潘娟正在我的旁边斜躺着看着我，睡得真好，而潘娟这样不施粉黛的模样更让人心动。潘娟是那种天生丽质的女人，她不是那种卸了妆就惨不忍睹的女人，她的眉毛，从不用眉笔勾画，天然就是像画出来一样的细细的一钩。我最讨厌看到女人画的假眉毛，特别是上了年纪又偏不肯服输的女人把眉毛全部剃掉了又画上的那种眉毛，给人一种很恶心的感觉，而潘娟这副模样真是让人心动不已。我一把再搂过她来，伸出舌头来舔了舔她的额头。我说：娟，想听我说爱你吗？那么我说，爱你，真的爱你。潘娟忽然紧紧地抱住我，她莫名其妙地哭了，我都想不到她这个时候会哭，我连忙说："潘娟，我说着好玩的，你用不着这么激动的。"潘娟只是一个劲地流泪，她说："小刚，像我这样嫁过人的人你还愿娶我吗？"

我一下子吓了一跳，她为什么会这样问。是的，我不在乎她嫁过多少次，只要我想娶我一定拼尽全力去娶，只要我想爱我一定拼尽全力去爱，现在我们处在一个没有规则的时代，所有的游戏规则我们都可以不必要去遵守。问题是，我没有娶人的冲动。我不能对她说实话，可是我又不想对她说假话，我于是只有上去紧紧地抱住她，用我的嘴巴堵住她的嘴巴。

　　我这时才猛然明白我是在别人家里，潘娟是有丈夫的人，要是潘娟的球迷回来，我该怎么办？潘娟一听笑了起来，对我说："你放心，我家球迷嫌在广州看球环境不好，他们几个人约了到一个度假山庄去看球去了。"我想起昨天她说的保姆来，我说："不是还怕保姆知道吗？"潘娟说："保姆买菜去了。"

　　现在是一个我们可以放肆的空间，可我在这样的时候反而不知道说些什么好，所有的话都似乎没有说的必要，我现在才觉得有人压抑我们不让我们说话光让我们行动的时候是那么可贵，女人总希望从你这里听到你对她说些什么，可是男人们对一个已有了身体交流的女人倾诉的冲动并不强烈。

　　在那些反射着幽暗的光辉的家具和宽大的房间的布局上，看得出球迷是一个挺会挣钱的人，这年头，钱是一个男人性感和可爱的全部，我不由自主地生出些自怨自艾的情绪来，我赵小刚不是一个会挣钱的人，空有一腔所谓的才华，这有什么用呢，这些没用的东西只会更多地妨碍我。我不无自卑地说："你家球迷还挺会弄钱的。"

　　"钱有什么用，"潘娟说，"一个人要是成了弄钱的机器你说还有什么情趣可言。"当然我无法回答这个问题，我不知道一个人要是会弄钱有什么不好，我才想到，人家有了钱之后想要的是生活质量，之所以两年以后她潘娟还能想起我来，是因为她需要改善生活质量，而我不幸还停留在没有改变物质基础的阶段。我突然想起了编得并不高明的《泰坦尼克号》来，那个未婚夫是一个积累了许多财富的上流社会中人，而那个画家，说到底不过是一个穷困的无赖而已，所谓感天动地的爱情，不过是骗女人们眼泪的。那么我赵小刚，在别人眼里，也许只不过是一个勾引良家妇女或者为良家妇女所勾引的一个不起眼的小无赖而已。

潘娟跑过来从后面抱住了我："怎么不高兴了，看你平时伶牙俐齿的，怎么这时候没话可讲了？"我把她的手掰开，说："不知道说什么词了，我忘记我的台词了。"潘娟说："又不是让你演戏，你要记什么台词？"我说："你不觉得人生是戏吗？""嘿，小刚，什么时候一下子深沉成哲学家了，真是有两下子。"我反过身来把手搭在她的肩上，我说："潘娟，真的，有的时候我会突然想到一些很奇怪的问题，我这人有时特情绪化，你说，人这一辈子到底是为了什么，有人为一些物质的东西奔走，就说我一个朋友吧，他一辈子想的就是一套大的房子，可是他没有想，就在他一辈子为一套房子奔走的时候，别人一出生就有多得数不清的房产，你说，我的这个朋友的人生一辈子不就白活了吗？有的人说是为爱情而活的，可他爱的人却最后离他而去了，无论是物质的还是精神的目标，这一切其实都是没有什么意义的，你说，人生这辈子，有什么是真正值得人去为它而活的。"

潘娟抱住了我，她说："小刚，不用想这么多了，真的，我有时也会想一想这些问题，但我觉得想这些太累了，你有很多的聪明，要是放在其他方面会很有成就的，不要想这些好吗？人生苦短，要活就活得快乐一点。"这时潘娟悄声为我唱起了这个时候正在流行的王菲的那首歌：《你快乐，所以我快乐》。

我不知道是不是真的有人会因为别人的快乐而快乐，我只知道有时候我因为别人的不快乐而快乐，潘娟的歌还是使我一下子受到了感动，我把头靠在她的头的旁边，我轻声地对她说："我知道我不对，我想我是真的爱你了，爱有时是一种想要永远厮守在一起的强烈的渴望，要是我对你说，我爱你了，你会笑话我吗？我知道在这样的年代里爱是一件很可耻的事，但我还是爱了，我一直以为我这一辈子再也不会爱谁了，可是我还是不由自主地爱你了。我觉得我是在爱了，一点也不掺假，我也充满了想和你厮守在一起的冲动，可是我们并不一定非要守在一起的，爱情还会有很多的形式的。守在一起也许反而没有了爱情。"

潘娟摸了摸我的头发，她说："小刚，我并没有一定要你和我守在一起，别弄得像我是在逼你似的。"她抬起手腕看了看表，说："小刚，也许你要在这个时间里离开这里，保姆买菜马上就要回来了。"我笑了笑说："你看我是不是特像战争年代的地下党员。"潘娟不动声色地对我说："你又贫嘴。"说完，她便送我走，不知是哪家的音响里又正在放着《路边的野花不要采》，潘娟说："听到没有，路边的野花不要采。"还没有说完，只见她有几分无奈地自嘲道："我忘了我也不过是一朵野花。"

3

克罗地亚胜了阿根廷，这是大出球迷意外的事，到处都是谈论足球的声音，有的骂裁判，有的骂球员，仿佛不谈足球就不应该生活在这世界上一样，不关心足球的人像是异类一样处处没有好脸色看。日子在世界杯的赛事中没有起色地过着。

世界杯逼近尾声，球迷们的情绪大起大落，一些为球迷所看好的老牌的强队纷纷落马，有的球迷呼天抢地高声骂娘，上班的时候，贺保胜拉住我非让我谈足球不可。贺保胜说："狗日的他们肯定打假球，足球界太黑暗了！"我说："这有什么，全世界人民都臭不理他们看他们还能打哪门子假球，他们黑暗也是被球迷宠黑暗的，要是他们该死那球迷就更该死，是他们造就了垃圾一样的足球界。"贺保胜说："跟你这种冷血动物真是没法说。"

我也不是太想跟他说，我独自走出了办公室，登上了报社办公大楼的楼顶，远处是些错落有致的房子，阳光耀眼地照着这一切，天气似乎热得有点异常，但是这楼顶还好，还有一丝丝风吹过来，楼下远处，一条条巷道和道路上，是一些小小的人在奔忙着。我想在这许多人中，并不是每一个人都在想着世界杯的事，还有许多连饭都吃不上的人，他们或许压根儿就不知道有什么世界杯。生活是沉重的，可生活又是飘忽的。每个人都对着自己所独有的那片天空。

我总是容易在自己一个人时候堕落成哲学家，想的全是一些乱七八糟的问题。我知道这不好，这很容易让自己脱离人民，但这臭毛病却不是一下子能改掉的。我感觉到我的心里空落落的，我不知道到底是因为什么原因我觉得不好受，反正在这个时候我特别想见一见潘娟，想知道她在这个闷热的午后在干些什么。我忘记了她说的有时要事先跟她联系的约定，直接往她住的地方走去。一切都非常顺利，那些狗一样的保安并没有查问我找谁，我直上电梯，找到了潘娟所住的 1802 房。

要按门铃的时候，我犹豫了一下，我承认我不是一个胆大妄为的人，但我还是按响了门铃，要说像我这样在情场上摸爬滚打了许多年的人是不该会有这种冲动的。我站在金黄色的防盗门后面，我想在那闪着幽蓝色光辉的猫眼里，一定有一双眼睛在打量着我，我在门外能感觉到里面的人在迟疑着。

防盗门里面的那一道木门开了，是潘娟穿着一套粉红色的睡衣。她甚至连防盗门也没有给我打开的意思，我看得出她满脸写着不高兴，她说："你到楼道里等等我，我换一下衣服马上就来。"

我站在阴暗的楼道里，空气里有一种缺乏流通的霉味和沉闷。我的心情一下子糟到了极点，在等待潘娟的这段时间里，我想了许多。潘娟的不高兴也让我很不高兴。在这里我像是等了一个世纪一样，我真想立刻就走，我犯得着像十四岁的少年维特一样在这里痴痴地等谁吗，就算真是爱情，让我这样单方面地爱也不是那么回事呀。

脚步声笃笃地响起来，路灯亮了，潘娟终于走了过来，小声说："你怎么招呼也不打一声就这样跑过来。"我小声说："我不过是想给你一个惊喜。""你是想给我一个惊吓！"她说，"现在我们分头下去，到海珠广场再说。"

海珠广场的一些水泥椅上，此刻已经坐满了消夏的人，他们充满了主人翁精神，把这里当成了他们家的后花园，有的袒胸露背有的四仰八叉，使得海珠广场在白天看上去像是一个民工云集的候车厅。怪不得有人把一心想建成国际化大都市的广州戏称为国际大排档的。我们找不到可以坐的地方，在靠中间一棵榕树的地方站了下来。

"小刚，你明不明白我的难处，说好了不能随便去找我的，要是被他碰见了会是什么后果你想过没有，小刚，你怎么也会有这么不懂事的时刻呢？"我尽量压抑住怒气说："想见你的时候跑过来看了你一下，也不见得就错到哪里去了，少这样给我上纲上线。"潘娟说："你这人讲不讲理，有些事情是原则，不是想不想我看不看我的事，我也有时想见你，我要是去你上班的报社的门口找你你乐不乐意，我们都没有给对方压力的权利你说是吗？"我吼道："你要是到我报社门口去等我，我肯定不会不高兴，说不定还会一下子感动。"潘娟哼了一下："赵小刚，我现在在对你说我很感动你信了吧。"我立刻回敬她道："潘娟女士，我知道了我是什么玩意，我清楚了自己的分量，我不会再烦你了。"说完，我头也不回地走出了海珠广场，拦了一辆的士就上。我知道我不能迟疑，要是她在后边叫一声我就害怕我会忍不住回过头去，在的士上坐定以后，司机把车开动了，问我道："先生要去哪里？"我想，是啊，我去哪里呢？真的一时还想不到可以去的地方。我想到了老房子酒吧，于是我让他往五羊新城开过去。

此刻酒吧里没有人，几个服务生坐在那里聊天，此刻应该是她们的休息时间吧，可是我来了，她们就得开始工作了，我要了一杯啤酒，我不是那种要借酒才能浇愁的人，而且我觉得那样也太落俗套，我只是想在这里静一下。没有什么嘈杂的声音，这里正是我此刻想要找的地方。我奇怪我此刻居然什么也没有想，一会儿以后，我的头脑清醒了许多。也许是我不该去打扰潘娟的，她必须有她的球迷给她的物质基础，然后才能和我来点精神上的追求，她是要一手抓物质一手抓精神的，她是要两手抓，两手都要硬，要是被球迷发现一点蛛丝马迹，那可就难为她了。

想通以后，我便不再去找她了，这是一个女人泛滥的时代，我用不着担心没有女人来到我的身边，我用不着再去牵挂谁想谁了，这年头，牵挂一个人是一件非常累的事，我大可以潇洒地去来。也不用再去想我一点也不关心的世界杯赛到了哪一场，球迷是不是会出门看球什么的。我该干什么干什么，日子过得轻松了许多。怪不得那许多人都不愿动真心去爱，其实爱一个人本来就是一件又苦又累的差事。改革开放，是不是终究要解开爱情这个绳套。这段时间里，报社派我去深圳采访了一次，在帝豪酒店和一帮非球迷的哥们打了一夜扑克，又在采访之余去小梅沙游了半天泳，过得极为轻松，没有想起谁来。潘娟，她把我放下了，我也就没心没肝地把她给放下了。

4

世界杯赛事进入了白热化，四强之中，除了巴西之外，都是球迷们当初没有意料到的队。法国、克罗地亚、荷兰进入了四强，球迷们有的愤愤不平，有的欣喜若狂，卖报的老头，卖菜的大婶都加入了谈足球的行列，人们都像疯了一样。克罗地亚一直不被看好，但此时由于一路过关斩将，特别是他们战胜了阿根廷和德国队之后，又一反常态成为夺标呼声最高的黑马队。见到的人都谈这个，你真是想不知道都不行。今天是克罗地亚对法国队，下班的时候，大家都在呼朋引伴约好要到老方家里去一起看球，老方的老婆出差，房子够大，可以叫个痛快，我虽然对足球不感兴趣，但是想到大家一起去热闹一下也好，反正也不再有什么牵挂，我喜欢这种无牵无挂的日子，不用担心谁也不用被谁担心。

我们在等球赛开始的时间里喝了一点酒，这是老方珍藏在冰箱底层的一瓶洋酒，电视上边要么是那几个令人恶心的所谓笑星在那里装疯卖傻，要么是那些不男不女的歌星在那里唱《心太软》及《爱我就给我》在那里嗲声嗲气地做着爱的哀告。这时候可以凭良心说一句，要是有人强迫我不得不看电视的话，那还倒不如看看足球。起码它还不至于让人恶心。聊了一会儿以后，球赛开始了，大家开始为场上的人大呼小叫，我却睡意袭来。在整整一场比赛的时间里，我美美地睡了一觉。醒的时候，比赛刚刚打完，克罗地亚栽在了东道主法国队的脚下。持不同球见的人在那里争论，后来累了，便一致决定去吃夜宵。动身的时候才发现，在我睡着的时候，我的柯机响过了，是潘娟在我的柯台留了言。我打电话到总台查了一下，潘娟在我的柯台上的留言是："我的心好痛。"我笑了一下，心里暗暗说："我又不是心脏病医生，我这里没有止痛药。"虽然我知道，潘娟这时一定还守候在电话机旁等着我回电话。不管她，跟着他们去吃消夜要紧。吃消夜的地方在海印桥脚的西贡海鲜城。这里的海鲜价廉物美，一个巨大而开阔的广场上，几十家餐馆一字摆开，现在是午夜时分，而这个时候正是这里最旺的时刻，人声鼎沸，这里紧靠着珠江边，在全广州几乎都难以找到这样开阔的地方，那场景让你容易想起一句古诗来，沙场秋点兵，不错的，河鲜海鲜山珍野味就在这宏大的场面下于谈笑间灰飞烟灭。有这样壮观的场面，你不用担心有什么物种不会被吃绝。这一次由赌克罗地亚赢的一方请客。酒席上，我一直吃不起劲来，我知道这是因为潘娟的心痛的原因，趁着大家酒兴正浓，我借口上洗手间，在餐馆的总台拨了一个电话，接电话的是潘娟，听她熟悉的声音毫无倦意地喂了一声，我几乎不能自持地想要讲话，但我最后还是忍住了，能听到她的声音，知道她还好好的就够了，我挂上了电话，又退回酒桌上。大家已经相互用酒较上了劲，我知道喝醉了酒是什么滋味，而且像我这样的人，喝醉了连个照顾的人都没有，我是没有权利放纵自己让自己喝醉的。但是那一天我还是喝多了，醉得不省人事，是贺保胜和老方一起把我拖到老方的沙发上睡了一夜。

我以为一切都会很快过去，无论是世界杯也好，潘娟也好，这一切都会像是做了一场梦一般的，没有谁会将一个梦永无止境地做下去，但是，事情显然不是那么轻易能完得了的。不知道是不是要决赛期间，一天中午，我的柯机又强烈地叫了起来，又是潘娟，起先是留言有急事，一会儿又是留言，柯机一遍一遍疯狂地响着。我复了一下总台，留言里说她病在医院里，她在留言里说，要是我一个小时不赶到她身边的话她就从她现在所在的医院的八楼跳下去，我大惊失色，连忙往她在留言里给我说的华南医院赶。

她的确是在华南医院的八楼，我上去的时候，她正在输液，很安静，一点也没有想要跳楼的迹象。见到我，她很得意地暗笑了一下："小刚，你还是有点良心的嘛。"我心里有点气恼，但是看到她嘴唇发乌，一副楚楚可怜的模样，又不忍心生她的气，我上去抓住了她的手，我问道："病得怎么样?"她笑道："病得不怎么样。"但是她的手捏上去却很烫手，脸上是一种内热很盛的潮红。像是在发着高烧。我把她的头搂在怀里，抚摸着她的头发。我说："小傻瓜，你怎么说病就病了呢。"这时，我发现她哭了，那种无声的哭。眼泪顺着她的脸往下流时，流到了我的手背上，她把身子背对着我，我的手能感觉到她的肩膀在颤抖。

　　液输完了，护士要她休息一下，她却对我说她想要出去转一下。她说她不喜欢医院来苏水的气味，她要到外边去散散心。可是一走出医院的大门，她却对我说："小刚，我要到你的那个窝里去，我要吃你亲手给我做的东北菜。"我只得顺从她的意思，上出租车以后，她就把头靠在我的脸上，她的脸颊比她的手更烫人，我觉得不只是病，还有一团火在她的身上燃烧。这是一团让我有些害怕的火。

　　一进到我的房间，她就把门反手关上，上来吊在我的脖子上紧紧地吻着我，屋里的光线很暗，但是很闷，在我们都没有说话的那一刻实在安静极了，我把她搂在怀里，抚摸她的头发，要她安静下来。她却总是不安地拱动着我胸口的衣领要吻我的胸口。她在我身上摸着，我知道她想要什么，我说："阿娟，你正病着，小心身体。"她固执地继续摸着我，她说："你能治好我的病，你是我的良药。"我把她贴在我身上的身体拉开了一些，我说："我给你讲个治病的故事。"她虽然有些不情愿，但还是听我讲了起来。我说：皇宫里一些宫女病了，皇帝就让医生来给她们看病，医生开了一张奇怪的药方，上写着壮汉若干。过了些日子，宫女们的病好了，但皇帝却发现有些面黄肌瘦的汉子躺在墙角奄奄一息。皇帝问那些人是做什么的。宫女告诉皇帝，那是药渣。潘娟笑起来，问我道："小刚，讲这个故事是什么意思，是不是不想当我的药渣？"我连忙说："哪敢哪敢，我赵小刚时刻准备着为您贡献自己的一切以至最宝贵的生命。"

　　她用手捂住我的嘴，不让我把话说完，她除掉了自己的衣服，又伸出手来脱我的。我觉得我开始有些要往外冒汗了，她的身上却只是一阵火烫，没有一点汗水，就像是在燃烧自己一样，这样一股内热会不会把她烧坏？我觉得我是抱着一个火球，一个病人，起初一点冲动也没有。我的热情是被潘娟一点一点点燃的，她用双手向我环围过来，她有些狂热的呼吸在我的耳垂边吸动，一股巨大的柔情蓦地弥漫我整个头脑，眼前一片暖红色，我几乎有些晕眩。这一刻，孤独中的潘娟是爱着我的，为了这一刻的真爱，我一定用我的真爱去回应。潘娟也始终不肯安静，不停地朝我怀里挤。她癫狂而又霸道，像是要把自己所有的热情都挤出来又像是要把我所有的热情都吸干，我浑身大汗淋漓，病中的潘娟以她滚烫的身体，给我一次空前绝后的体验，我想，她将在我的记忆里刻下终生印记，它将让我总能记起，1998 年，世界杯接近尾声的一个夏日的午后。

这将是一朵永远招摇在我的时间的枝蔓上的张扬的花朵。

5

世界杯的大结局是在我的昏睡中出来的。法国队与巴西队决赛的时候，我睡得最熟，第二天，球迷们都在谈这意想不到的结果。世界杯这场波及全球的流行病终于过去了，一些人还要慢慢恢复才行，其实，过去了也就过去了，一次世界杯，也没见谁增加点什么谁减少点什么，狂热不过是人们自己造出来自娱的。世界杯赛的结果摆在那里，你不接受也得接受，最后总有人会站出来解释它的合理性。这中间我给潘娟打过一个电话，但是是一个男人接的电话，我说了句"对不起，打错电话了"然后就把电话挂上了。

一个星期后，我在天河城广场，远远地看到潘娟挽着一个男人的手在幸福地购物，那男人的照片我在潘娟家见过，是她的球迷，我知道潘娟一定也看到了我，她装着没看见地把头朝旁边偏了过去，她脸上的神情又陌生又遥远，我无论如何也想不出她几天前在我怀里拱动的模样，这个女子，我认识过她吗？我自己也有些疑惑。也许，我也不过和其他人一样，在世界杯期间，得了一场世界杯病罢了。

回到办公室的时候，贺保胜在办公桌旁边写着一张纸条："我恨足球，三个月不要和我谈足球。"我想：要一辈子不谈足球才好呢。

南方生活

广　州

　　广州是一座什么都有的城市，有时候你要是有一大匝硬刮刮的钞票拿出来，你真是感觉到广州这地方真好，除了原子弹难得买到以外，什么东西你都能通过交换这种形式得到，比方说爱情什么的，再比如名声什么的。我不出生在广州，我出生在离广州千山万水之外的一个穷乡僻壤，但这并没有阻止我喜欢上广州这样一座城市，我对我所出生的那个低贱的阶级充满了仇恨，没有了故乡这样一个概念，有点忘宗灭祖，但我并不认为这有什么不好，也许这正是我的不可救药之处，我没心没肝地爱着这座原本跟我毫无关系的城市，我在这里生活，住在污水横流的出租屋区，在满是灰尘的风中吃着湖南臭豆腐四川麻辣烫，每日见一些或丑或俊的妓女在阴暗的发廊里搔首弄姿，我生活在这里，不会想世风日下什么的，我只是喜欢这些乱七八糟的东西，这许多杂七杂八的东西悄然生长着因而我也可以在这里恣意地生长，没有谁来修枝剪叶非要我今天是桃李芬芳明天是社会的栋梁，这里有一个任我像狗尾巴草一样自生自灭的空间，为此我就要感谢上苍了。

　　在广州，我不会假模假式地想家什么的，故乡和祖国是阔人们和寂寞的人的，我既不阔也不寂寞，因而我不想所谓家乡，如果我挖空心思去了国外的话我也不会装出一副爱国的嘴脸说我是多么多么地爱国，爱国和爱故乡是需要付出代价的，我付不出这个代价，因而我不装模作样。

我就想，我原先所在的那座城市像是一个没有养分的花盆，而广州，则是一片有风有雨的原野，那些招展在风中的房地产广告，那些摩肩接踵的人流，那些骗子，那些小偷，都是我所喜爱的广州的一部分，我感觉他们是如此亲切，有时候我觉得我是不是像个认贼作父的奸徒一样，认了他乡是故乡。

我记得我来广州的时候是四年以前的春天，那时我先后在许多座城市生活过，有海口，有武汉，但我不喜欢那些城市，特别是武汉，那种压抑沉闷的气氛让我厌恶，而且就是在武汉，我连续几次遭遇抢劫，这就使得我对武汉方言有了一股厌恶，有时候见对方一口武汉话出来，恨不得狠狠地朝那嘴巴一拳头打过去。

当初到广州来是抱着试一试的念头，没想到这婊子一样的城市居然如此适合我的生存，我是在乡间长大的，因而对城市有一种先天的好奇，也真是奇怪，你看，在这密密的巷道里，其实比海洋更神秘的，一个街口，修鞋的也许一直是你熟悉的一个姑娘，可是，当有一天你再来时，发现那姑娘不见了，而取代她的是一个老头，没有人能告诉你那姑娘去了哪里，她就像是一下子从这世界上消失了一样的。每一个你陌生的人身后都有一个长长的故事，有的人与你相交了，有的人没有，但这并不重要，你还得按照你该走的那样去走，城市就是这样，一块空地，盖上了房子，便有许多故事可以在这些房子里去上演，他们可以翻天覆地，也可以波澜起伏。在我住的房子对面，我看到一幢六层楼的房子在三个月的时间里耸了起来，在此之前，那里是一个垃圾堆，每天是苍蝇在那里聚会交配操练，但是房子建起来之后，很快就建得美轮美奂，在太阳下熠熠生辉，一些房客搬了进去，有的男人西装革履，打扮得非常衣冠禽兽，有的女人则浓妆艳抹，都是故事很多的样子，他们白天里都很忙，而她们，大抵大多是在夜里忙吧。

管他们呢。

这是广州，只要过好自己的日子就行了。我不知道我行了没有，我实在太着迷于观察了，我想要是在古代或者在文艺复兴时的欧洲，我大概会成为一个荷马或卜伽丘什么的，但是在如今这年代我知道自己没戏，我二十倍的望远镜在夜晚时最能发挥作用，我闭了房间里的灯，在窗子前将军般地站定，对面那栋新楼的生活便在我的镜头下展开了，这真是一件有趣的事，她们抑或聊天，抑或看看电视，最为可贵的是，有一天晚上十一时左右，一个女人在她的窗子里洗她自己，她脱得光光的，窗子也不关，好像知道我在看她似的，她故意将正面对着我的镜头，又风骚又淫荡，就像广州给我的印象一样。

女人，你不知道你在我的镜头里美得多么世俗和真实。

我盯着她两团不断抖动的乳房颤动出万种风情，我甚至能听到水从她的身上浇过的声音，她手臂扬起，头向后仰，用双手扯着手巾洗着她的后背，我看得血液燥热，但还是能把握住自己。女人们啊，我怀着温柔的情绪在想着你们。

自　己

我知道我得说说自己。

我是这故事的主角。

在人群里我把我自己定位为不好不坏的那一类，偶尔冒冒坏水，那不过是乌贼放出的一股烟雾，有点害，但毒不到哪里去。

简单点说就是本质上不是个坏人。

我有时觉得我有点色，但色这东西不是个坏事，它是一种审美，有一位先生说过不色的男人才有问题，看来我问题是不会有的了。我喜欢看姑娘们那蓓蕾初绽的胸脯，当然只能隔着衣服看，喜欢看她们紧绷绷的裤子包裹的丰满圆润的屁股，看一看，有时也会有些非分之想，也不过只是想一下而已，不管怎样，我还是一个不敢轻举妄动的好公民。

我和许多循规蹈矩的男人一样，是一个永远不会发作的强奸菌带菌者，姑娘们两腿之间紧夹着我审美指向的目的开放在每一个角落，那一处潮湿而又温热的所在是我最实在的革命理想，我贼眉贼眼地欣赏着她们，算计着她们，而她们，总是骄傲地遮掩着她们的宝贝活跃在我的算计之外。我带着我没有用武之地的作案工具猥琐地行进在人群之中。

对于职业，我不知道该怎么说好，本来我当初学的是企业管理，一出来，也就是向一名叫社会的这个人走去，他就要我时时处处被人家管，我才知道当初我选择了怎样愚蠢的一个专业。到广州来好像谁都不要这个专业的人，好在我半路出家学了一点电脑，伪造了一张电脑工程师的资格证书，才得以在现在这个公司混口饭吃。

也就是说我现在的工作就是面对电脑，编编程序或者进行一些平面设计什么的。按照时髦的说法我是白领了，但我的领时常是黑乎乎的。这就表明，我还是一个懒人。

但我有一个特别让我骄傲的名字，这得感谢我的祖先，他们姓了一个好姓，也得感谢我近乎文盲的老爸，为我取了现在这个名字，这也许是我唯一该感谢他们的地方。名片一散发出去，别人一看就会说，东方杰，好名字好名字。红太阳升起在东方的东方，生当作人杰的杰。公司里的同事都叫我"东工"。

时下是一九九八年春天，政府换届，机构精简，使我更认识到当初出来这步棋没有走错，官员们，你们都下岗吧，我他妈的在这里和你们机会均等地竞争。我憋了多长时间了这口鸟气，让你们也尝尝泥饭碗的滋味。

也让刘和真客观公正地指着你的鼻子评价你一次。

刘和真

刘和真是我的女人。

有一次刘和真指着我的鼻子客观公正地评价我道："像你这种人，还东方杰呢，我看你是东方劫，有了你这样的混世魔王，不是东方的劫难是什么，你这种人多了，我们国家的现代化不知要到哪一辈子才能得以实现。"

你不能说她说得不对。

刘和真做的是与总统并列的职业，这职业是广告人。有一位总统当得不耐烦了的人说不当总统就当广告人。依我看这是狗屁，据我总结出的东方定律是，不当乞丐就去做广告人。

当然女广告人就不同了，比方刘和真，一边躺在我身边，一边拿出她那个最新款式的"掌中宝"手提电话："喂，是何总吗？明天晚上到小洞天吃饭，好啊好啊，我不想打保龄球了，打高尔夫吗，我哪里是你的对手啊。那一份广告合同，什么时候能定下来？好的，好的，见面再谈，拜拜。"

我酸溜溜地躺在她旁边，刚刚酝酿出来的情绪一下子就跑光了，软绵绵的，我说："你真是劳动模范，时刻不忘革命工作，又做成了一单，是吗？"

刘和真就喜欢看我这样有些酸溜溜的样子，这表明我在乎她，她说："这是一单二十万的大广告，光回扣我就可以拿三万多，不要不平衡，现在我们处在一个鼓励致富的时代。"

我说："我有什么不平衡的，你拿你的回扣，我拿我的薪水，井水不犯河水，你又没有拿我的钱。小心一点打保龄球，保龄球是容易打出性病来的。"

刘和真说："少这样风言风语，说好了你不要干涉我的生活的。"我说："你以为我是干涉你的生活，我是在干涉我自己的生活，要是不小心染上了艾滋病什么的，我还活不活呀。"

刘和真就说："东方杰呀东方杰，你怎么总是想得这么下作呢，你以为谁都像你一样见人就想上床。"她不再理我，侧身面向着墙壁一言不发地睡了。而我却辗转反侧地睡不着，断断续续地做了些一醒就忘的梦，天很快就亮了，看着刘和真在那里描眉画眼，我就说："刘和真，你也许是一个天生的广告人，中国特色的广告人，你看你，又'流'又'真'，肯定攻无不克，还有什么拉不来的广告。"刘和真挺着她骄傲的乳房，任由我大放厥词，她那对硕大的乳房我一直认为是许多男人的手揉捏的结果。我继续攻击道："过去有个刘和珍，老鲁写过一篇《纪念刘和珍君》，你和她的名字音同字不同，可行为却千里之遥，我将来也要写一篇关于你的文章，我就写，真的猛士，敢于正视满街的妓女，敢于直面大把的钞票。"

还没等我说完，刘和真狠狠地背上她的包，大声朝我吼道："你有病，我再也不要见到你了。"说完，她风一样地冲出门去。

或者，她从来就不是我的女人，只不过是偶然上了我的贼床，或者，她曾经是我的女人，有一段日子我们误以为我们心心相印。但是我知道，从此，她将再也不是我的女人。

我曾经把她这样的广告人称之为广搞人，在她搞的这些人中间，也许我是唯一不能给她带来利益的，因为如此，她可以把它作为生命当中遇到的一次爱情来珍藏，或者用来菲薄。

公　司

刘和真走并没有影响我起床，我还要去公司上班。

早上九点，准时打卡。

公司其实不大，我所在的办公室，就只有四个人上班，我和另外三个电脑操作员梅、艳、芳。

走进办公室时我的心情往往很好，在这样的环境下上班心情是很容易不错的。

三个姑娘都长得不难看，虽然是物各有主，但这并不影响我对她们别有用心。其实我也知道，她们是多么希望我对她们别有用心。

梅已经先我而来了，她坐在我的前面，她有一张圆圆的小脸，从她开得较低的无领衫上看上去，她的皮肤不白，然而很细腻，像缎子般的感觉，手感一定差不了。梅一见我来，就叫道："东工，东工，快给我看看，我这电脑出了什么毛病。"我过去一看，她的电脑罢工了，开不了机，电脑就是这样一种怪东西，你不知道它何时会伤风感冒，何时会病入膏肓，特别是对不懂它的人它更神秘，越是小心侍候它越是不好侍候。

我一边检查里边的文件一边小声对她说，电脑也是有思想的，要好好待它。

梅说，它还不是按你的思想在思想，好好待你不就行了。我好好想你哟。

别这样，我的意志不坚定，再加点火候我可就扑上去了。

办公室是一个打情骂俏的好地方。

梅总是不失时机地挑逗我几句，然后又迅速撤出战场。现在的女孩子，真是难以把握。我对她说，别对我油腔滑调，总要找一个时间让你上我的当受我的骗。

好啊，那我就等着啦，她说。

我在她的电脑上操作着，她的身体不时与我的胳膊肘碰触，她的胸脯有时会碰上我的胳膊，我的心里感到一阵刺痛。

她以她胸脯的柔软碰痛了我。

而这时候，艳来了。艳是一个耐看的姑娘，高挺的鼻梁使她的脸显得有点欧化。一双大的眼睛在脸上勾勒出一种高贵，我一见她就有了想法，我喜欢她们这样随便地开放在我身边，我想我是爱这些姑娘们的，一种宽泛的爱使生命充满了美感。

公司公司，我爱我所工作的公司。

有时候我想，我是怎么来到了这么一家公司上班，老板是一个不太有钱的小老板，有时还会拖欠我的工资，没有用工合同，我这样不明不白地工作着，我想我是如何适应了这样一种生活的，我在这些姑娘们中间，过得有声有色。真的，生命里所有走到的地方都是你不曾预料到的。这又是一个东方定理。

最后一个走进办公室的总是芳。芳是老板的女人。老板的女人有她自己的特权，谁也奈何她不得，芳披一头很好的秀发，我有时就想去摸摸那头发，老板动得，我就动不得吗？

我们这个办公室只构成了公司的一部分，公司里的人各得其所地忙着自己的事，运作着就有钱回来养着这许多的人和老板，我不知道这钱是从何处生出来的，公司是一个神奇的机器，它在转着，就总是有钱会从里边流出来。

而我们离开这架转着的机器时就是失业了，不知道从哪儿去寻找可以养家糊口的钞票。

故　事

故事每天都会发生。

梅告诉我她的男朋友看她来了，她的男朋友是一个有妻儿的中年男人，有点钱但不是很多，但这已经够了，这已经足以使他成为梅的男朋友，梅本来就是一个所求不多的有些虚荣也有些朴实的姑娘。

梅没有结果地有着一个男朋友，大家都习以为常，没有谁干涉她，也没有谁会提出什么疑义，也许，唯一有权对这件事提出疑义的是她的父母，可她的父母远在千里之外，闯广州的人，是一群任何事都要自己做主的人。

我说，梅，以我这未娶之身，怎么就不能获得你的青睐。

梅说，以你这无钱之身，你想你能获得谁的青睐？

想想也对。

梅说，钱是有责任感的表现，要是一个男人连钱都没有的话，他拿什么去负责任。有足够的金钱才能负足够的责任。什么爱情什么地老天荒是狗屁用也没有的，两个人天长地久地守在一起去饿死有什么美丽可言。

想不到平时不显山不露水的梅深刻得像哲学家。

这世界真是好，姑娘们都在迅速成长。爱情这个大烧饼可能是再也骗不到什么人了。

当然，如果需要的话我可以友情客串，你有足够多的聪明令人喜欢。梅接着对我说道。

我于是想入非非起来，这样真是不坏，她有一个男朋友，也许在她的老家里还有一个在家里等着她的未婚夫，她在这些感情之外，还可以偶尔来我的身边客串一下，真是不错的主意，我一下子都有些怦然心动。可是我又想，我需要她的客串吗。以我对女人身体的熟悉程度，我能想象她到我这里客串的全部细节，我把所有的情节在脑子里预演一遍，觉得其实也没有什么新意，对女人的实际需要，远没有我们所想象的那么迫切和丰富。也许，在她躺在我身边之后，我才知道，她的小腹上，有小时候割过阑尾的刀疤，这刀疤蜈蚣一样爬在她本该光洁细腻的肚皮上。而且她甚至可能会吞吞吐吐或者毫不在乎地告诉我，因为不小心，她染上了性病。

女人的美，是一种不能走近的美。

爱太多了，爱便会滋生出病来，所谓"艾滋病"。

爱　情

下班的时候，我还是常常想起刘和真来，想起她肥硕的屁股和硕大的胸脯，怀念她毫不压抑的叫床声。但是想也没用，她的呼机号码变了，手机一直关机。这样就实在不知道从哪里才能找到她的人。

在广州就是这样，你不留神邂逅一个人，这个人就像是从深海里浮了上来，而一旦他重新沉到海里，你是无法再把她找到的。找不到就罢了，广州，本来不是让人执着的一座城市，她要不在了也就不在了吧。地球的自转速度永远如一。而且刘和真是那种很会驾驭广州的姑娘，离开了我她只会越过越好。这让我不是很舒服。有一首歌假兮兮地唱道，只要你过得比我好。其实她好不好关我屁事，只要我好就行了。是的，我好了，这世界就全都好了。那首歌要重新填词了，只要我过得比你好。是的你走吧，将来的日子咱们比一比。

老板找到了我，说在珠海接下了一网络工程，让我到珠海去做了。这次让我把艳带过去当助手。

艳是我的同事同时也是我一个挺要好的哥们的女朋友。

我爱哥们，但更爱哥们的女朋友。

有这样单独厮守的机会，我想要我手下留情真是有点困难。

我们住在珠海一家既不太好也不太坏的酒店里边。我们是一人一间房。我很满意这样的安排。艳说她好久没有看海了，要我带她到海边去，我们就穿过很多条横的纵的马路赶到滨海路，珠海的街道很安静，只有零零星星的几个小食摊，我们在摊边要了一点白粥和小食，真是不错，艳说道，对这些低档小食的赞美使得艳比平时更为可爱。我们在海边走着，海浪在我们脚下低低地舔着嘴唇，我们有一搭没一搭地聊着天，这比办公室里的打情骂俏让我们走得更近。

工程需要耗费一段时间，那个单位也希望我们能把他们那里技术上的问题全都解决，单位领导很慎重地每顿请我们吃海鲜。什么龙虾刺身象鼻蚌刺身还有许多叫不出名堂来的东西，起先我和艳都一阵阵猛吃。后来艳告诉我，她的肚子吃坏了，我也感到肚子一阵阵地不舒服，病了以后的艳一副楚楚动人的模样，我坐在她的床头摸她发烧了没有，那双眼睛梨花带雨，惹人怜惜。

我爱她这种模样，在这种时候我可以大言不惭地谈论这个字——爱。我觉得我一点也不可耻。

你们垄断了金钱和权力，我用这个空洞的名词来聊以自慰还不行吗？

我操！

接着我也病了，大便比小便流得还利落，胸胀恶心，我们病在一起，同病相怜应该是再自然不过的，我们同吃一种药，我们躺在同一间房里看电视，我们回顾我们所经历过的所有有趣的经历来相互取悦。病在渐渐地消退，一种人们习惯上称为爱情的东西在我们之间慢慢地滋长。

一切水到渠成，在我们完全恢复的那个晚上，我躺在她身边吻了她，她也不顾病后虚弱伸出舌头来卖力地回吻了我。我的手搭在她小巧玲珑的乳房上。我们没有能力做更多的事，但那时我想，这就是爱了吧。

你不知道你这一生中都会遇到些谁，都会爱上些谁，和谁都有可能走过这一辈子，爱情，真是一种有趣的东西。总有些人在你生命的不同的路口等待着与你相见。或者是等待着你去招惹。有些时候你不信命真是有许多事解释不清。

老　板

老板是个大个子，但老板是个小老板。

无论大老板小老板，有钱赚老板就高兴。珠海的工程老板赚了一笔，老板一高兴，就派马仔到珠海来接我们。

马仔真名叫马载，一个挺不错的名字，我们都是老板的马仔，而他比我们谁都更像马仔而且他的名字在那儿，因而，他便叫了马仔。

马仔跟老板跟得比较多，马仔告诉我们，老板这些日子迷上了玩电子游戏。

其实这些都与我们无关，我们早就知道老板是个懒散的老板，我们管不了他懒不懒散，反正有得工资发就行了。他不管我道德是否败坏品质是否恶劣，能给他把事情办好就行了，老板让马仔把我叫到了他的办公室，老板赚钱不多，但大班椅非常气派，一派居高临下的样子，老板平易近人地对我说，东方，这次干得不错，我想下个月起，你的工资可以发到两千二了。

这时候不能太喜形于色，我不动声色地缄默着，这时候我显得有修养且谦逊，只要是从老板口袋里掏钱，一概不能太兴高采烈的样子，否则就好像你一直盯着他的钱包一样。我知道在处理老板关系的问题上我会游刃有余，与老板相处的东方定理是：老板永远是正确的，这个定理的推论是，不要对老板提出反对意见，不管你的意见是多么正确。这条定理的一条辅助定理是，不要打老板的女人的主意，包括老板甩掉的女人。

我是一个有文化的马仔，文化可以使我和老板有很多交流，文化真是个好东西，拍马屁的文化，喝酒的文化，文化人去拉屎都可以不小心弄出个厕所文化，文化使我们这帮南下的人卑躬屈膝得意味深长，市场经济，你不能对什么有脾气，我学会了寻找老板感兴趣的话题，一大串不着痕迹的赞美时刻准备在我的嘴边。比方说老板爱唱卡拉OK我就说这年头像你这样有艺术修养的老板实在是凤毛麟角。老板爱诌两句顺口溜就捧过来认真读半个小时，然后一项一项分析艺术成就，当然不能夸他压倒了李白杜甫，但可以找出他与李白杜甫的差距。我这才明白古时的妓女为什么一定要有点文化，有了文化以后一旦被操是多么的情趣盎然。

文化没羞没耻地蜗着屁股让金钱操着。

老板怀着对一条聪明的狗的喜爱喜爱着我。在广州，聪明是一种资本。也许有一天，就凭着这种可耻的聪明我也将成为老板。

节　目

生活从夜晚开始，广州的夜来得特别脚步蹒跚。

临近夜晚的下午，电话里常见的问讯是，今晚有什么节目？广州的夜晚需要有节目来支撑。要进入了广州的夜生活你才算真正进入了广州，正如你只有让姑娘们脱下了裤子你才能说你真的认识了这个姑娘。

临下班前老板对我说，阿杰，别走，今晚有节目。就是上一次要你去给他修电脑的那个郑老板请客。

我操，又是节目，今晚有节目，而且你还不知道这次的节目到底刺激到什么程度，节目像一道没有揭开盖子的大菜，很能吊人胃口。客是他请，你当然只能客随主便，而且你不知道他今天的心情能让他请你到哪一步。但是不管怎么说，有节目，这日子就五光十色起来了。

节目万岁。

先是去吃潮州菜，这个昂贵的菜种有太多的讲究。我们叫郑老板老郑，老郑说，喝什么酒呢，东工，这次你点，洋酒，还是白酒，还是其他什么，老板就叫起来，还是喝洋酒吧，喝洋酒过瘾。

菜端上来了，那些虾兵蟹将乌龟王八尸横遍桌。干，第一杯我们先干了，感情深一口闷感情浅舔一舔三杯通大道喝酒见真情，这年头到哪里都见不到感情原来这玩意跑到酒桌上来了。

来来来，东工，这杯我敬你，我公司的电脑方面的事你就包下来好了，还是你们好啊，有文化，懂科技，哪像我们，除了赚钱什么都不懂。

老板就说，老郑啊，女人你却是比谁都懂，是不是又为哪个北姑买了一套房子？

房子，买个屁，玩完就拉倒，要是我玩一个就要买一套房子的话，再大的家当也被我玩完了。我觉得这样过日子真好，我没上过什么学，但是我，吃的是北方的大米，睡的是北方的姑娘，用的是北方的人才。老郑口齿不清地说，东工，我这样说，你可不要生气，生活就是这个样子。

我不生气我不生气，我有什么资格生气，我口里一边说着，心里真恨不得端起桌子上那盘热汤朝他那张丑脸泼过去。

有什么鸟气可生，你既然来别人的屋檐下找谷粒，你就不必要为别人的几声吆喝生气，这种时候我会没来由地恨我的故乡，恨我故乡的政府官员，都是这伙人无能，弄得我们外出受气。人在屋檐下，不得不低头。他们他妈的在那里只顾争权夺利喝酒玩乐全然想不到他们的臣民流落异乡姑娘被人操人才被人用。真是一群废物。

大家都喝得有了几分醉意，老板于是说，这样喝酒无趣，不如叫几个人过来凑凑兴。老郑说，好办好办，我来呼人。老郑打开手机，呼了一个号码，很快就有电话打了进来，对对对，我是老郑，现在我在帝国酒楼伦敦房，马上带几个漂亮一点的小姐赶过来。

小姐们带着浓重的脂粉味花一样地开在男人们的空隙间，在这一堆讲粤语的人中间她们是我的同类，无论我们是湖南湖北四川江西河南山东黑龙江，我们都只有一个名字，这就是北方人。又称外省人，也叫讲普通话的。此刻，我却和一群消费她们的人坐在一起消费她们，这并没有让我生出一股什么自豪感来，反而让我感到一阵羞愧，同桌的人见我畏首畏尾的样子，就笑我道，东工，是不是有点怜香惜玉了。我一时无言以对。而我的这些阶级姐妹们却浑然不觉我在想些什么，她们挺乳摇臀，风情万种，一点阶级感情也没有，向老郑和老板他们大献殷勤。摸着他们的脸，勾着他们的脖子，喝着交杯酒，在他们怀里发娇发嗲，坐在我身边的姑娘在我的脸上拧了一把，先生，你不喜欢我吗，一点反应也没有。我一把搂过她来，喝，得忘情处且忘情。

早　晨

醒来的时候头有些昏，但今天是星期天，一日之计在于晨，一晨之计在于睡。我接到过一张不知是谁的名片，上边有坚拒早茶应酬的字样，我想，要是平时不用上班的话，我也会坚拒的。多么好的早晨啊，这么美好的睡觉时间，何必要浪费在喝茶上呢。

呼机在这个时候却不识时务地响了起来，我一看是老板在呼我。呼机的发明实在是人类的一大灾难，从此，你再也别想过上什么安稳日子，无论你是在吃饭还是在做爱，无论你躲在什么阴暗的角落里，他总是会把你揪住，BBBB，它幽灵一样地在你的耳边叫着，把你从当下的时间和空间里拉走。

此刻是老板在呼，老板的传呼是永远也不能保持沉默的。除非你打算炒老板的鱿鱼或者被老板炒鱿鱼。这是东方呼机定理。

一日之计在于晨，但马仔是没有早晨的。

老板说，有一个客户一单平面设计的业务要得很急的，你抓紧时间赶过来加加班吧。客户是老板的上帝，老板是我的上帝。我修整出一副愉快的嗓音道，好的好的，我马上过来。赶到公司的时候，发现梅也在那里加班，白云奉献给蓝天，船儿奉献给大海，时间奉献给老板。我们无话可说。老板见我们各就各位后就去玩他的电子游戏去了。梅一边操作着电脑一边小声对我说，原打算今天在家里好好复习复习的，又没时间了。她报考的自学考试就只剩下这门政治经济学没及格了。这次要不及格的话，毕业证又不能按时拿到了。

我说，政治经济学，那不是挺简单的事吗，来，我给你补课，什么生产力生产关系，我来教你，我和你都拥有生产资料，我们都有生产力，当然，主要是你才有生产力，要是我们想生产了，确定了我们的生产关系，把我们的生产工具联合，只要不违反计划生育政策，我们就尽可以大量生产。生出一大堆东方小杰东方不败东方莎莎东方乱七八糟来。

梅瞪了我一眼，你都在胡说些什么呀。

政治经济学原理呀。

梅说，狗屁。

我说，好，你骂人了，骂人并没有什么不对，但这句话是我的专利，版权所有，你侵犯了我的版权。我的这句话受国际版权公约的保护，我要上法院起诉你，要求你赔偿经济损失十万，从此以后，我们不要发生关系了，由你的律师和我的律师来发生关系吧。

梅显然没有兴趣跟我幽默，她说，你能不能正经一点。

当然能，东方杰一直是一个正经人。我说，梅，你真是个好姑娘，这年头，还能想到政治经济学的姑娘恐怕不多了。你真是杰出青年，下一次推选广州十大杰出青年时一定不要忘了推荐你。最少你也该是广州十大杰出外来工。

保　险

东工，找你的。马仔把一大活人给我引上来了。

找我的，在广州这地方，忽然冒出一个找我的人来了，是老乡，还是过去的同事什么的，反正不管怎样，在广州被人找，一准没有什么好事，要么是昔日的熟人下岗了想要来这里介绍个工作，要么是过去同事的孩子想要在这里联系个单位。从千山万水之外来到广州，我不过是一个无足轻重的打工仔，老家里的人，却把我当作广州市市长来用的。惭愧惭愧，因此，一听说有人找，我即刻浑身发冷。

上来的却是一个陌生的姑娘，梦里也没有见过的。

我想说我患有小姐过敏症，我这人是惹不得的。小姐却没有让我说话的意思，东方先生，不用回忆了，你肯定不认识我的，我们是第一次见面，是我一个同学介绍我来找你的。小姐嫣然笑了一下，问道，不可以吗？

　　可以可以。但我知道，姑娘们一般是不会平白无故地冲人笑的，古代帝王都千金难买一笑，更何况我辈，所以，只要是姑娘无缘无故冲你笑了，这笑里面是必定会有些内容的。那么，这姑娘的笑里会有些什么内容呢。我想就开门见山地问，你找我到底有什么事。

　　就聊聊天。

　　我就想广州这地方真怪，还有些就找人聊聊天的人，当然要聊你尽管聊，聊他个天昏地暗都行，反正今天老板出差去了成都，在公司里想找一个干涉的人都难，小姐不疾不徐地在公司里待客用的沙发上坐下，一副打持久战的样子。我歪靠在沙发上，一副没有修养的样子，这也不怪我，当初老爹老妈造我的时候，早忘了为我添加一点叫作修养的这东西了。

　　小姐说，听说你是湖北人。其实我最恨我是湖北人了，想与我攀老乡是攀不来一点亲近感的。我说，是又怎么样。东方先生您今天的早餐吃的是火药是不是。我想对小姐是不该太凶的。于是我换了一种口气说，不，我吃的是一碗甜腻腻的汤圆。

　　小姐扑哧一声笑了，那你的嘴巴就该甜点。还不够甜吗？我问道。不够不够。甜永无止境，甜是征服这世界的武器。

　　小姐推心置腹地对我说，如果我猜得不错的话，先生你也是一个人独自在广州工作，一个人在外面，什么都不是可靠的，唯有靠自己，有时候会觉得好累的，总有一种朝不保夕的感觉，病一次也病不起，要是有一次大病，所有的积蓄花光了都还不够。像我们这种人，都需要寻找一种安全感，不知道东方先生是否和我有同感。

　　是这样的是这样的，我只好一个劲地随声附和，你不能说这姑娘说得没有道理，再说，真理往往掌握在姑娘们手里，见我不断点头，小姐一下子又坐得靠我近了一些，一副得遇知己的模样。虽然我知道，这年头，只有人民币最容易被人引为知己。其他的，全是狗屁的知己，用毛主席他老人家的话来说，都是经不住历史考验的。

只有保险这种东西能给我们这些人系上安全带，像你这样，要是选择一个医疗险，就不用为意外的大病担心了，还有养老保险，选择了养老保险你就不必为老年的生活担忧了。保险使你拥有一种安全感，能够放开手脚去拼搏。保险可以解除你的一切后顾之忧。

小姐滔滔不绝地说着，好像是到达了高潮这些话非喷出来不可，我听到保险已超越了国界，到达了众神之山。保险真好，它比爹亲比娘亲比共产党的恩情还要深，老爹老妈生下了你，让你出来闯，他们老了，再也顾不上你，而保险却一生一世牵挂着你的钱包，生命不息，交钱不止。

等到小姐过了高潮，渐渐平息下来之后，我有些真诚地对她说，感谢你的谆谆教诲，真是与你一席话，胜读九年书。小姐，我真是很受教育，但是有一点我得对你说，如果你是搞宣传的，那你的目的达到了，要是你是推销保险的，那你肯定会失望的。我知道保险好，但是我不买，正如我在街上看到一个非常漂亮的姑娘，却并不一定非要把她娶回家不可一样。先不要这样说，小姐说，你会想通的，到时候需要了就柯我一下，这是我的名片。我想也没想就暗地里把那张名片扔进了废纸篓里。

姑娘走了，圆润的屁股扭动得袅娜生情，真是不错的姑娘，要她不是推销保险的话，我们完全可以在另外的场合以另外的方式相遇。或许会是一段佳话。真是可惜了。

朱　记

朱记是我通过朋友约过来的。

朱记即朱记者，这年头，杨科长叫杨科胡局长叫胡局何主任叫何主刘秘书叫刘秘苟市长叫苟市马编辑叫马编，简洁好记，不知所云，但是大家都清楚是什么。

朱记同时也是朱编，他们是采编合一，后来熟悉以后我就叫他猪鞭。

老板说要将公司的业务扩大，想要在报纸上宣传宣传。我一个同学找到了他一个同事的同学，即朱记，据说朱记是南京大学的高材生，现在是广州名记，这听上去像是广州名妓，好在朱记是位先生，不会在意这些，这些介绍只会让朱记更加神采飞扬。

我说，朱记，我们老板想要宣传一下，你来出出主意，来给我们帮帮忙。你说怎样宣传最好。朱记用右手的拇指和食指做了个数钞票的动作，看你们老板能出多大价钱啰，他出的价钱大，我们可以把他吹到联合国去。我说，你看，就这么屁大个公司，也不可能会出得起太大的价钱。朱记说，要是老板能出七八千块钱的话，我可以考虑在我们报纸的头版写一篇文章，其实这钱不是我一个人拿的，我不编第一版，这钱我至少要拿出一半来打发第一版的编辑。不过，我们是哥们，要是老板对你不错的话，我可以给你们老板考虑一个省钱一点的法子。花钱不多，但是效果不错。我们可以组织一个记者招待会，由我来确定人选，都是绝对有发稿权的，一下子，广州有点影响的报纸全面开花。记者这一拨你不用担心，他们是最好打发的了，你小小地撒一把米，他们跑得比鸡还快。

老板同意就按第二种方案，即举行一个记者招待会，这样似乎效果会更好一些，地点选在京都大酒店的芙蓉厅，持我们发出的红色请柬的各色记者在我们预定的时间之后陆续来到，朱记告诉我，有的是从另一场记者招待会赶来，时下的广州，有一群不写稿的记者就吃着招待会这碗饭，拿着红包和招待会发的通稿，回去删一下就发稿了。红包大的就少删一点，红包小的就多删一点。

　　我站在门口和这些前来赴会的各报记者交换着名片，记者们姿态潇洒地赠送着自己的名片，随后便有几分可怜地等着从梅手里接过我们公司一个装着四百元现金的信封，钱这东西真是威力无穷，一点少少的钱，让这些铁肩担道义的记者对它俯首称臣，明天，有关我们公司的消息便会在全广州的报纸上遍地开花。这是人民币上开出的花朵，不需要太多的养分，生命力格外顽强。

　　向社会主义初级阶段的新闻工作者致敬，在一些看得见和看不见的角落里，一些新闻也撅着肥白的屁股等待着金钱的宠幸。

　　新闻发布会开得异常成功，一个月内，公司的生意量大大增加，一些客户看了报纸之后专门赶过来。老板非常高兴，老板说，阿杰，朱记这个朋友值得交，我们找个机会感谢一下朱记。老板决定亲自出马，带上我，去请朱记桑拿。

桑　拿

　　桑拿选在酉长大酒店八楼，这里环境优雅，档次不高不低，更重要的是，这里安全，据说办这家酒店的老板后台够硬。朱记一听说是桑拿，毫不扭捏地满口答应了下来。

　　我们三人被安排在相邻的三个房间，进去以后，男服务生拿过来一套按摩用的衣服和几条毛巾，然后就指给我卫生间里的那一套桑拿设备，这透明的小小的玻璃房间，就是所谓桑拿浴室了。

　　我坐进去，打开开关，一股蒸气从我的脚底下喷射出来，不久就充满了整个桑拿间，这股荡气回肠的蒸气一下子让我所有的毛孔全都打开了。热汗和凝在皮肤上的蒸气在我的身上直流，我不知道桑拿这玩意是谁发明的，人类在满足自己的欲望上一直是有着天才的创造力。我知道这东西不是我辈能经常享用的。正因为有诸如此类的这许多享受，才有许多人拼命向着钞票冲锋。蒸完又冲完，觉得自己神清气爽，真像换了一个人一样。

洗完以后出来，服务生立刻上来问道，先生有熟悉的小姐吗？没有哇，那我们给你安排一个靓女吧。

派上来给我按摩的姑娘实在算不上靓女。虽然我有权拒绝她，但我实在不想给她难堪，今晚，我有足够的好心情不让她下岗。但小姐却不是一个安分的小姐。按摩了一会儿之后，小姐就偷懒了。她在我的身边躺下来。先生你要推油吗？小姐按摩了一会儿即向我发问道。我说，怎么是推油，也是按摩所必要的吗？

小姐撇了撇嘴，很看不起我的样子，你是第一次来吧，推油都不知道，告诉你，就是用婴儿油为你的全身按摩，每一个地方都按摩，她特别强调说，包括你最敏感的部位。让你完全放松。这需要另外加收小费。收多少？她冲我暧昧地一笑。伸出了她的那只小巧玲珑的摸过千万个男人的手来。五百。

虽然并不是所有的按摩小姐都是婊子，但这个按摩小姐肯定是个婊子，婊子在现代人的词典里，不再是一个贬义词，它是中性词，像男人、女人、老人一样，它不含任何褒贬色彩，我疑心它有一天会进化为褒义词，要夸哪一个姑娘了，就说这姑娘真像婊子，然后那姑娘红着脸说，您别夸我，我做得还很不够。也许这只是早晚的事。

推一次油她要价五百，这也许是贫困山区一个农民全年的收入，而在她这里可以一推了之。

真是轻松美好的职业。怪不得许多姑娘都乐于从事。科技含量不高，但是工作报酬可观。可我口袋的钱包里加上所有的零钱也不会超过二百。虽然最后是老板来埋单但我不想让老板觉得我是瞎花了他的钱。

我对她说，我不推油。小姐就对我说，我想和你做爱你信不信。我说我不信。我说，我们之间根本就没有爱，怎么能做。要先有爱才能去做。小姐说，你真老土，爱这东西，做着做着就出来了，你做都不做，怎么知道有没有爱呢？先生你是不是有什么问题？

我说没有没有，用一句广告语来说是用了都说好。与我打过交道的姑娘对我是众口一词交口称赞。

她说，你不过是口头革命派，有贼心无贼胆，我说，我才不是口头革命派呢，我一向是理论联系实际的，贼心贼胆都有，没有的只是贼钱，我要是有贼钱的话，肯定会操得你落花流水。

她说，本小姐今天来一次爱的奉献，不要你的钱，怎么样，看看你有什么功夫。

说着，她就要解裤带，我拦住了她，我说，我一般不接受小姐们学雷锋，我说，我的一个东方定理可以讲给你知道，即世上没有免费的午餐，这个定理的逆定理是，如果有免费的午餐你一定不要去吃，否则，你会为此付出你意想不到的代价。我对她说，好意我领了，但这是原则，我不可以违背的。

她说，没想到今天我这么失败，就当是帮我的忙，你就做一次吧。是的，要我帮你一次。可是谁来帮我。我对她说，小姐，对不起了，我今天不能帮你，这年头助人为乐的人太多了。除我以外会有很多人乐于助你的。

桑拿出来的时候，老板和朱记都红光满面的样子。第三天，朱记在他供职的那家报纸上，发了一篇关于我们公司的两千多字的文章，朱记并没有提到报酬的事，但老板让我送了一个装有两千元钱人民币的信封送给了朱记。人民币呀，我们大家志同道合一心一意地热爱着你。

黄　书

黄书是经常要与我们公司联系的，黄书姓黄，是个书商，人称黄书。但我认为在中国目前这种出版体制下，是不可能有真正的书商的，但他们自己要叫书商，别人也愿意称他们为书商，那我也只得叫他们书商了。

我们公司是负责给黄书设计封面的。也就是说黄书是我们的客户。黄书早年在东园路经营，现在已经小有资本了。是先富起来的那一个阶级。黄书读的书不多，但他说他知道什么书好卖，带点色不会错。因此黄书有些名副其实。

黄书要我们设计的封面大多是非常艳丽性感的女人照片，黄书说，什么精神产品，有人爱看就是成功的，印书的目的不就让人看了觉得舒服吗？能给人带来快感就是成功。黄书当初就是靠这些黄书的发行挣的钱。黄书说，按北方话说，不管干什么，都是饭辙。我印这些书，我是要赚钱，这样国家就出钱养了一帮查禁我们印这些书的人。他们因我们的存在才有了他们的那碗饭吃。有小偷，才有抓小偷的人的一碗饭吃。有人搞有偿新闻赚钱，有人靠骂有偿新闻赚钱。就比如书刊界吧，汪国真靠那份扮纯洁来钱，王朔靠他的玩世不恭来钱，你是分不出高下来的。还有一些杂文家，则靠他们的义愤填膺来钱。那些民运分子，则靠高喊民运来讨得别人的捐款，试想，要是他不民运了，谁还会捐款给他，他不饿死才怪呢。

我连忙说，老黄你偏激偏激。

黄书说，我偏激什么，偏激是你们这些学问大的人的事，我只是实在。

黄书说，东方，我也给你个第二职业做做，反正你闲着也是闲着，晚上的时间，零星给我做几本书出来，肯定不会亏你的啦。

黄书就要我上他的车去他住的地方喝茶。车无声地穿行在钢筋水泥的丛林之中，城市里的路灯鬼影一样闪着，多少面窗子里有多少的故事，黄书说，有车真好，有了车，你的活动圈就一下子大了起来，那种优越感你不去想它都会涌出来，广东一下子在你的视界里小了起来。

人生的终极目的不是受难，而是享受生活。

　　黄书的家在天河区的一个小区里面，这是广州地价最贵的地区，宽裕的房子装修得气派豪华，站在阳台上眺望夜色中的小区中心花园时，黄书说，十年前，当我们厂里工资开不出来我到处东游西荡时，我妈说，看你这辈子怎样过，当时我也着急，那时是做梦也不会想到有现在的，人生似乎冥冥中有什么东西在主宰。要是当初厂里不停产，说不定到现在我还连一套房子都没有分上。做了几年书，弄得我现在只相信钱了。这年头，谁都会骗你，只有钱不会骗你，它实实在在，一点也不跟你玩虚招。一个子儿是一个子儿，一点水分也不含。

　　这些年我是什么书挣钱做什么书，风水的，股市的，气功的，言情的，武打的，有号的，没号的，我不知道有什么书我没做过了。尊严，钱才能挣出尊严，我跟有关部门的哥们特铁，还不是钱堆出来的。买通了他们，我做起书来便方便了许多。兄弟，我劝你好好挣钱吧，别胡思乱想了，爹亲娘亲不如人民币亲啦。

策　划

　　黄书一直为我没入他的道而遗憾。其实每个人都有每个人的道。

　　我是要找到一种能汹涌澎湃来钱的事。

　　刚刚吃完晚饭，老熊就过来了。老熊说，再不能这样枯坐着发呆了，我们得行动起来。你看，像黄书那样没什么文化的人都挣了钱，我们凭什么就不能挣到钱。都说你的脑袋比电脑转得还快，我们哥几个是不是坐下来合计合计，策划一个什么项目，现在流行的王志纲，刚出道时，老熊我没少帮过他，现在你看人家，多么牛气，其实我们也不会差到哪里去，关键是我们没去好好做。

　　我打心眼里赞同老熊的观点，人与人之间真是没有太大的区别，都是肩膀上边扛一脑袋，都不多不少地只有一个脑袋，迄今为止，我只见过一本叫什么的书里写过一个叫哪吒的家伙有三头六臂，但他不是人。人只有一个脑袋，哪怕是克隆出来的人也只有一个脑袋。不同的只是有人性欲亢进有人比较冷淡。

但是老熊，我们策划些什么呢，碧桂园被王志纲做了，《中国可以说不》被张小波他们搞出来了，日用品换飞机牟其中做在了我们前面，这年头，能赚钱的招差不多都被人想过一遍了，老熊老熊，你说我们能做什么。总不能策划一起银行抢劫案吧？

对，老熊掐灭了烟头，我们就策划这个银行抢劫案。全国不是发了好几起特大银行抢劫案吗，我们就以这个为题材做一本纪实的书出来，肯定会好卖，标题就叫惊天劫案大纪实。联系一个书号，我们把这本书做了。

老熊自己注册了一家广告公司，业务量一直不大，老熊说，我那里还有一些联系紧密的企业，我们也可以替他们策划策划。把他的企业一下子策划成全国知名企业。我们想帮许多企业做事，满脑子的奉献精神，可是，这大多是我们一厢情愿。人家不接受你的奉献。据说牟其中还策划过把喜马拉雅山炸开一道大口子，让温暖湿润的印度洋气流涌进来将西藏的沙漠变成肥田沃土。好一个巧夺天工的策划。

策划真是一件令人愉快的事，谈笑间，樯橹灰飞烟灭。你可以策划九个太阳挂在天上，它们爱挂不挂那是它们的事。关键是策划特别能让人兴奋。我们捧着我们策划出来的大饼吃得津津有味，最后才发现其实我们什么也没有吃进去。这些靠策划打发的日子啊，我向你们默哀，你们像虹一样消逝在我们的生命里。

钱

发薪的日子是节日。耶稣受难日也是节日。

钱是个好东西。不多就不好了。

接到手里的是薄薄的一沓，工资永远与企望有着长长的距离。

捏一捏，你会觉得这日子特别没有分量。

钱一到手，然后，哗哗哗哗，它流出去了，它生出来的时候千呼万唤，它流出去的时候比水还快。钱是一个养不熟的抱养的孩子。它不仅不叫你爹，等它要走时你叫它爹都没用的。等我领完工资出来的时候，老板有些暧昧地冲我笑笑，阿杰，又可以去潇洒一把了。我也回报他一笑，在心里我却恨恨地说，潇洒个屁，这么少一点，房东等着要交房租水电上个月借朋友的钱正等着要还。我还要留出这个月过日子的钱来，从何潇洒起？

不知道何时起我就开始有了对钱的渴望的，小时候我是一个穷孩子上学了我是一个穷学生现在我是一个穷白领。我觉得我现在所采用的白领的划分方式极为可疑。小时候老想，梦见一个白胡子老头，他提来满满一袋钱说这是你的了，你拿过去尽情地用吧。后来，一觉醒来，摸一摸枕头边，果然，那袋钱在那里。但是，天长日久，摸烂了枕头边，也不见任何钱的影子。应该有上帝他老人家，他该特别记得东方杰是他特制的一个，他不该让他和那些芸芸众生一起经受无钱的折磨。当然，他要是怕我觉得唐突不愿意用做梦这种方式来表达对我的恩宠的话他也可以用另外的方式，比如在一个没有人的时间突然让一大笔巨款出现在我眼前，我捧着这意外的财富，活出我们天上的父的滋味来。我们在天上的父，若你肯施恩于我，我将永生永世念叨着你的名字直到财富花光为止。

除此以外，我不知道还有什么办法能坐拥巨富。我中学时曾读过一篇小说，说是一个人可将灵魂卖给魔鬼，卖得的钱足以大肆挥霍，我不知道我能不能找到这魔鬼，若他要的话，我这灵魂也可以卖给他的。灵魂是什么，屁也不值一个，屁起码有点气味，若是操作得好的话，还会发出引人注意的声音，而灵魂是什么东西，它既没有声音也没有气味。真是抵不到一个屁，若真有人买，我是何乐而不卖呢。

卖了，最新出炉尚来不及堕落的灵魂跳楼价亏本大甩卖！

我知道没人买，硬道理是，钱还是得一个子儿一个子儿去挣。

是的，有一个不会有人知道的故事，哪怕即使有人知道人家也很快会忘记的故事是，东方杰，这个自命不凡的庸人，在广州这样一座连唾沫星子都是商品的城市里，做着有钱的梦，过着没钱的日子，并且极有可能一直没钱下去。

沙　龙

我是在嚼着鸡肋过着日子，我指的是我所做的工作。

我想辞职，离开了公司这架机器我想我也能转出钱来。或者我可以上另一架可以转出更多钱来的机器。翻一翻《羊城晚报》，满版都是招聘的消息。

高薪诚聘电脑工程师高薪诚聘高级程序员高薪诚聘电脑设计师。我觉得当初半路出家选择电脑真是一个明智的选择，我们生在一个人脑逐渐不管用电脑大显身手的时代，操作电脑真是太阳底下最高尚的职业。

我完全可以找一个比现在更多点钱的位置。但我东方杰是一个重情义的人啊，老板他待我不薄，我走了，老板的这一摊子从哪里去及时找一个人来顶替我的位置？我总是心太软心太软心太软。而老板又不失时机地给我加上了二百元。虽然这与我的企望相隔甚远，但是情义无价，我还是接着给他干吧。

老板将公司的电脑上了网。这与我密切相关，老板将电脑上网等于给我的鸡肋加上了一些味精。从此我就成了半个网虫，一旦下班，我就急不可耐地往网上奔，我在网上的名字叫欧米可。

在网上，谁也不知道欧米可就是可怜的东方杰。没有谁知道因为火气我的痔疮犯了，而且因为虚火上升这段日子里有些牙疼。不知道我常常会为钱这种小事头痛欲裂。东方杰不见了，忽而诞生了一个欧米可，真是大快人心的事，欧米可身体健壮，英俊潇洒，风趣幽默，与东方杰不可同日而语，我喜欢进到网友沙龙里去，这个欧米可，在沙龙里慷慨陈词，异常活跃，要是猜得不错的话，他一定是许多女网友们心仪许久的白马王子。有一个我的账户，我只要打下我的密码，芝麻开门芝麻开门，电脑的门就向我打开来，我带上欧米可这个面具上路了，才华横溢的欧米可先生于是上了茫无起始的路了。

要是我愿意，我甚至可以到月球上给嫦娥这个怨妇举杯祝生日。

一下子我活出两个人来了。

网上好像还很古典，在网上，我与一个叫罗丝的姑娘相爱了，我们互相向对方敞开自己的心扉，时刻书信联系，常常一个白天不见，就在晚上的信上写得特别情意绵绵。我们一起谈童年的那些趣事。甚至我们在联系时可以讨论到性的问题。有时我正在忙一些其他事，罗丝就在网上用 ICQ 程序寻呼我，告诉我她是多么地想我。

我从这个互联网中掉进了另一个网中，这个网叫情网。一向自称刀枪不入的我全身都是容易受伤的地方。我离不开她了，而且，我太急于想见到她到底是怎么一个样子，在数字化的空间里，堕落成了一个情种。是的，我要告诉她，我不是什么狗屁的欧米可，而是东方杰，我不仅想跟她在网上谈天，还想挽着她的手散步想拥着她入睡。

让人伤心的是，当我满世界找她时，她却不见了，罗丝，这两个汉字构成的一个洋味十足的名字一下子从网上蒸发了。

这是我来广州第一次失恋，而这次甚至不知道对方是什么人，是一位八十岁的老太太还是一位须眉男子做出来的恶作剧。

求　同

我强烈地想把自己灌倒，我要醉他一次。

上网，见他妈的鬼去，我已经在网上活够了。跟他们说，欧米可死了。是的，他再也活不回来了，进入了他就在里边插科打诨壮游天下，走出来他便彻底消失，我们的现实社会是不是也像是谁设计的一个巨大的互联网，我们出生便入网，我们死去便出网，悄无声息，来去无痕，生命是一种荒唐的存在吗？

我不知道我是不是喝得多了点，从大排档里走出来的时候，我觉得头晕得厉害。已经夜深了，艳还在办公室里加班，我走过去从后面搂住了艳，我说艳，我向你求同。求你和我共同生活或者同居，过去人们求爱或者求婚，但是我向你求同。

进而我轻轻对艳说，艳，我觉得我爱你了。

艳说，傻瓜，这年头不兴这样说的，要是你觉得你有了爱情，千万把它放在裤裆里夹好，别露出来丢人现眼。我们现在是社会主义初级阶段，这年头的广州，不流行爱情这玩意。你可以说我性感你想要我，我随时给你都可以但不要说爱，这是一个很丑的字眼。我不会为这个虚假的字眼献身的。你听到了吗？我不会爱任何人也不想任何人爱我，我也不会和任何人结婚同居什么的，别指望天长地久，有一刻是一刻。懂了吗东方杰东方阿杰东工。需要就是一切这是我的原则。

人们都有了原则，我却再也发明不出东方定理。

无休无止

日子还是得过。是的，我们都痛不欲生过，但我们最后都还是生了下来，生命哪怕是一件长满了跳蚤的袍子，也仍然舍不得把它脱下来。最终我们还是活得有滋有味。

一个叫笛卡尔的人说，我思，故我在，这是狗屁，再告诉你一条东方定律，这是颠扑不破的真理，我在，故我思，胡思乱想的思。

来到广州

1

大哥一直说要接我过广州，我时刻在盼着这一天。我们西河村里，大家公认的最有出息的人就是大哥了。但我一直记不太真切大哥的模样，我是爸爸妈妈违反计划生育政策的产物，大哥大我整整十五岁，长年在广州，几次过年都说没时间回家看，只是在邮局里寄些钱回来让我们好好过年，妈妈倒是经常提起大哥，过年吃年饭时总要为他摆一双筷子。用鸡蛋皮包瘦肉卷时妈就说这是你大哥最爱吃的。大哥不在身边却比我还受宠。我不知道大哥在那个遥远的广州是否也像我们想他这样地想着我们。

我觉得我是一直生活在大哥的阴影之下，上学时，老师总是说，当年你大哥多么聪明，哪像你，花岗岩脑袋一样。一遇到我玩，人家就说，你大哥当年在雨中看书，下雨了他都不知道，一直在那儿看下去。村里的老师要批评我时也总是说，要是你能有一半跟上你大哥就够了。我不知道大哥到底是怎样长出来的，我总觉得我好像是一个次品，大哥才是我家的正品。

爸妈是在年老后生命质量退化后才不负责任地制造了我。大哥是在北京上的大学，分在广州一家电视台工作，是我们一村人的骄傲。后来大哥去了一家公司做总经理。当我理所当然地没考上大学时，大哥出钱让我在武汉的一家民营大学里学了三年的企业管理，混了一张大专文凭。正当我为工作的事一筹莫展时，大哥来信了，大哥说，公司里有许多事情要打理，让小弟他来广州跟我一起干吧，也好让他学一点本领。

最后来接我的不是大哥，是一个上了年纪的男人，那人给我一张名片，上边印的是：大河企业集团公司办公室主任孙在坤。孙主任说："你就是李贺，小伙子长得挺精神的，你大哥实在太忙，这次公司有业务让我过宜昌办点事，顺便把你接过去。"孙主任晚饭后去了县城里的宾馆住，让我第二天随他一起动身赶往广州。

现在真的要离开了，我又实在有些舍不得，无论如何，我也得去看看秀，她是我投入我全部的青春深爱着的人。

我走上了西河堤，我们西河村依河堤而建，西河水静静地流着，河边是些杨树柳树在随着夜风轻轻飘舞，我走到那棵我与秀经常相约的柳树下，秀已经在那里等我了。这个聪明的秀，总是能知道我的意思，让我是忍不住要去爱她。秀是我小学到中学的同学，只是最后没有花钱去念什么野鸡大学。这个晚上有月，我喜欢西河湾的月，它是随着河里的水一起漾动的，秀靠在树上，对我说："明天就要走了吗？"我无言地点点头，这时候，我有些伤感，我想我是可能不再回西河湾了，我可能这辈子都会在外边度过。那么秀，我们还会再走到一起吗？我甚至到现在都不曾亲过秀，我们只是紧紧地把手握在一起坐过很长时间。秀也不知道说什么好，我们静静坐在树下，看着西河水，秀把一块土块用劲向西河甩过去，河面上传来"咚"的一声闷响。

我不知道秀此刻在想些什么，秀的身体飘过来一股好闻的香皂的气味。我真是喜欢看她的侧影，那侧影文静而又美丽。她今天大胆地把头靠在我的肩膀上。不远处的坡地上，是一片油菜花，白天里金黄灿烂，夜里清香阵阵，这个我二十多年在这里生长的地方，我就要离开它远行了。广州，那是我只在电视上见识过的地方。我会喜欢上那座城市吗？我不知道我和秀的这次分别意味着什么。我大胆地搂住了秀，用嘴唇轻轻地碰了她的脸一下，我记得好像在一篇什么小说里看过说一个男人要是亲了一个女人的胸脯就这辈子都忘不掉这个女人了。我对她说了，我觉得她脸红了一下，然后向我靠过来。我解开她胸前的第二颗扣子，掀开她的胸罩，用嘴唇轻轻碰了一下她的小小的乳头，随即，她迅速地掩上了衣服。秀，我的初恋，我注定了要铭记终生的女人。

　　我们两人一起看了太多的琼瑶小说，爱情，我们觉得它在我们中间产生了，那种"在天愿为比翼鸟，在地愿为连理枝"的情感，只是未来太渺茫难测，我们自己也把握不准我们的爱情之舟会驶向哪里。我无限怜惜地搂住秀的双肩，我的眼睛不知不觉潮湿了。秀用手轻柔地擦着我的眼睛，她却自己抽泣起来。我在她耳边说："秀，今生我们誓不相负。"秀在我耳边用小说的语言说："爱情不需要诺言。"

2

　　大哥成长的日子是我们家最穷的日子。我祖父和祖母卧病在床，父亲这个喜欢偷奸耍滑的二混子又在生产队里挣不来全工分，每年生产队里分红时我家都是雷打不动的超支户。大哥虽是长子，他的衣服大多是舅舅他们小时候穿过了的补了又补再拿来穿上。大哥没有学费交，学校里的老师不忍心不让大哥上学就将大哥交钱的期限往后一拖再拖。大哥放学后自己就去地里挖半夏、鱼腥草之类的草药晒干了卖给收购站来筹集自己的学费。

　　大哥在上小学时就很喜欢自己的同桌卢英英。卢英英从三年级起与大哥同桌一直到五年级。虽然每顿都是吃的南瓜叶子拌的少量的米饭，大哥的智力发育却丝毫没有受损。卢英英一直拿着羡慕的目光盯着总是稳居榜首的大哥。大哥声音洪亮，当时经常要进行文艺表演，报幕员常常就由大哥和卢英英两人担任。春心萌动的大哥和英英有时会含羞对视。

那个寒冷的冬天，下雪了，放了寒假的大哥得想办法为自己挣一点学费，塘里边已经被挖过藕了，但还有些埋得深的没有能挖出来，而藕这时又比较好销，大哥在这个寒冷的日子里出动了。这是卢英英她们生产队的一口塘，像一颗被吃掉了的棋子一样被孤零零地撤在荒野的湖边。大哥四顾无人，找了一个地方挖了起来，挖塘藕讲究连、跟、钻，所谓连就是要找到在淤泥里腐乱了的那根荷梗，然后顺梗跟进，直往里钻，最后才能挖出那埋藏至深的莲藕。

因为要防止渗水，要挖的四周一定要用淤泥修好坝，一旦坝坍塌，苦心经营的地盘就会全被淹掉。大哥在那个小小的天地里挥汗如雨，冬天的寒冷对他已不复存在。筐子里在不断充实，大哥在这中间看到了书本，还有大哥一直只敢想象的一支英雄牌的钢笔。正在这时候，他真切地听到哎哟一声。大哥循着声音赶过去的时候，发现卢英英在泥水中挣扎。大哥奔上去拉住卢英英冰凉的手。把卢英英从泥水中拉了上来："这哪是你们女孩子干的活？"大哥怜惜地说。如果说以前他们仅仅只是倾慕的话，那么此刻，一个叫爱情的东西在他们中间产生了。大哥把自己筐子里的藕匀了一半出来塞在了卢英英的筐子里，强行要卢英英回了家。

卢英英的父亲有他自己的想法，在大哥上高中的时候，卢英英的父亲把她嫁给了镇农具厂的一个工人。措手不及的大哥在我家门前的那棵大柳树下呆呆地坐了整整一夜，然后大哥便没事一样地去上学了。

大哥其实是从部队里考上大学的。大哥上学时还不兴高考这回事。绝顶聪明的大哥最终可能仍免不了种田的命运，大哥第一个正式的未婚妻是我们村支部书记的女儿，她叫娟子。那时候大哥高中毕业，在生产队里当电工。一天到晚喜欢捧着一支笛子吹。大哥叫李白。我爸不知道是无知还是故意，给我们兄弟俩取了两个唐代诗人的名字。但这仍改变不了父亲在生产队里卑微的身份。大哥把他人生的第一个希望寄托在当兵上。当兵可能会有机会转业参加工作。娟子自然走入了大哥的视线之内。

我不知道大哥对娟子或者娟子对大哥有多少爱情的成分在里边。农村的孩子似乎对爱情这东西比较陌生。大哥自己做主要父亲找了人去娟子家提亲。我们家就成了书记家的亲家。后来，在大哥远在遥远的广州的时候，我见到过已为农人妇的回娘家的娟子。娟子面黑干瘦，实在是配不上我家大哥，可大哥那时却是主动高攀。要是大哥一直待在农村的话，那娟子，就是我的大嫂了。人生真是有许多东西都是绝对意想不到的。

听说大哥那时在做电工的时候，也不是经常往娟子那儿跑，大哥有些时候很难受，就只是吹笛子。大哥在西河湾没有特别好的朋友，大哥像一只失群的孤雁，遗落在西河湾，心情不好的日子只能独自承受。我想在西河湾的这段日子应该是大哥生命中最灰暗的日子。西普叔算是村里跟大哥最接近的人，他对我说，那一段日子自杀的阴影在西河湾徘徊，大哥有过自杀的念头。那时大哥整整积攒了一百粒疟疾丸子，准备随时了结自己年轻的生命，但是后来，大哥还是把这瓶丸子扔进了西河里。

这只是大哥一个人的秘密，西普叔也不过是一个不知详情的知情者，在人们眼里，大哥依旧是那个聪明懂事的李白。

3

大哥的公司在环市东路一栋气派的写字楼里，里面布置得非常豪华，孙主任安排我在公司的一间单身宿舍里住下，孙主任带我去买了两套漂亮的西服。领带的结法我在上大学时就会，穿上新衣服后，我的自我感觉极其良好。然后我就开始了上班。孙主任告诉我，大哥现在正在美国考察，目前我主要是随孙主任了解公司的基本运作情况。

孙主任戴一副金边眼镜，头发有一些花白，极其儒雅，孙主任说，我们这是一家贸易公司，主要做进出口生意，公司在粤东还有两家工厂。我去找来了一大摞书，是关于外贸的，孙主任笑道："看这些书有鬼用，你的任务是要学会管理，具体的业务会有人去做的。"我不知道管理有什么好学的，我在大学的那三年里学的那些东西狗屁用也没有，一些同学也说了，出去就只有被管理的份儿，而真正要管理人时书上的那些东西又什么用都没有。起先是孙主任带着我在各处走动，与一些有往来的单位周旋，孙主任带我去奔赴一个一个的饭局。对别人介绍我道："这是我们李总的弟弟。"那时我还没印名片，孙主任就说，他叫李贺。我于是站起来彬彬有礼地向各位点头。然后就陪客人们吃饭。

孙主任说，公司公司，有公才有私。大家集合在一个旗帜下弄钱自然比你一个人去零打碎敲方便一些。再有一个金字招牌做后台，一切就可信多了。孙主任就说，李贺你过些日子就知道了，生意场上就那么回事，一来一去，钱就出来了，变魔术一样的。你说不准哪一个时候会中招亏进去。甜言蜜语的背后玄机四伏。慢慢混几次你就会变精了。看得出你是一个聪明人。

我一直不认为我是一个聪明人，孙主任的夸奖有些叫我得意忘形。不过上班这事我还是很能上手的。两个星期以后，我大哥李白从美国回来的时候，我已经像模像样地坐在公司的办公室里办公了。

大哥的个子不是很大，与我那五大三粗的蠢父亲比起来，大哥更像一个杂种，大哥戴一副金边眼镜，或者是我说不上名字的眼镜，眼睛里炯炯有神，一身笔挺的西服高贵气派，一点也看不出是我父亲这个窝囊废的儿子。甚至一点也看不出是从农村里走出来的。大哥说，你比小时候帅气了很多，是个小靓仔了。习惯广州了吗？习惯了就好了。大哥说今晚上你跟我回家去，见见你大嫂。

大嫂是我不曾见过的，据说是我的第三任大嫂，这位大嫂我父母也没有见过的。大哥的家在天河的一个大型住宅区里，住宅区的大院门口是两个着装整齐的保安，大院里有几个保安提着警棍在巡逻，一派戒备森严的样子。大哥住六栋，门房里又是两个着装整齐的保安警惕地注视着出入的人们。乘电梯往上，大哥住 18 楼 D 座，四室两厅的房子宽敞气派，刚刚出我老家不久，一进大哥这个家真让我手足无措。大哥说，随便点，放松些，我过了好一会儿才让自己轻松起来。

坐了一会儿以后，门响了，大哥忙站起来对我说，这是你大嫂，我连忙站起来，大嫂不算漂亮，但一派珠光宝气，我拘谨地叫道："大嫂！"大嫂冲我点点头，看得出是一脸傲然的样子，大哥忙凑上去笑着对大嫂说："有弟自远方来，不亦乐乎，去弄点什么好吃的招待一下我老弟。"大嫂遂叫道："阿霞，今晚做多几个菜，最好你下楼去弄点海鲜。"从厨房里走出来一个十七八岁的女子来，从大嫂手中接过钱下楼去了。大嫂一看就是那种精明强干的女人。想象得出，要是在大嫂自己的公司里，大嫂一定是那种威风八面的人物。

大嫂在沙发上坐下来，拿起遥控器打开电视，把那些频道乱按了一气，大嫂嘟囔着说一个什么好节目也没有。我无从判断节目的好坏，电视里尽是我不明就里的粤语，一群令人厌恶的香港艺员在上面饶舌。大哥说，不是跟你说过吗？南方没文化就是没文化，你还想从这里看到什么好的节目，不是笑话吗？大嫂撇撇嘴，一副不予置评的姿态。大嫂后来还是忍不住说，李白，你自己的泥腿子都没擦干净，却来这里笑南方人没文化。你倒是有多少文化了，都倒出来我们南方人看看。

大哥一笑便不再说话了，我的才华横溢的大哥，在大嫂面前就理屈词穷了。大嫂不大搭理我，这没什么，我也乐得清静。我把电视调在中央一台，听倪萍讲些一点也不好笑的笑话。大哥说，不就是生长在城市吗，怎么动不动就拿出生来压人，像毛泽东似的。大哥说，城市还在我们农村的包围之下呢，大嫂这时候就笑，大嫂笑起来挺好看的。这时候大哥把我给搬了出来："我弟弟在这里，你多少要给我一点面子吧。"我装着没有听到只是看着我的电视，大嫂就说："别说得这么可怜，好像我一直在压迫你似的。你说，要不是你老弟来，你一个月能在家里吃几次饭？"大哥说："那是公司里应酬多嘛。""狗屁应酬，好像是谁没有负责过企业一样的。""你们女人负责的企业当然跟我们男人负责的企业不同。""李白同志，当心你的那些花花事，要是被我知道了，小心对你不客气。"大哥马上嬉皮笑脸地道："要是不被你知道就没事，对不对？""对，只要你有本领瞒住我。"

4

大哥与娟子的交往我所知道的非常有限，在我们家里，有一口大哥留下来的箱子，箱子里有一些大哥读书时留下来的东西，一把锈蚀的锁锁着它们，那里面可能有一些大哥年轻时的秘密，大哥嘱咐过许多遍不让人去动它们，有一次爸爸打开箱子替大哥晒这些乱七八糟的书本纸片时，我偷偷看过其中的一些。有一个本子上写过一段话我当时觉得好于是摘录了下来，那段话这样写：

> 今天我又去公社里拿药了，一天到晚就这样无聊地度过了，我真不知道人生的意义是什么，生成是农民，说不定就一辈子要待在农村了。前几天翻到一本发黄的《古诗十九首》，有一首《岩岩钟山首》，真的出生就注定了一个人的一辈子。我不知道我还有什么前途。看来这辈子最好的结局就是能当上一名大队干部了。书里的那种爱情，那是上等人的事，我能做的只是要

改变自己，我一定要尽力去改变命运。

我在设想大哥当时的情形，大哥白天里就去找一些能找到的书在家里看，一些被查禁了的书在民间还能找到踪迹，有时是《苦菜花》、有时是《烈火金刚》、有时是《林海雪原》、有时是《青春之歌》，还有《吕梁英雄传》《唐诗三百首》，大哥搜罗着周围能找到的所有书，晚上就点着煤油灯一点一点地熬着岁月。

娟子是未婚妻，这多少能改变一下大哥在生产队里低下的地位。不久，大哥作为有知识的回乡青年被任命为大队的民兵营长。大哥或多或少为我那窝囊的父亲争了光。我想大哥和娟子之间即使不说存在着爱情的话，但至少他们之间是存在着好感的。这好感也由娟子的父亲能改变我们家在大队里的地位，大哥因此而表现出的感激而产生。大哥聪明乖巧，吹一口好笛子。有了娟子父亲的帮助，大哥的人生之路一下子开始变得顺畅起来。顺畅到后来是大哥自己都没有想象到的。

一直轮不到大哥的当兵的指标理所当然地降临到了大哥头上，大哥在当兵前，由于书记的坚持，大哥与娟子摆了几桌订婚酒。大哥换上了还没有安上帽徽领章的军装来回穿梭敬酒。来喝酒的乡亲们理所当然地认为，当几年兵以后回来，李白理所当然地是大队里的重要干部。大哥那时也有些春风得意的样子。喝，大哥对客人们说，今天喝个痛快。酒是大队里酿出来的散装酒。父亲一边看大哥无所畏惧地喝酒心里一边心疼得不得了，他当然不是心疼大哥的身体而是心疼那些水一般流进人们肚子里去的酒。这酒是粮食做的呵。

那天晚上喝酒的人散了以后，大哥和娟子单独相处了一段时间，在这段时间里，大哥喝多了酒的嘴里满是酒气。大哥用自己青春的手摸住了娟子的纤瘦的手。大哥不懂爱情而且他与娟子之间也不大可能会产生爱情，大哥用一个青春少男对异性的好奇抚摸了娟子的手。那个时候所有的人接受性启蒙教育都很晚，大哥不可能有更进一步的动作。大哥用手把娟子拉向自己身边，胳膊肘碰到了娟子发育不久的小小的乳房，仿佛这处柔软的地方一下子同时碰伤了两个人。大哥和娟子同时避开。娟子远远地说了一句：你喝多了。大哥的脚步因为酒精的作用有些左右摇摆。大哥尴尬地笑了两声，哪怕是在这种时候，大哥都很理智，大哥听到有人的脚步声过来了，便迅速避开了。这是大哥和娟子两个人最亲热的一次接触。大哥是有些糊里糊涂漫不经心，但这次接触却是娟子对大哥一生的记忆。

如果让我用爱这个字的话，我认为娟子是爱大哥的。这种爱来自一种崇拜，作为名动一方的小伙子，娟子对大哥肯定是充满了佩服，那时娟子还没有学会从世俗意义上去判断大哥的价值，她还来不及想我们家有没有钱，大哥有没有前途什么的。娟子对大哥的喜欢是一种比较单纯的喜欢。哪怕是到了后来，娟子对大哥从来都没有过半句怨言。也许，大哥与娟子这唯一一次亲近最后成了娟子一生一世的美好回忆。

5

三个月以后，我便成了大河企业集团公司办公室的主任助理，一切都按常规在运作之中，我加不加盟它都是那样在运行，多了我一个人在这中间混饭吃，公司的运作仍然是有条有理，这中间我接到几个我那所野鸡大学的同学的消息，他们还在为求职四处碰壁，与他们比起来，我真像是掉在了蜜缸里了。这得多亏我有一个好大哥，每念及此，我的心里对大哥充满了感激。我心里知道，我的那些同学每一个过来都不会比我干得差。这就是所谓命。人与人的起点的不同。

办公室的工作更多的是迎来送往，派车接待，孙主任说，可千万别小看这些事，有时候，一笔生意成不成，关键就看接待得让不让客户满意，现在做生意，怕就怕你没有腐败，对我们这样拉关系游刃有余的企业来讲，有腐败的地方我们的事情就好办。

这一次接待的是北方一座中等城市的经委主任，我们要在那里与他们合作，兼并他们一家长期亏损的国有企业，对方开价是一千二百万，大哥的意思是争取压到六百万。反正是国家的钱，也没有谁会真心疼到哪里去，只要功夫做足，没有攻不破的堡垒，大哥让我们一定要在接待上下功夫。

经委主任姓刘，孙主任去白云机场接机，大哥让我在酉长大酒店订下了一间豪华套房，同时拟出了这几天在广州的活动线路。一定要让这位刘主任在广州吃好玩好一切都好，这要当作一项政治任务来抓。大哥运筹帷幄，这次兼并是大哥向北方进军的策略里一个重要的一步棋，大哥一定要走好它。这样，不久以后，大河企业集团公司就不再是一家仅限于广东的公司了，他要一步步走向全国，最终成为跨国公司，这是大哥长期牵肠挂肚的梦想。

刘主任不是那种大腹便便气派十足的人。相反，刘主任个头矮小，很有点对不起党和人民培养的样子。孙主任直接将刘主任接到了酉长大酒店的豪华套间里。我跟在孙主任身后为刘主任搬着行李。刘主任的行李不多，一当在套间里的沙发上安顿下来，孙主任就说："本来我们的李总是打算亲自去机场接的，这次来了几个日本的客户，一定要见李总，李总没办法，只得去了，等一会儿，李总将那几位日本客人打发走之后，就会来陪刘主任喝酒的。"刘主任忙不迭地说："你们李总真是太客气了。不用这么兴师动众的。"孙主任就向刘主任介绍我道："这位是我们办公室主任助理，李总的亲弟弟。"我随即将我的名片双手送上。

刘主任也急忙去包里找名片。刘主任说："这么年轻，真是年轻有为，年轻有为。"

我谦逊有礼地颔首道："哪里哪里，刘主任你过奖了。"

要是一个月以前，我肯定觉得这个样子恶心透了，但此刻，我已经变得绅士起来了。在这样的环境运用这样的辞令已经毫不生涩。用孙主任的话说是我成长得特别快。广州的空气中有一种令商业味加速生长的激素。

　　我们坐在那里东扯西拉闲谈了一阵之后天就慢慢晚了。孙主任不停地用手提电话与大哥联系，孙主任说，李总马上就要来了。我们先去酒店吧。大哥是在晚饭将要开吃的时候来的。他一来，我们整桌坐着的人都站了起来。大哥大步向刘主任奔过去，伸出双手握住了刘主任的手。口里说道："对不起，对不起，刘主任来我是应该去机场接的，有太多的事要去应酬了。都不知道自己在干些什么，得罪了老朋友了。"刘主任说："李总你太客气了。你是个大忙人，我是给你们添麻烦来了。再说这位孙主任和你的这位弟弟接待得真是很不错。来来来。李总，我们一家人不说两家话，再说客气话就真是见外了。来来来。我们哥俩好好喝他两杯。"

　　刘主任的酒杯里是酒，而大哥的酒杯里，我知道，这里的服务小姐总是在我大哥的杯子里倒矿泉水，这家我们经常定点接待的酒店，对大哥是极熟的，他们用对待首长的手段来对待大哥。大哥很大气地说："那喝吧。"刘主任一仰脖子喝了下去。

　　刘主任那天喝得很凶，显得有些语无伦次，刘主任说："李白兄你够意思，像你这种朋友没有白交，有什么事兄弟我一定尽力。"大哥摆摆手："刘主任这样说就见外了，我们之间还提谁帮谁这种话，只要是我们相互之间的事，就不分是你的事还是我的事。""好，"刘主任站起来，双手紧握住大哥的手，"以后我们就是铁杆哥们了。"

　　刘主任歪歪扭扭地要走下桌子的时候，歪过头来看了一下大哥，问道："接下来有什么节目？"

　　大哥笑道："保证让你满意。"

　　晚上的节目就安排在酋长大酒店的八楼。涉及的人员不多，我、孙主任、大哥和刘主任。八楼是桑拿的贵宾室，这里不用大家"坦诚"相见，一个个脱得赤条条坐在一间蒸气房里，那个样子我见到我大哥肯定会很不自在的。我们每个人有自己独立的更衣室，一身制服的服务生为我捧来了一套绛色的短衣裤，我不知道这是拿来做什么的，服务生很耐心地对我说，这是用来给我在冲凉后换上按摩用的。我按服务生的指引先去把自己冲了一遍，然后我在蒸气室里边把自己蒸了个全身通透。我在想，我们的刘主任他们在这里一番蒸腾后酒想必都全给蒸出来了。蒸完以后，服务生又指引我去冲凉，我洗好以后就在房间里的沙发上坐下来。服务生立即给我端来一杯热茶，给我两大本厚厚的影集。影集上是一个个姑娘的照片，服务生说，你可以点这里边任何的小姐为你按摩。

我有模有样地靠在沙发上，装出一副很老练的样子，其实我自己完全不知所措，电视上边播放着一部非常热闹的香港艳情片，我挑着这一摞照片，猛地一下子觉得孤独彻骨，心下里惶惑不安。这些姑娘在照片里一律很煽情地媚笑着，下边的一行字注着她们的籍贯年龄身高体重三围什么的。

我承认我需要她们，但是在这样的场合让我这样挑挑拣拣地选择她们实在与我从小所接受的教育冲突太大，我想起了秀，我们爱了那么长时间，我的手甚至连她的裤腰以下的任何部位都没有碰过。我看着这些姑娘们一个个长得都这么美，有的甚至比秀还要美，可是她们却被放在这里接受着男人而且还有很多令人恶心的男人的挑选。

我看着这些姑娘们的年龄，最小的才 17 岁，最大的也不过 24 岁，籍贯真可说是天南海北。有四川湖南江西湖北山东陕西。她们都是来自五湖四海的，为了一个共同的革命目标——人民币走到一起来了。这里有我的老乡，我不知道里边有没有我儿时的同学和我所读的那所野鸡大学里的同学，也许某一个曾是我上学时让我想入非非过的高傲的公主。贵宾房里的灯光并不亮，可是我却感到它有些刺眼，我在这里拿不定主意。我不知道我是不是该退出去，而且我不知道大哥怎么会让我跟着来这种场合。

正在这时候，门开了，一个一身白衣裙的女孩走了进来。她对服务生轻声地说了一句，服务生立刻带上门走了。房间里只剩下我和那女孩，她脸上挂着一款极甜的笑，天生有一股媚人的风韵，她先对我说："是你们老板让我来陪你的。"我听她的描述才知道她指的是大哥。她说："你先在床上躺下，不要紧张。"我听话地躺下后，她便开始给我按摩。我睁开眼睛看她的时候她善解人意地说："是第一次来吧，你们老板可是我们这里的常客了。要是你要跟我说话了你就说吧，我叫小霞。"

我真是佩服大哥在女人方面独到的鉴赏力。就说他为我点上来的这小姐吧，白里透红的脸蛋，无可挑剔的身材，她坐在我身上为我按摩，她的胸脯随着她的动作水一般地起伏波漾，这时我才明白了香港人为什么要把女人的胸脯称为波子。小霞的身上散发出一股好闻的香味，在这迷蒙的灯光下，我感到我心旌摇动。身体不由自主地有了反应。小霞笑着在我身上摸了一把："你们老板还说要我给你启蒙呢，看来你小兄弟天生就是一个坏种。"

小霞胸前的衣服很自然地散落开来，她把我的头拉在她的胸脯上，我感到一股奇妙的感觉从嘴唇直达腰际，小霞顺手除掉了我本来就很松的按摩服，她也迅速除掉了她自己的衣服，我被她紧紧抱住贴住了她。我不知道是不是我太紧张的原因，刚刚碰到她，我就不行了，只是弄湿了她的大腿和小腹。她说："你们老板说得不错，你还真需要启蒙。来吧，我来当这一次老师，师傅引进门，修行靠各人，你们老板对你真好。"

这时候，摆在床头柜上的电话响了，她说："一个钟过去了，这是给我报钟的。"她拿起电话，对着话筒说："八号房加一个钟。"我连忙说："不了，要是他们走了我怎么办的。"小霞说："不会，这是你们老板吩咐的，都不会走的。还有你今天的学业还没有完成呢。"我问道："加一个钟是不是要在这里多待一个小时？"小霞笑道："不是，是加多四十分钟。一个钟是按四十分钟算的。"

这是我第一次如此近距离地面对全裸的女人。这个自称叫小霞明显是假名的姑娘甚至真可以算是一个美人。所有被我神秘和神圣过的东西此刻都不再蒙着面纱。女人，上帝为男人而制造的杰作其实也并非完全完美。这种一向被作为美的化身的曲线其实有几分可笑，而那个令许多的男人为之神迷的禁地实在说不上真的就美在哪里。也许，美是情欲蒙住了眼睛之后产生的错觉。

小霞在这方面堪称良师。在她的引导下，我迅速入港。我本来就是一个天资不错的三好学生啊。末了，我说："小霞，我可没有学费给你。"小霞说："谁要你付学费，你们的老板已经全为你付了。好多功课我还是从你们老板那里学的呢。"

6

在部队的时候大哥特别讨人喜欢，主要是大哥聪明勤快，大哥用一个农家孩子的全部聪明来与命运抗争，在部队里，他入了党，当了班长，这是一种没有列入干部编制的最小的官了。一个极其偶然的机缘，他被团长看中了，于是他去了团部搞内勤。这是一个不错的美差，有足够多的机会与首长接触。在这种时候，一个足以改变他命运的人闯入了他的生活。这人是团长的女儿唐小雨。

团长家有一部半导体收音机，唐小雨不知怎么就把它给鼓捣坏了。唐小雨找到了还没有怎么见过收音机的我大哥。大哥当时想也没想就接了下来，全然没有想到有可能会毁了这部半导体。

不知道是大哥天生聪明还是天可怜见。大哥修好了团长家的这部半导体，从此大哥和唐小雨的关系日渐亲密。大哥这时不再记起在老家里还有一个等着他的未婚妻。大哥太急于改变自己的地位，唐小雨的垂青无疑可以为大哥打开一扇改变命运的大门。在一个农民的儿子眼里，一个团长家的女儿是一只高飞在天上的白天鹅。当兵时是不准谈恋爱的，因此，大哥和唐小雨之间的交往只能是秘密的。

大哥那时候还肯给家里写信。大哥这段时间里写给家里的信还完整地保留在专门保存大哥文物的那口箱子里。尽管已经发黄但字迹却还可以辨认。我父亲以他那种农民的狡黠看到了大哥命运的转机。父亲没有像一般的父亲那样去要大哥一定不能当陈世美。而是采取了一种鼓励意味的沉默。大哥从这沉默里明白了该怎样去做。

大哥以他的聪明来讨得唐小雨的喜欢显然是绰绰有余。大哥可以给唐小雨讲乡间的一些趣事，讲他小时候每到晚上就到大禾场里从那些大人和老人那里听来的各种妖魔鬼怪的故事，这些故事对于一直跟随父亲生活在军营的唐小雨无疑是一股清风。而且大哥还会背诵那么多的唐诗宋词，会背高尔基的《海燕》，在他们偶尔单独在一起的时候，大哥充满激情的声音就会响起来。大哥会用普通话有些夸张地诵道．"让暴风雨来得更猛烈些吧！"大哥还会背普希金的《假如生活欺骗了你》，大哥在唐小雨面前把自己打扮成一个意气风发的才子，使得唐小雨对这个叫李白的乡间才子充满了钦佩。

在大哥的整个爱情史上，我不知道他有没有过爱情这样一种东西，大哥与女性的交往大多带有强烈的功利目的，这是出生卑微的大哥与命运抗争的一种方式。大哥以一种强烈的改变自身命运的冲动来构想婚姻。在与女性交往的过程中，大哥始终有一个度，这个度使得大哥更得到那些女孩子们的尊敬和喜爱，他总能压制住自己性的冲动，大哥一直对女孩子没有太过出格的举动，在这一点上，我是自愧不如。对于大哥来讲，改变地位的冲动远远比性的冲动要强烈无数倍。要是作为一国之君，大哥肯定是爱江山不爱美人的那类。

这一年是大哥命运转折的重要的一年，这一年，国家恢复了高考，作为现役军人的大哥是没有参加考试的资格的，但是，有了唐小雨在这中间活动，大哥很容易就取得了参加高考的资格。所有的政审以及其他方面的审查大哥都得以顺利过关。

高考后的大哥自我感觉特别良好。大哥有良好的底子，这底子肯定比与他同时参加考试的人强出了许多。后来，录取通知书如期到达。大哥欣喜若狂地给家里写信报告了这一消息。这时候的大哥真有一点唐代那个与他同名的大诗人闻说皇帝要召他进京时的心情：仰天大笑出门去，我辈岂是蓬蒿人！

当时大哥所在的部队驻扎在江南一个青山环抱的山沟里，录取通知书是唐小雨给大哥送过去的。这是一个雨后的下午，大哥的战友长途拉练去了很远的地方，军营里只剩下大哥一个人。唐小雨说："李白，你看，这是你的信。大学里来的。恐怕是录取通知书了。"大哥急切地接过信来，一下子撕开了。果然是录取通知书。大哥情不自已，一下子抱住了唐小雨。唐小雨当时又羞怯又激动。

唐小雨当时是愿意把自己的一切就在当时给了大哥的。唐小雨自小便在军营里长大，对民间的那些男女大防的礼法本来就不太在乎，只要情之所至，她是不会在意什么的。这边欣喜之中的大哥看唐小雨，带羞的粉面显得格外可爱。与大哥参军前所接触的那些身体深处都散发出一股土腥味的姑娘比起来，唐小雨真像是天上掉下来的姑娘。这姑娘是如此可爱，她于自己一片痴情。而且，她有一个当团长的爸爸。这使她的可爱在大哥的眼里又增加了几分。军营里是一片寂静，而刚刚接到了录取通知书的大哥颇有些志得意满。大哥抱紧了唐小雨，唐小雨也伸出手来抱紧了大哥。两人意荡情迷之时，大哥的手也在唐小雨的身上摸了起来，唐小雨的身上是如此温热细软，同是身体，但作为少女的唐小雨身上却是如此地气象万千，大哥感到自己全部的感觉器官都聚集到了手上，一波一波的情愫从手上发回到心的深处又一波一波地向全身漾去。

爱你，大哥当时差点说出这个字，大哥的手顺着唐小雨腰部那块最容易突破的肌肤往上，大哥不敢唐突，手的移动几乎是觉察不到的，手掌在那滑腻的似乎正沁着细汗的皮肤上流连忘返，手掌也正在沁出汗来。大哥将嘴唇轻碰在唐小雨的脸颊之上。大哥的手，慢慢地移近了唐小雨的胸部那两座被布包裹的山岭之侧，那处温软神秘的所在是如此吸引着大哥的手，大哥的手指正待钻进胸罩里继续往上，唐小雨凭着少女的本能轻轻叫了一声并伸出手来轻轻挡了一下大哥，大哥即刻惊醒，大哥站起来，对满脸羞涩的唐小雨说："小雨，真是对不起，请原谅。"见大哥一下子正襟危坐，唐小雨坐在那里流下泪来。

7

接待完刘主任之后，那个北方小城的合作项目就算是谈下来了，一切按照大哥给出的方案，当然也包括大哥给出的价格，刘主任则带满了大哥送的各种纪念品和孙土任在麻将桌上输给他的钱满意地上路了。

我已经开始习惯我在公司的角色，每日上班，我昂着头目不斜视地去上班，这当然不是因为我不敢见人，而是忽而有了一种不自觉的尊严感，是的，我是董事长的弟弟，而且在公司里，我正逐步成长为举足轻重的人物。

这一天，我依旧是怀着这样一种良好的感觉去上班，大哥叫住了我。我随大哥来到他的办公室。这是大哥第一次在办公室里正儿八经摆出一副谈话的样子来和我谈话。大哥说："李贺，你也不小了，这些天来你的成长和进步是挺快的，我很满意，但是作为一个成功的管理者，他永远不要把他的高贵写在脸上。高贵是一种骨子里的东西，让人感觉到不怒自威，一个老是装出一副高贵的样子的人是心虚的人。"

我站在那里规规矩矩地听着大哥的训话。在大哥跟前我永远也没有还嘴的权利。他的话对我来说差不多是一句顶一万句了。大哥说："听说你现在还和一个老家里的乡下妹子纠缠不清。而且这个乡下女子不过是一个没有任何背景的流水线上的打工妹，你这不是自甘低贱吗？"我口里连忙分辩道："没有的事，那不过是我的一个同学。"

我不知道大哥是哪里来的这样灵通的消息，秀来到了广州在一家电子厂当工人，我也是上个星期才得到的消息，我们只通过两次电话，我不知道这事竟会这么快就传到大哥那里去。大哥说："不用跟我抵赖什么，我也没有追究你什么，而且这也没有什么需要追究的，爱情这东西，年轻的时候大家都容易陷进去，陷进去之后爬不出来的人是没有出息的人。上次请刘主任去桑拿之所以带你去，不是要你去学坏，我也知道你即使坏也坏不到哪里去，我们李家的人还没有这个坏的胆子。"大哥说到这里，我的脸一阵红，大哥全然不理会我的表情，大哥接着说："带你去，是要让你知道女人是怎么回事，爱情又到底是怎么回事，那天陪你的那个小霞，一样有一个她的男朋友把她看成高贵的公主一般，可是她在你面前却是如此的低贱，你也不要把你小时候的什么爱情看成至高无上的什么东西。女人往往是相似的，需要女人的时候可以逢场作戏，你不要沉迷其中，便会有出息。"

大哥这时候把我当成了好朋友一般，他推心置腹地对我说："李贺，这个世界其实一开始就是不公平的，有的人一开始起点就跟我们完全不同，他们有一个好的家庭，有着高贵而丰富的社会背景，而我和你，我们的父母亲在社会的最底层，他们不可能带给我们一丝一毫的尊贵，所有的这一切都靠我们自己去争得。我们要爬向高层，必须要借助梯子才成。婚姻是我们自己选择的社会关系，如果我们有足够的聪明而对方又有足够的社会关系足以让我们成事，我们何不把这两者结合起来。要是你娶了一个打工妹，她只能把你的地位往更低一层拉，你一定要记住，对我们这种出身底层的人来讲，婚姻这架梯子是用来向上攀登的。该怎么去做，相信你自己是能够把握的。别说我不相信爱情这种东西，即便是真有爱情这样一种东西，它也和婚姻绝对是两码事。"

我觉得大哥这番话真是惊世骇俗，但又说不出大哥的不对处，想起来似乎又每一句话都极有道理，大哥说："这些道理，不是一时半会就能明白的，我当初没有谁给我指点，走了许多的弯路，现在我把这些讲给你明白之后，你的路将来肯定会顺多了。有我给你讲这一番话，我觉得你是幸运的。很多东西是不能用旧有的道德观念来评判的，一些迂腐的想法往往害人不浅，让这些想法去指导别人做好人吧，我们要做的是上等人。"

大哥说完以后，有人有事找大哥，大哥出去了，我待在大哥的办公室里，想着大哥的话，觉得内心里很震撼，爱情，它真的没有吗，要是有，它又是什么样的呢？我肯定不能说是爱小霞，可我为什么还是和她睡了，而且她照样给我一种欲仙欲死的感觉。爱情给人的，也不过是这种感觉吗？

大哥的办公室给人一种气派华贵的感觉，我从沙发上站起来，走到窗前，我把深紫色的落地窗帘撩得更开一点，一缕阳光从窗子里射进来，我看着窗外那许许多多奔忙着的人和车，在这一条路上，有着多少三六九等的人，他们或者安之若素，或者通过不同的手段在改变自己的地位，人们一双世俗的眼睛分出了人的高低贵贱，在广州环市东路这样一个新贵云集的地方，原本是没有我和大哥这样的农民的儿子的立足之地的，但大哥成功地挤进来了，而且他还正在把我带来，不能不承认大哥的梯子给了我重要的力量。

装修豪华的办公室里，光线柔和，在大哥的椅子对面，是一个成名书法家给大哥题的一条条幅，上写着六个随处可见的字：有志者，事竟成。落款的那个书法界无人不知的名字显示出这条幅的高贵，即便是在新贵中间，也不是谁都能得到他的书法的。桌子上，是一张大哥与一位权高位尊的中央首长的合影。大哥热烈却并没有媚态地向首长略为倾斜。首长则慈祥含笑。两人显得亲热而不失庄重。大哥在对外交往方面总是游刃有余。

这照片摆在这里当然不是摆一下而已，它是一种身份的象征，这种身份表明，大哥不再是那个低贱的农民的儿子，而是上流社会里的成功人士。那么我，难道还甘愿仍旧在底层挣扎吗？大哥再也看不起自己所出生的那个地方的父老乡亲，可是那个地方的人始终把大哥当成他们的骄傲。

<h2 style="text-align:center">8</h2>

唐小雨最终没有能够成为我的第一任大嫂。她与我大嫂这个职位擦身而过。在大哥接到录取通知书之后，大哥就赶回了老家，从老家赶往北京去上大学了。

这次大哥回家时我见到过他，这时候我是小学生了，大哥看上去很威武，军营把大哥锻造得很有气派，但家里对大哥上大学这一光耀门庭的事并没有做得太张扬，自然是因为大哥没有成为娟子的什么人，因此在村里弄得有些疙疙瘩瘩。大哥在家里住了两天，这两天里大哥几乎没有出门，后来大哥一直不大情愿回家，我想主要是家里没有什么东西能令大哥感到有兴趣，这里的人愚不可及，大哥一直不屑一顾，甚至对自己的父亲，大哥心里未必尊重到哪里去，大哥完全是不得已才做了我父亲的儿子，要是可以选择父亲的话，我想大哥选错了也不会选到父亲的头上去。

我想多亏大哥是当了兵才去上学的，要不的话，父亲是拿不出一分钱供大哥去上学的。大哥带回来一点复员费，父亲也没有让大哥全部带走，父亲向大哥要钱，我猜想大哥当时心里肯定充满了厌恶，然而大哥还是把他不多的复员费拿出来了一多半给父亲，父亲当时的理由是我要读书，其实我读书父亲是没有给过一分钱的，我的学费总是我在假期里想法去挣来，有时是去挖中药材卖有时是去垃圾堆里找些废品去卖，父亲用他那种农民式的狡猾来对待我们兄弟俩，这也是我们后来都不喜欢他的原因。

待在家里的大哥只是在房里翻看一下书，我有时推门探头探脑地看一下大哥在干什么。大哥是我面前的一座高山。但是我有感觉到，大哥并不喜欢我，对他的这个还拖着鼻涕的小弟弟，大哥甚至有几分讨厌，大哥并不跟我说话，有时候拿过一张照片来看，那是一个穿着军装的女孩子，看上去挺漂亮，现在想来，那一定是大哥的唐小雨了。这肯定是离开部队时唐小雨送给大哥的。

大哥上学没有太多的什么东西要准备，父亲起了个大早，母亲准备了些吃食，我也醒了，我随父亲把大哥送往镇上的车站。大哥大步走在最前面，父亲挑着大哥的行李走在中间，我走在最后面。沿着村边的田埂往镇上走，麦子在我们的两边列队送行，还有油菜花，它们开得那么忧伤，早晨的清风带着田野的清芬，在登上西河的高堤的时候，我看到大哥回过头来望了一眼我们的西河村，其实，要说与西河村告别，当初大哥去当兵应该是说与西河村告别了，不过那时不知道会永远离开这个地方的，只有现在，大哥的告别才是知道自己终于再也不用回到这块地方来了。无论是爱也好恨也好，毕竟这块地方是生他养他的地方。

我不知道大哥当时在想一些什么，大哥一直默默无语，父亲没有条理地嘱咐着一些事，大哥想必都没有听进去，大哥是有自己主见的人，公共汽车把大哥带走了，大哥只向我们随便地挥了挥手，那时候我就感觉到，大哥不像是我们家的人，大哥的神情和感情与我们家的气氛格格不入。父亲的神情看上去有些怆然，也许他是不明白，自己何以会养出这样一个高贵的儿子出来。

上了大学以后，大哥就几乎不回家了。来信总是说路途遥远，他要利用假期勤工俭学，挣一点学费，父亲也乐得大哥不向自己伸手，大哥从上大学开始就过着一种实际上是自食其力的生活。看到别的同学一切在父母的呵护下养尊处优，大哥的心里有一种极度的不平衡，造化是如此的不公，而大哥甚至无处申说，一种强烈地改变自己地位的冲动在大哥上大学时比任何时候都来得强烈。在这一段时间里，一个姑娘开始悄悄地关注大哥，这姑娘是来自广州的郑蔚。郑蔚的父母亲在广州位高权重，有的时候，她家里人从广州给她带来很多东西但她自己从不显摆。她像一个身怀名璧却不知道名璧价值的人。郑蔚曾经随进过牛棚的父母下过乡，这段经历养成了她的勤劳和朴实。而大哥的那种被人认为是不断追求上进的坚韧深深地打动了她，她认为我大哥是那种能成大事的人。

郑蔚为自己想象中的一种爱情深深感动，她可以为大哥洗衣服被子，大哥的农民出身也深深地吸引了她，大哥一副城府很深的样子，大哥在把郑蔚和唐小雨比较后很容易就接受了郑蔚。郑蔚气质修养家庭背景各方面都显然要比唐小雨要强。而且郑蔚就在自己身边，两人有许多可以交流的话题。这话题使两人之间有了一种默契。

郑蔚说："李白你怎么可以这样聪明，我的每一句还没有来得及出口的话你就懂了它的意思，是不是上帝派你到我的身边专门来爱我的。"大哥当时想的是，许多的姑娘，只要刻意去琢磨她们，总是能琢磨懂她们。爱情也许是没有唯一的，只有傻瓜才相信唯一。一个人和身世背景往往会成为这个人很可爱的一个方面，它有时比人本身还重要得多。大哥当时在心里说，我是为你有一个好家庭才爱你的。

四年的大学生活过完，唐小雨便全然从大哥的生活里退却。此后，大哥再也没有关于唐小雨一星半点的音讯。在生命的某一段里，也许有一个人对你举足轻重，可是当他从你的生活中消失以后，你就永远不再知道他是怎样去走他自己的路的。唐小雨像是专门来大哥的生命里来送大哥这一程的，虽然大哥的心里有时候会对唐小雨充满了感激，但这种感激无法最终构成婚姻。大学毕业时，大哥和郑蔚的关系基本上通过了对方的家长，确定了下来，大哥这边的家长是不用担心，大哥不会在意我们家里任何人的看法，在大哥这边，大哥是他自己的家长。

若是没有郑蔚的话，大哥这个没有任何背景的农民的儿子很可能分回我的湖北老家，在我们那里的区政府或者县政府当一个不受重视的职员，然而现在有了郑蔚，一切便不同了，大哥分到了南国大都市广州，在这座城市里，分进了一家电视台，作为一种正日益被重视的媒体的无冕之王，大哥找到了一种步入广州上层社会的最好通道。

9

大哥的话有他的道理，可我还是不能听大哥的话，我实在忍不住想要见见秀，我太想知道她现在变成了什么样子。当她再一次电话打过来的时候，我实在忍不住约了她。我说："秀，我想见见你，你有时间吗？"秀说："我们这里管得可严啦，老是加班，一个星期只休星期天一天，而这一天也时常是在加班中度过的。累死了，怕是没有时间见你了。有时间的时候我就给你电话，好吗？"

我就想我是否能帮帮她，秀是一个聪明的姑娘，我想即使打工她也不会混得很差，我们公司里正好差一个文员，我想，要是秀来熟悉一阵也许能做得很好，我就去对大哥说了，大哥很坚决地摇了摇头，大哥说："李贺，你怎么是木头脑袋一般，我已经跟你讲过了，不要让这些狗屁的感情来妨碍你事业的发展，现在你不觉得，等她来以后，你才会知道她会成为你不断发展的绊脚石的。这样做绝对不可，你还是让她好好地安心在那家电子厂当她的打工妹吧。"

与大哥说话永远没有我回嘴的机会，但是想见秀的冲动却日趋强烈，等到她又打电话来的时候，我说："秀，这个星期天你就是请假也要过来见我。"

我们约定见面的地点在越秀公园大门口，见面的时间过了一个多小时，仍是不见她来，我在公园门口不停地徘徊，又怕被熟人发现，要是我们公司的员工知道我在这里等这么长时间只是为了约见一个打工妹，他们将作何感想，我站在树荫里，只是为了不太引人注目，我看着红男绿女一个个从我眼前飘过，真是感觉到自己生活得如此不真实，当我还在西河湾时，是无论如何也想不到自己会在广州这样一座大城市里来生活的，我像是这里的主人一样，在这个陌生的城市里过着一种我的父辈们无论如何也设想不出的生活，我处在我们原先的想象所不曾到过的地方，那么秀，也设想过她今天的生活吗？原以为我们可以在那个叫西河湾的地方平静地结婚生下一个小李贺来，让李家的香火得以延续，而今，我在广州，却再也不关心李家的香火是否延续，是的，它延续不延续关我屁事，我已经没有兴趣让我的下辈在埋着我的祖辈的那块贫瘠的土地上继续生息。

秀在公园门口出现的时候，已经是离我们约定时间一个半小时以后的事了，在越秀公园的大门口的红男绿女间，秀显得很惹眼，她显得有几分土气和木讷，不像是我所喜欢的那个秀了。我说："你怎么现在才来？"秀却是一副很委屈的样子，她说："你们广州的车不知道怎么转来转去，都把我转糊涂了，我下错了车，后来好不容易问别人才坐车来到了这个越秀公园。"我不好再责怪她。我们沿着一条僻静的路往山上攀登，我都不知道该说什么，一时间我感到我们无话可说了，秀说她们宿舍里的一些好笑的事，我却感到一点也不好笑，我静静地听着，心里有一股说不出来的厌烦。这是我所爱的姑娘吗？我心不在焉地听着她喋喋不休。一路就上了越秀山顶。在登山过程中，秀大着胆子把手伸过来拉着我的手，她的手里渗出些汗来，给我一种滑腻腻的感觉，让我感觉到很不舒服。

秀说："李贺，现在在广州，你认识的人多，能不能帮我找一份工资高点有前途一点的工作。"我一时不知道怎么说才好，我在嘴上支支吾吾，我说："看看吧，要有合适的机会我一定给你留意。"如果说在见她之前我还在思念她的话，那么此刻，在见了她之后我则再也不想见她了。我看了看表，我说："秀，下午我还有很多事要去办，我先送你回厂去，有什么事我们以后再联系，好吗？"

秀却拉着我的手撒起娇来："不嘛，要人家出来了，又不好好陪陪人家，有什么事那么急的？"秀撒娇时，小时候那种娇羞质朴便露了出来。我心念一动，一种欲望在我心底升起，这是我爱了一个少年时代的女子，我不能就此了了分手。我说："那我们去吃饭吧。"我们去保胜酒店，在一楼吃了饭，去二楼开了间房。秀说："你要干什么？"她问完以后立即明白过来："可不要让我和你干什么坏事。"我说："我们怎么会干坏事呢？我们只会干好事。"在那一间房里，我要了她，感觉并不好，全没有那一天那个自称叫小霞的风尘女子给我的那种酣畅淋漓的感觉。是的，我知道我与她完了，可我却还是要了她，我感到我几近无耻。

这一场糟糕透顶的结局，是对我少年时代那场爱情的了结吗？

送走了秀回来的路上，我在车上想，是我变了吗？爱情，它到底应该是一种什么东西？我离开西河湾前的那个晚上的情景历历在目，我们的许诺，都在时间的河上流逝了吗？我想肯定是我不对，可我又不知道该怎样去做才是对的。大街上来来往往的许多人，爱过的和没有爱过的，都看不出一丝的痕迹来，但显然的是，爱不是全部也不是他们的目标。我不知道那些永恒的爱情需要什么东西去支撑？

大哥让我去赴一个约会，这个约会的目的是为我介绍女朋友，大哥打算向我隆重推出的这人叫林丹，林丹的父亲是一家总资产过十亿元的大型集团公司老总。大哥先对我说："这位林丹，感情遭遇过挫折，现在要找的是一位老实可靠的人尽快结婚，你去以后就好好表现，这桩婚姻不仅可以带来我们公司的大发展，而且还可以为你个人的发展打开一条光明通道。他们认为农村出来的人质朴，你就去好好表现你的质朴。"

我想说去他妈的质朴，但我还是没有敢说。大哥让我西装革履地去赴约。地点选在国际大酒店四楼的咖啡厅。我一直对这洋玩意不感兴趣。但喝的规矩我是懂的，刚来广州时，孙主任就专门训练过我。林丹小姐出场时身边还带了一个女伴，林丹小姐其实长得并不难看，不似典型的广东女人的黑瘦尖削，她们俩一进来，我听到林丹用广东话跟她的女伴嘀咕了一句，我能听懂其大意是这小男孩看上去好嫩。我当然装着不懂地看着她们，林丹比我想象的要有趣多了，我想那一天我的表现也许特别不错，林丹给我讲了许多话，她看上去很愉快，这时候，我甚至都想象不到她曾经经历过感情的挫折。这样也好，有了挫折以后，她便会更懂得珍惜。林丹说着一口广东味浓烈的普通话，有的地方她甚至不知道该怎么用普通话表述，她说："其实我这人是很好相处的，一般情况下不容易发火的。"她把"火"说成"可"，然后，她颇有自知之明地对我说："我没有读过什么书，很多东西都不懂的，但是我的铺面生意还不错。"她的老爸给她投资在北京路有一间经营服装的铺面，她请了四五个人在给她打理，小老板也还当得有声有色。后来她觉得讲普通话太别扭，于是对我说："你要把广州话学会才对，在广州发展，不会广州话是不行的，以后我们在一起要以讲广州话为主。"我于是说："其实我觉得我这样没有什么不好，广州话除了骂我的话不懂外其他话我都能听。"她一下子笑起来。她说:"还要会讲,学几句花言巧语是会有用的。"两个姑娘相视一笑。

10

大哥当初结婚据说非常简单,郑蔚家是干部家庭,要讲究移风易俗,而我们家是穷困之家,不得不移风易俗,大哥不想回家去办这一桩婚事,他知道父亲那里拿不出钱来让他把婚事办得气派,而且他想,在那个让他没有什么兴趣的老家即使是办得气派了又有什么意思,他根本就不在乎,于是在结婚这件事上,大哥做得让父亲大为光火却又无可奈何,大哥没有给家里人打什么招呼悄悄地结婚了。父亲只在他们结婚后收到了一张他们的合影。当这封背面写着"有照勿折"的信来到父亲手里的时候,父亲的脸都气白了。只有我捧着照片去给其他人看,当时我姑姑说:"你看你的这个大嫂,眉毛生得太柔弱了,一定管不住你大哥的。"后来我才知道,其实是没有人管得住我大哥。大哥永远有着他自己的主见。

大哥永远不能成为一个孝子,我可以猜到,大哥的心里,一定对他所出生的这样一种阶层充满了仇恨,这一个阶层让他充满了屈辱,虽然大哥的聪明使得他步入了佳境,但一想到自己的出身,他的心里就有一阵绞痛,因此,在广州参加工作之后的大哥总是不给家里写信,那个不让他尊重的父亲肯定没有什么好的建议给他。大哥一步一步摸索着自己的道路,走一步是一步,大哥走得异常孤独。

妈妈还是常常拿着大哥寄来的照片端详,妈妈老是在口里念叨:白儿他瘦了,白儿他瘦了。但她的白儿却甚至连她到底多大年纪了都不知道。我见过那个时候大哥的照片,大哥他颧骨突出,脸颊消瘦。妈妈老是捧着大哥的照片流泪。我们都不知道,在那个天遥地远的广州,大哥在过着一种怎样的生活,父亲总是对大哥一副不满的样子。妈妈只好把她的惦念藏起来,在没人的时候一个人出神。

大哥这段日子的确过得很不顺心。看上去柔弱的郑蔚其实内心里非常倔强，说不上是一些什么事上，她经常与大哥较劲，大哥最后看透婚姻我想一定与郑蔚有关。而郑蔚最终看透爱情也与大哥有关。只有在真正生活过一段以后，郑蔚才知道，大哥身上其实是有着很多缺点的，这些缺点让郑蔚不堪忍受。大哥骨子里的那种自卑和小气，那种摆脱不掉的农民儿子的小格局在婚后都在郑蔚面前暴露无遗，更为要命的是，郑蔚看透了大哥婚姻的目的，因此郑蔚总是轻蔑地称呼大哥为野心家。爱情这东西就是这样，喜欢时，百看百顺眼，不喜欢时，一看上去就觉得烦。每一件东西都是导火线，时时会发生舌战。另有一件更为重要的事是，郑蔚的父亲这段日子从他的职位上退了下来，在家里也是火气很大的样子。工资又不是很高，日子依旧过得有些窘迫。这对互相看不顺眼的夫妻满眼全是不顺眼。

这时候，另一个姑娘走进了大哥的视野，她的名字叫路文。路文实际上没有她的名字这样文气，但是路文善解人意，而且路文的父亲，作为珠江三角洲的新贵，可以说是富甲一方。路文的父亲路德原是一个小学民办教师，因为脑子活络，在改革之初，用很低的价买得了一块很大的地皮，后来，开放了，一些境外商人纷纷来路德所在那座城市里投资办厂，地价魔术般地往上涨，路德自己不明就里地成了百万富翁，但他不是那种把钱随意乱花的人，他开始投资办实业。公司办得红红火火。

对于一个有良知的人来说，资本本身有着一种人格力量，它会要求它的拥有者相应地提高自己的素质，以便与他所拥有的资本相匹配，路德可以说就是在资本的推动下由一个民办教师成长为企业家的。

大哥就是在采访路德时认识路文的。作为长期跑经济这条线的记者，大哥对经济理论和经济趋势早已经烂熟于心。这是一个灰雾蒙蒙的下午，路德所在的那座名叫东莞的小城也是一片灰雾蒙蒙。但是对于在窗明几净的办公室里采访着的两个人来讲，他们的天空没有一点阴影，他们交谈得很好，路德对大哥精辟中肯的分析连连点头，当即就动了挖过来为我所用的念头。这些年珠江三角洲发展这么快，肯挖人才是其重要的原因。

在路德与大哥谈得如火如荼的时候，有一双眼睛正在关注着大哥。她是坐在不远处的电脑上操作着电脑的路德的女儿路文。路文对才华横溢的大哥充满了钦佩。当大哥起身要告别的时候，他看到了路文投过来的目光。这目光里饱含深意。与郑蔚冷战多时的大哥对这目光充满了感激。当路德在临别时问他的时候，他回答得颇为策略，路德说："李先生对商业之道和企业管理如此了然于心，有没有兴趣实践它，特别是像我这样的企业，就需要你这样的干才。"大哥当时答道："我一直没有具体操作过，就怕是纸上谈兵惯了，做不好实际工作，再说，目前我还割舍不下新闻工作，你的提议我会考虑的。"

临别的时候，大哥又看了一眼正在偷偷注视他的路文。大哥其实并没有考虑多长时间，这段时间里，他开始了和路文的电话联系，两人在电话里聊得热火朝天。与此同时，大哥与郑蔚平静地办好了离婚手续。当时一些国家事业单位时兴停薪留职。大哥找到电视台台长办理了停薪留职手续。远赴东莞任职去了。

路德给大哥的职位是办公室主任。这是一个不直接与客户来往的部门。薪酬与原来的公职相比是翻了几番的。大哥与路文的接触又造就了一桩姻缘。大哥在东莞举行了极为排场的第二次婚礼，这气派我和我家里的人都无缘得见。大哥与路文婚后，大哥被任命为广州分公司经理。有了自主权和自己的账户，大哥得以放开手脚大展拳脚。一些固定的客户成了大哥日后发展的基石。

大哥与路文的感情裂缝起因在路文的家庭内部。路德日渐衰老，能干的大哥引起了路文几个哥哥的嫉恨。几兄弟的势力肯定要比单枪匹马的大哥强，大哥在业务上处处受制，工作得很不开心。这时候，大哥才发现，和路文的交流是如此困难，他们不在一个文化层面上，他要摆脱与路氏家族的关系。

最后的结局是大哥与路文离异并离开路氏家族。大哥在商场拼杀的经历使得大哥对自己充满信心。他需要的是一个强有力的后台！这时候，有人给大哥介绍了现在的大嫂。大嫂让人莫测高深的背景令大哥怦然心动，无论是官场背景还是商场背景包括海外背景都令大哥极为满意。大哥大展身手的日子到了。

11

我和林丹的关系发展得极为顺利，林家上上下下的人都认为我老实可靠再加上有一点儿能干，这是他们觉得最可贵的地方。大哥为此对我特别满意。

我不知道林丹到底受过什么样的伤害，在我的身边，林丹显得快乐而又温驯，我拉着林丹的手去珠江边，让江风吹动她的头发，她说：真好玩，李贺，他们就只会带我去卡拉OK，还是你好，你懂得带我来这里，要不是你，我可能一直都没机会来这些地方玩，爸爸说外面社会治安不好，我看这儿也没有坏到哪里去。我让她坐在栏杆上，两只手拉着我的手，我让她闭着眼睛，用嘴唇轻轻在她的耳际吻了一下。她说，李贺，你还很浪漫嘛，像个诗人一样。我说，本来我就是一个诗人嘛。林丹用手指戳了一下我的额头，她说，说你胖你还真喘了起来。

我说，你想不想听我李贺的诗：大漠沙如雪，燕山月似钩。何当金络脑，快走踏清秋。她睁大了眼睛看着我，她说，我不懂呵。我说，不懂你就当听着好玩。我又念起李贺的另一首诗：东方风来满眼春，花城柳暗愁几人。复宫深殿竹风起，新翠舞襟静如水。光风转蕙百馀里，暖雾驱云扑天地。军装宫妓扫蛾浅，摇摇锦旗夹城暖。曲水漂香去不归，梨花落尽成秋苑。她说，我还是不懂。这一句开头一句，写邓小平视察南方谈话的那篇文章就是用的这句做的标题。我搂紧了她，我说，你不简单呐，你还记得那篇文章。林丹说，那一年，我爸的公司遭遇低谷，这篇文章出来之后，我爸把它放大复印了挂在客厅里。林丹接着跟我说，这个跟你同名的诗人写些什么，我怎么一点也不明白。我于是对她说，其实我也不明白，我只是背着玩。她用手揽过我的腰来，她说，你真好玩。她用手捏着我的鼻子，她说，你这个冤家，是不是特别来到我身边逗我开心的。

长兄当父，我们的婚事一切就由大哥在广州做主了。大哥像是另立中央的张国焘，我们兄弟俩完全不在乎父亲的存在。我们的婚礼在大哥的操持下倒也办得轰轰烈烈。林家的人对我充满了感激，因为林丹从来没有这么快乐过。大哥与林丹父亲的公司建立业务关系是一件对双方都有利的事。我们的婚事让两方面都皆大欢喜。这真是天作之合。

在夜深的时候，我望着躺在我身边的林丹，心里有一种如梦般的感觉，是的，这个人不是我儿时的爱人，可她却带给了我许多我梦想不到的东西，夜光在高档的家具上闪动着幽暗的光辉，一种内心深处的孤独涌了上来，这些表演一样的日子让我快乐吗？这些就是我全部的需要吗。但是很快，有一种满足感会漾上来，有一个声音说，命运已经够厚待你的了，你就不要再胡思乱想了。

一年以后，我从大哥的公司出来了，出任由大哥和林氏家族出资兴办的日升贸易有限公司总经理，那一天，我正为公司的业务方面的事在办公室里发呆的时候，秘书小姐送来一封信。

这是秀写来的。秀在信里说：

　　李贺，我知道我不可能配上你。而且我早已经不存这样的妄想了，但我还是希望你能帮帮我，我打工的这家电子厂马上就要倒闭了，你要是能给我找到一份工的话我就可以在广州待下去，要不，我就只有再赤手空拳地回老家了。你应该帮我，我不会成为你的负担。

　　刚刚看完她的信，电话就响了，秘书告诉我，有一个女人在下边找我，自称是我的老乡。从公司里的闭路电视监控系统里，我看到那是秀，我脱口对秘书说：就说我不在，到美国考察去了。秘书很快通知了门房，门房里的保安礼貌地拦住了秀。对秀解释着我的去向。但是我知道，秀一定明白是我不愿见她才编出来的借口。

　　秀神情凄苦地转身离去，正午的阳光把她的影子短短地映在地上，显得又忧伤又落寞，也许，她又要再回到西河湾去。我们从此在两个完全不同的世界里各自生活。看着她的身影渐行渐远，我的眼睛里两颗清泪滴落下来。这个被人称为李总的李贺在一个夏日的下午流过一次泪。这一件事将不会有人知道。

真实的爱情

1

我不知道在我的情感中是否真的存在过一种叫作爱情的东西，在一段特别宁静的日子里，我百无聊赖，把自己认认真真地检视了一遍，非常遗憾，好像没有。身体上只存在一种叫作性的东西。这实在是一件让人尴尬的事，很多的时候，心跳在身体之外清醒地旁观着，身体却可耻地在某一个并不与之默契的身体上机械地运动着，我因此很有些看不起自己。心像是一根腐朽的绳索，对身体，它是缺乏约束力了。在一段日子里，我不断更换女朋友，唯一的目的就是上床，口里一边说着爱你爱你之类的谎言时，心里却正在盘算着如何在下床后甩掉。

与一个姑娘会不会有故事，往往第一眼就能认准，她的眼睛里有一种很特别的东西，一种很媚人的东西，这种东西让人一见就会血液燥热。见到琴的时候，我就是这种感觉。

这是一个冬天的夜晚，甚至还可能是圣诞节的晚上，我一直对节日不敏感，就像瞎子对灯光不敏感一样。我像往常一样和阿西一起看着电视，电视节目千人一面，我们就往单位办公楼方向走走，刚好在单位的大门口碰见了同事彭蓉，一个女孩跟在彭蓉身后匆匆走过，黑暗中，一双眼睛显得特别大，冲我看的时候，眼睛里有一种很亮的东西闪了一下，我甚至还不知道她的名字，但我觉得这姑娘肯定会来找我，而我们之间，一定会发生点什么故事。

第二天上班的时候，我问彭蓉那姑娘叫什么名字，彭蓉连忙问我是不是又打人家主意了，我只好连连说：知我者，彭蓉也。彭蓉于是半真半假地道：我不会为虎作伥，就是不告诉你名字，怎么样？我笑嘻嘻地说：彭蓉，你这不是断送她享受幸福的机会吗？

顺便介绍一下，我经常在单位散布流言，我说一个其貌不扬的姑娘本身就有点玩世不恭，就那么潦潦草草地来到这世界，一点认真负责的精神也没有，完全辜负了人民的希望。必要的话要追究她父母的玩忽职守罪。这话有点影射彭蓉。彭蓉黑瘦尖削，一副典型的广东女人的嘴脸，属于我所说的那类玩世不恭的姑娘。这类姑娘很容易丧失性别，因为压根儿不会去打她的主意，开起玩笑来也就格外放肆。我于是说，彭蓉，咱们订个协议，你告诉我她的名字和单位，在她得到幸福的时候我保证分你一点阳光雨露。彭蓉撇了撇嘴一言不发地坐在办公桌上没有理我，怕是真生气了。我知道要从这里套出什么情况的可能性已经小到了极点。

好在我不是特别执着的人，世界上姑娘多的是，犯不着为谁去费尽心机。爱情，那是十四岁的男孩手淫时的借口。

2

是你的东西你往往躲都躲不掉，单位里这些日子闲得发慌，从北方过来的民工几乎把我们这里的所有的重活全部包了下来，原来，每遇周末，都会有义务劳动，大扫除什么的，现在，每遇到这种事，总有人提议，找几个民工来干不就得了。单位里虽不像银行税务部门那样有钱，但请几个民工的钱还是有的。这就很让我滋生出一些国家工作人员的自豪感来。虽然不会大富，但是最为洒脱的应该是我们了。

这个周末我们又早早地下班了，本星期处长去了北京开会，为儿子考大学而奔波着的副处长无暇公顾，单位里边便是我们新分下来的几个年轻人的自由世界了。坐在宿舍里和几个哥们一起打一种名为拖拉机的扑克，便有人告诉我，有人找你，我正在兴头上被打断，正想发脾气，抬头看到了她，我便把牌甩给了在旁边观战的另一个哥们。我连忙把她往外边的草坪上带。

"是你？"我说。

"怎么不能是我？"她狡黠地反问。

草坪是这块居民区的一块宝贵的绿地。这里的楼房建筑还不太密。错落有致的房子中间是一块非常开阔的空间，这很容易让人心情不错，我这时候就开始心情不错起来。前一段时间与我同居过一段的那女孩玲去了北京读书，我这段时间正是断档期，因而我想我有足够的好心情来与她周旋。我不知道玲为什么想到要去北京读什么研究生，三年的学校生活，肯定要把她的阴道都读得干涩。但她要去是她的事，这年头，谁都有做自己想做的事的自由。

我也有我的自由，比如此刻，这个让人心动的姑娘坐在我旁边，和我一起享受着黄昏的宁静。草坪上有青草的气息，她的身上有一股好闻的青春的气息，或者是某一种化妆品的气息。有白云在天空中飘，这样的日子在广州并不多见。草坪的不远处，三三两两有一些人也坐在那里享受着黄昏。大多是偎依在一起的一对对男女，这很有点引诱我犯错误的意味。但我们还是没有犯错误，在草坪上，我们很得体，非常绅士淑女。她给我讲她们的工作，说她早就从彭蓉那里知道了我这个大才子。我操，像我这样没出息到给我们处长写一点狗屁材料也算是什么大才子。当然，即便是过火了的马屁都不会引起不快的。她的嘴唇很薄，涂了淡淡的一圈口红，弄得我老是情不自禁地想尝尝它的味道。

姑娘一提到我的名字就一个劲地笑，她说："你干吗要叫司马超呢？这名字听起来这么黄色。要是想亲切一点叫你是不是得叫你操操或者是阿操？"我就说："随便你高兴。你要叫我操也行。"

她就把头枕在我的腿上挥动她那小拳头捶着我的背："你坏死了。"

我凑近她耳边压低声音神秘地对她说："告诉你一个谁也不知道的秘密，刚出生时，我爸见我将来一定会成长为一代大色狼，就给我取了现在的名字。是不是觉得我爸特伟大？"

"狗嘴里吐不出象牙。"

姑娘假意骂道，看得出她挺愉快。

愉快就有戏。

后来月亮升上来了，我也不知道今天是农历多少，月是新月，挺惹人怜爱的。月亮像咬缺的烧饼一样懒懒地挂在树缝的中间，与迷迷离离的路灯一起合成一种特别暧昧的氛围，真有点像台湾通俗爱情小说的背景。这种时候，姑娘们特别容易进入角色。她给我讲小时候，讲她的老家粤东的一些有趣风俗，我也瞎吹。她问我："你有过初恋吗？"我说："有哇。""是不是你小学时的同桌？""不是，"我说，"是我幼儿园时的同床。"她来了兴趣，我就即兴编道："是这样的，我上幼儿园小班那会儿，我们镇上的幼儿园里床位紧张，你想，一家小镇上的幼儿园，会有什么讲究呢，再说，那时我们都才四岁，阿姨就安排我和那小女孩睡在了一张床上。她每晚都尿床，但她长得那么文静可爱，谁也怀疑不到她，阿姨总以为是我，就老是打我的屁股，我每挨一次打，她在夜里就悄悄亲我一下。"

"哇，真是浪漫，后来呢？"她信以为真地追问。

"没有了后来。"我说。然后就仰躺在草地上不语地看夜气沉沉的天。

她代我编了起来："你们青梅竹马，倾心相爱，后来因为一些非常神秘的原因，你们分开了，可她还爱着你，你也还爱着她。"

我一下子捏住了她的手："胡编，你以为是台湾流行的那些狗屁小说。最后的结局是，她长大了，发现睡在我床上不舒服，她就爬到了另一个男人的床上，那是一个很有钱的男人。"

我们一起哈哈大笑起来。

夜已经很晚了，治安联防队员开始巡逻了，弄不好要被他们当作嫖娼抓起来的。我们便向我宿舍方向走去，灯已经熄了，那伙打扑克的人战斗结束了。一打开门就是一股强烈的烟味。乱七八糟的一团，我连忙胡乱地收拾了一下。她在旁边静静地看着我忙。我当时就想，这么懒的姑娘，怕是做爱后内裤都要我给她穿的。

"你住在哪里？"我问她。

"河南。"

河南即是珠江以南，离我们现在所在的天河区的确不近。

她抬腕看看表，有些撒娇意味地说道："就是你，这么晚了，我们宿舍大院的门怕都已经关了。"

广州的午夜一点其实算不得太晚，而且没有哪一个宿舍大院会轻易关门，我听出了她话里的意思，于是我说："要不你住我这里，与我同住一间的阿西这段日子正好回韶关老家去探亲了。我去另外找地方。"

她一副勉强的样子说："那只有这样了。"

我去给她找来了一条干净的毛巾和一支出差时带回来的一次性牙刷。她去了洗手间忙乎。听得出她是先撒了一泡尿然后水声哗哗地开始了冲凉，从水声的大小里我能想象到她冲到了哪一个部位。我忽然有了一股尿意，这好像是一个战役开始前的一种自然的紧张。

她终于洗完走了出来，长发散披在肩上，她算不上漂亮，可是模样颇为清纯，一双眼睛颇为耐看。见我盯着她，她冲我道："看什么看，没见过女人一样的。"我于是说："哪怕见过一万个女人，也只有你这双眼睛令我怦然心动。"她瞪我一眼："又开始甜言蜜语了。"

她在我的床上躺下来，说："你这里这鬼灯光真刺眼。"我会意地去把灯关了。我坐在她床边上，她说："跟我讲个故事。"这时候，窗子里有一些微弱的夜光从外边透过来，四周一片静，正是发生些什么故事的大好时候，我就开始讲起了故事来："河南，也许是山西一个大山沟里，一个农民的儿子在北京读完了书，考上了公费留学，要走了，父亲和他在农村的未婚妻秀来给他送行，父亲多喝了几杯，对儿子嘱咐道：'儿啊，你出去我啥都放心，美国那地方就是有什么那个的艾滋病不好，千万不要染上那种病，要是你一得，那秀也就要得了，秀一得我也就得了，我一得你妈就得了，你妈一得全村人就都得了。'……"还没等我全讲完，她就用手拧住我胳膊："你流氓，你流氓。"

后来我就顺势躺在了她的身边。她的床上动作远没有她表面看上去那么老练，我亲她，她说："你的舌头怎么可以伸到我嘴里来的？"我就教她，她一学会就不停地要拿我来练习。后来我把她的衣服剥光要进入的时候，她一个劲叫疼，我以为她是装出来的，后来见她咬着被子角悄悄地哭，才知道可能不是装出来的。我打开灯一看，床单被弄红了一片，我这才感觉到问题的严重了。我的原则是处女不碰，这回判断失误。我忙伸出手来擦她的眼睛，一个劲地说："对不起，弄疼你了，要不你怎样弄疼我一次也行的。"她扑哧一声笑了，说："只要你高兴就行。"她主动要了我一次，我极其小心地在她上边运动，小声地问她的感觉，她英雄般地对我说："别管我，你自己好我就好。"我就说："敢情我是遇到了一女雷锋。"

这一夜我睡得很沉，醒的时候，见她在旁边瞪着眼睛一个劲看我，她说："阿超，将来我要为你生一大堆孩子。"我有些不大高兴，又不好打击她繁殖的积极性，我就说："怕是国家的政策不允许。"这时候我忽然发现，我不知道该怎么称呼她才好，我现在还不知道她的名字。要是我问小姐芳名肯定会伤她的自尊心，我只好暂且称她为"喂",等她上洗手间去的时候,我飞快地去她的包里找了一下,找到了一张身份证,上面写着一个名字:刘虹。她叫刘虹?我飞快地把身份证塞进去,等她来的时候,我试探着叫了一声刘虹。她说:"怎么,你认识刘虹?我刚替她办的身份证还在我这儿呢。"我连忙说:"不,不,我不认识,昨天看一篇小说,主人公刘虹,挺好玩的,随口就说出来了。"那么昨晚与我春风一度此刻与我谈婚论嫁的这姑娘到底叫什么名字呢?

我这时就想这婚姻真是一件荒唐的事,两个各不相干的男女,一度相遇,就要从此一生相随,此前谁也不知道谁是什么。我知道什么都不要命,要命的是我要了这姑娘的第一次。此前没有人在她身上开垦过,我这第一犁,于她,有特别意义,这种世俗的意义可以使一个姑娘永远挥之不去。而我,却还不知道她的名字。

后来,我还是在她那个通讯录的小本子的封皮上看到了她的名字,她叫温琴,我曾听彭蓉这样叫过她呀,真是混蛋,怎么就忘了呢。温情脉脉,这真是一个好记的名字,我要即刻把它背下来,不要跟任何一个以前的姑娘混淆。

3

温琴是在一所中学里为人师表,这有点让我不好意思,她和彭蓉在上大学时是同学,我们交往时,不知道是出于什么考虑,我们两人都避着彭蓉。她有时来彭蓉这里玩,要是和彭蓉一起过我这边的话,一定会装作对我挺冷淡的样子,有一次,中午的时候她到我这边来,我们利用午睡时间亲热了一番,刚刚整理好,彭蓉就过来了,处长让她来找我去写一份材料,见温琴在这里,彭蓉大为吃惊:"你怎么在这里?"温琴说:"单位里要演讲,过来让他帮忙写一篇演讲稿。"彭蓉是那种比较粗线条的女人,她没有注意到温琴脑后凌乱的头发和背上的裙子揉皱的痕迹。

温琴开始想要打听有关我的情况，比方说父母兄妹什么的，我总是不对她说，我说："你瞎操这些闲心干什么，又不是要你跟他们去过，我自己都不关心，你关心他们干什么？"被缠不过，我只得胡编，我说："我叫司马超，我大妹叫司马英，我弟叫司马赶，我小妹叫司马美。合起来是超英赶美，要建现代化呢。我爸叫司马昭。司马昭之心，全世界都知道，就是要建设中国特色的社会主义。"我上去在她的耳朵根上亲了一下："你看我爸跟晋代开国皇帝同名，我能算是高干子弟了吧。搁我们司马家得势那会，什么高干子弟，我操，全他妈满门抄斩。"温琴拧了一下我的嘴巴："瞧你这德行，就一张嘴。"

仅仅有一张嘴显然是不够的，我们处长常说："要搁古代，跟了哪一个昏君，司马超这小子一定能出落成一代大奸臣。像个秦桧也说不定。"我也不知道处长何从评起，但是处长是颇为喜欢我的，每每外出应酬，处长都愿意带我在身边，一个是我能为他在酒上抵挡一阵，再就是我比较能领会他的意思。但处长的欣赏是没有什么用的，处长一直提不上去，在处长这个位置一直干了十多年了。大家都承认处长是一个能干的处长，处长因此有些牢骚，处长常说在局里他是狗腿子，而且是狗的后腿，光使力不掌握方向。处长平时就喜欢和我一起聊聊天。处长问："司马，有女朋友了吗？"我就说："算是有了吧。"处长就说："还是你们生逢其时呀，我们那时候，这些事都是组织控制的。"

坐在温琴旁边时我就开始寻思温琴到底算不算我的女朋友，而且我有些弄不明白她和以前与我交往过的那些女人有什么不同。好像我是答应过玲说我要等她的，这时候玲就遥远得像是上一辈子的事了。女人女人，是些什么东西让我们在其中沉迷？

我想起我那本放在箱子最底层的影集，那里面有玲小鸟般伏在我的肩头含蓄地笑着，她笑起来要比温琴更媚人，以前玲老是缠着要和我结婚，我不知道那时要是我们结婚了如今这生活会是一个什么样子，这时想起来我是有很多结婚的机会的。哪一次的选择才是最好的呢？是否我错过的是最好的。选择一种婚姻是否意味着选择了一种生活。还有那些在我的生活里倏忽出现又倏忽消失的姑娘，她们都在想些什么，那些怀着与我白头到老的念头来到我身边却又最后离去的姑娘们是不是真的有所痛有所失。也许我是把她们逼上了走向幸福的路。

　　每每在这种我神思恍惚的时候，温琴就用手指点着我的脑门："你看你你看你，还坐在我身边呢，心到哪儿去了，说吧，想谁了？"我用手环抱住她单薄的双肩："哪能呢，想你都来不及，还能想谁呢？除了你谁也不值得我想了。"温琴委屈地说："自从和你好了以后，你好像都没有什么话跟我讲了。你什么心事都不跟我说，好像一个闷葫芦一样的。对今后你有什么打算？"我一下子把话题岔开："今后我和你去云南旅游，买很大一堆少数民族衣服回来。"

　　温琴摆出一副离不开我的架势来，但是我住的地方又不是我一个人住，阿西自然是肯为我提供方便的，但老是弄得他流离失所我也实在是于心不忍。温琴也觉得别扭，我就委婉地劝她少往这里跑，我实在是想要疏远一下她，但她死活不干，非要我们去郊区租一间房子，她哭哭啼啼地说："人家全部都给了你，你这种态度是什么意思。"我拗不过她，只得随她去了。那段时间里，她骑着单车满街去找房子租，有时我还没下班，她没课了，就打电话过来，拉我去看房子，这里又不满意，那里又不满意，我都被她拉着跑烦了，我说："又不是买房子，不过是租房子，犯得着那么认真吗？"她说："你这人怎么这么马虎，既然出钱租房，就一定要住得好一点，一个是要安全，广州这地方乱哄哄的，社会治安这么糟糕。要是窗子开得太低或者紧靠着其他民房，那我们的东西不要全给那些小偷偷光。我有一个同事就是在外面租房的，还是住在四楼，小偷顺着水管爬上去从窗子里把她的手提包勾了出来，结果工资身份证什么的全在里边，钱丢了是小事，身份证弄丢了要去补办，真是麻烦得很。再一个就是尽量要方便交通。看你这样子就不是一个会办事的人的样子。"被数落了一通，我只好垂头丧气地跟着她去找房子。广州所有有么房的地方几乎都被我们跑遍了。石牌、冼村、三元里、猎德、敦和，哪里都有我们的足迹，满意的房子没有满意的价格，满意的价格没有满意的房子，最后，将就着在敦和租了一套一房一厅的房子。本来工资就不高，加上房租，日子就过得捉襟见肘了。起初温琴还对我说，只要跟你在一起，苦点穷点我都不在乎。但是我在乎呀，可是再在乎也没有办法，在单位里小办事员一个，想搞腐败都没办法腐败起来。我就想我这人其实是当不得官的，要当官一定会当成一个贪官。

在自己租的房子里，温琴比原先大胆很多。她喜欢冲完凉后什么也不穿在房里走来走去，我就对她说，我要对你保有一份神秘感，她却说，我整个都是你的，还要对你神秘什么。有时她睡着了，光着身子毫不知耻地叉开两条腿。我有些不明白女人究竟美在什么地方了，那个被作为美的源头和美的终点的地方实在不是一个美的处所，那发褐发红的不规则的形状多少有些不堪入目。我分不清她的这地方与其他女人的这地方有什么不同，这潮润黏质的洞穴里可怜可笑地衍生出了那许多感天动地的故事。我问我自己，我爱这女人吗？甚至我不知道爱到底是怎么回事。

我不知道温琴是怎样知道的我的生日，我从来还没有过过什么生日，后来温琴说是翻我的身份证知道的，她送给我一块标着我属相的佩玉，她把录音机的音量放到最大，整个居室里响着祝你生日快乐的乐曲。她在蛋糕上点了表示我年纪的一些花花绿绿的蜡烛让我吹。她说："超，你比我大了整整五岁，当我还是液体的时候，你已经在幼儿园和你的女同学同床了。"我就说："还说呢，你迟到了，应该受罚的，罚你站两个小时不准吃饭。"那一天我们闹得有些得意忘形。

温琴去参加过一次市教委组织的舞会后回来抱怨说没有穿得出去的衣服，我也不知道要什么样的衣服能穿得出去。温琴对我说："阿超，我们要想办法去多挣一点钱。"我说："怎么样去挣？抢银行最快了，可是我没有这个胆量。"温琴就不高兴："你瞎扯干什么，谁要你去抢银行了，可以想办法做点生意或者找一份第二职业什么的，这样的穷日子总不能老是这样过下去。那些外地来的好多无业游民都赚了钱，我就不相信我们这些广州的正式的国家干部会赚不到钱。"

温琴的生日很快就要到了，在这之前温琴多次跟我提到她们学校谁的男朋友在生日的时候送的是什么礼物，好像我也必须接受授勋成为她的男朋友一样，这个职位可是在我根本就没想得到的时候把我推上这个历史舞台了。温琴的意思是要我送她一枚戒指，戒指并不是送不起，只是送了以后像是古代的订了婚一样的。但在这种时候是容不得我战略退却的。

我不知道我和温琴怎么一直维持了下来，而且好像就这样确定下来了一样的。有时候，我感觉我们就像是多年的夫妻一样的。五一节的时候单位里放三天假，温琴要我随她一起回她粤东的老家，我实在没有思想准备去面对她众多的家人，但我又的确找不到理由拒绝。她父母接纳了我，我在想，从此，我就也必须接纳温琴了吗。我对她到底了解多少？我这种自由主义者，能背得起家庭这个硬壳吗？

4

直销或者叫传销一下子就在广州热了起来，老是有同学或者熟人约我去听课，我对这些东西一直是抗拒的，有一种先天的免疫力。

温琴就不同，一去听课她的热情就被鼓动起来了。她说："我要做传销了，挣钱买很大的一套房子，我们在那套房子里结婚。我对我做传销充满了信心。"我劝她："别太相信他们的鼓动，鼓动是很片面的。"她不听："你这种人，像是哪一个朝代的遗老遗少一样的，对新的生活方式缺乏热情。就不用泼我的冷水，你让我自己来吧。"我说："你要上课，哪来那么多时间和精力投入传销？"她轻描淡写地说："我辞职去做。"我一下子大吃一惊，我喊道："你疯了。""是，我是疯了。"她被鼓动起来的热情此刻滴水不进。为了她的辞职我们吵得很厉害，我甚至以分手相威胁，但她是铁了心了。不顾我怒火万丈，她背上包冲出门去。

广州这么大，我实在不知道到哪里去找她，在她们学校里，我知道她已经办好了辞职手续。她的同事们也不知道她去了哪里。弄得我心神不宁。两天后的夜里，我熟睡中朦朦胧胧感觉有人在摸我的脸，睁开眼一看，是温琴。我问："这些天你都去哪里了？""我就住在彭蓉那里。"她拉着我的手说，"不要生我的气好不好，我也是为了我们的将来。"我不好再说什么，只是默默望着她。她说："你爱我吗？"我有些茫然地对她说："我不知道。""可是我知道我爱你。"她对我说："我今天看《羊城晚报》，上面说，小说里那些要死要活的爱情故事都是作家编出来的，生活里的爱情是平淡且有很多矛盾的。也许，我们这才是真实的爱情。"

她抱紧我，在我身边睡下来，说："我要一年内就成为金牌经销商，等我赚了好多好多钱，就去丽江花园买一套别墅，买一辆漂亮的跑车，我去接你上下班。"她说："你甩不掉我的，你是我的第一个男人，我也要你是我的最后一个男人，我把我的初吻和第一次都给了你。"我就说："这样说好像你吃了多大亏似的，其实，真正吃亏的是我，你看我拼命苦练，积累经验，慎重地等待你的到来，而你，毫无准备，还要我来给你启蒙。"她就狠狠地在我的鼻子上刮了一下："你真是赖皮！"

这一段时间里，温琴真的是大忙了起来，专门去配了一部寻呼机，要是有钱的话，她肯定会去配手提电话，晚上很晚了才会归家，我的一些朋友和熟人，也都无一例外地被她作为"下线"去发展。但我交往的这个圈子的人对此都不会怎么感兴趣。温琴没日没夜地忙了一个多月，所落实下来可以发展的"下线"寥寥无几。

晚上睡下来我可以一根一根数得出她的肋骨，她瘦了，但她好像是一副九死不悔的气概，她对我说："阿超，现在我知道了，广州市场已经基本饱和了，只有新开发的市场才会有巨大的潜力，现在公司打算去开辟济南市场，我要到济南去大干一场。"我说济南你人地生疏，怎么去打开局面，她却说正因为人地生疏才便于大展身手。又是怎么劝都没用，她去了济南。这中间只给我打过两次电话。

5

又是冬天了，温琴去济南已经两个多月了，那天刚下了一阵小雨，我感到很冷，打开门，见有人躺在床上，是温琴回来了，她睡得很沉，两个多月，她看上去瘦了一圈，颧骨明显突出，人又黑了，坐有她的床前，听窗外风和树叶在沙沙作响，房间里有些阴晦，床头有一朵大概是我们过年时在花市上买的一支玫瑰干花，花瓣黑红黑红的，我感觉我好像是在这里守了许多许多年，守着这个床上的人由一个小姑娘慢慢长大。我心里有一股发酸，艰辛的日子叫我学会了怜惜。我轻轻地把脸贴到她的脸上，我觉得她的脸有些发烫。

她醒的时候，一把抱住了我，我感到泪水流到我的脸上，一句话我们也没有说。

我们此后再没有谈一句关于传销的什么话题。我说："温琴，凭你的能力，在某一家公司里找一份白领的工作干干应该没有什么问题，怎么样，你也去当一回白领丽人。"

温琴不置可否。

我说："你这些日子也太累了，我们去找一个地方玩一下怎么样？"

我们去了白云山顶，真的，城市生活已让我们的感情日益粗糙。虽然白云山上落叶乔木不多，但在这冬天里，还是有些落叶飘零下来，在这广州的冬天里有一点唐诗宋词里秋天的味道。我们俩并肩走着，生命的路于我们虽然不曾完全展开，但在此刻，真是有些历经沧桑的感觉，我们站在山顶看落日静静沉下，这是楼群拥挤的市区不曾见到的。我们坐在山顶，看暮云四合，我说："远处，你看那是什么？"她踮起脚来拼命往远处看，她说："没有什么呀。"我说："再看，看到没有。"她忽然像是明白过来了似的，用小手打了我一拳："你这坏蛋，又捉弄我。"我却没有笑，我说："你看，不要用眼睛看。"她也安静下来，沉默地望着远天。橘红色的光晕里，是万家灯火的广州，心中涌动的，一定是一个无限的世界。

都市永远是让人燥热的，从白云山下来之后，温琴又加盟了保险公司，她总是忘不了她的那套梦中的别墅。她一家一家进行陌生拜访，而这时，已是人们见到保险业务员就躲的时候了，一个月的试用期之后，她不得不退出了保险业。而恰恰是这些失败，使我们之间相互的依恋更深。

她去买了一大包东西回来煲汤做菜，她说："我要把你养胖也把我自己养胖。"我就说："你千万别养得又要去减肥。"她说："就是要养到去减肥，这叫折腾出人生。"

6

温琴找了一家广告公司去上班，一些创意和策划挺受欢迎，日子仍然在出租屋里静静地展开。我们谁回得早就归谁做饭，在一个早晨，她突然对我说："超，我想我是有了。"我说："那我们就让他长大吧。"她说："你打算叫他什么名字？""得了，我们叫他司马迁吧，还打算他写我们的历史呢。"

提出结婚的时候，意外的是处长说局里还有一套旧的一房一厅可以给我们。真是让我们喜出望外。

灯熄了，一对彼此稔熟的新人平静地躺在夜里。爱情吗，也许它昨天亮过也许它明天会亮。只是日子在静静地流着。我们也许只是在不明就里地爱着不明就里地活着。

后记

在路上

　　我想说我一直都是在路上，不停地奔走着。许许多多美好的风景在吸引着我，还有那些在孩提时代就深深植根于我心中的一个个地名，我都想去看看。世界太大，而生命太短暂。读万卷书，行万里路，这个非常朴实的理想一直是我努力去追寻的目标。

　　作为一名以写作为职业的人，我写得实在太少了，使我看起来更像是一名以旅行为职业的人。我常常安慰自己，等我把想跑的地方都跑遍了，我一定会坐下来好好地写。那时候，人生的阅历和见识才足以支撑我好好地驾驭我的笔。亲历过的，表达起来才会坦然。

　　还是在以记者的面目出现的时候，我就喜欢做那些卧底体验式的采访。我曾经在东莞的工厂以假身份应聘作为工人在工厂里做油漆工，以体验农民工真实的生活状态。曾经跟广东医疗队在第一时间赶到汶川大地震的现场，在重灾区在废墟旁的帐篷里生活近两个月，真实地体验那种大灾之中的无助和恐惧。曾经在南沙群岛的美济礁，和渔政人员一起守礁，那里高盐高热高湿，没有手机信号，完全与世隔绝。我浮潜在水下看着蓝天一样深邃的大海，心里充满着无名的激动。

　　路途中，有一个无限丰富的世界，它是这样让我着迷。

　　但日常生活的平庸很容易让一个人丧失对生活的热情。于是，我成了一名狂热的户外人，加入了被人们称为"驴友"的队伍里面。那些户外探险的超强度路线，我都和朋友们一条条走了下来，从最初级的船底顶，到鳌太线、贡嘎线、梅里线、年宝玉则线、乌孙线、狼塔线、尼泊尔的 ABC 线，一次次高强度的无人区的穿越，让我一次次畅快地与天地交流，我从这里感受到了无限的快意，并由此爱上了奔跑，一次次参与全程马拉松，这些快意的奔跑让我体会到了运动的魅力。

绝境处的拼死救援、雪线之上的抱团取暖、高原反应时的星夜护送、暴雨袭来在帐篷里对山洪的深深恐惧、骄阳之下最后一瓶水的相互推让，户外让我们在和平年代有了九死一生的感觉，这种感觉弥足珍贵，在这里，我们找到了人类最初与大自然最亲的相依，在工业文明让我们越来越远离本真的时代，户外让我们恢复了侠义时代的江湖精神，关键时刻的生死相托，危难时机的真情流露。

这些钟爱山野的人，他们为人迹罕至处的景色所倾倒。走向荒野，实际上是一种精神上的回归，一种寻根的冲动。工业化、城市化带给人们物质文明的时候同时带给人的还有困惑，在城市化的高速进程和快节奏、高压力的生活环境下，人们需要寻求心灵的慰藉和归宿。而能给予人们这种感受的只有原始的、未经破坏的自然。大自然能平复人们的心中的躁动，唤起他们的幸福感，给予他们的肉体和灵魂以力量。走向外界，就是走向内心。大自然能给予人们无限的美的精神享受和心灵慰藉。

这是我走在路上的理由，我想还有一个理由，是我总有一天会一点点把我所体验的写下来，我无缘去官场经历那些你死我活的争斗，也没法去商场感受惊心动魄的起落，就只有选择了单纯的山野，在严酷的自然环境里去感受那种面对生死的刺激。生命的经历是排他的，选择了这样一种活法，无疑就放弃了另外的可能。

爱生活，爱自然，平和旷达，这是我对自己的要求。我在人声嘈杂的地方总是感觉到许多不自在，只有在山野里，才觉得每一个毛孔都是放松的，当我在山脊线上奔跑的时候，我觉得我自己是在低空飞翔。当别人觉得我是在自虐的时候，他们不知道，我的内心其实是多么快乐。

用笔写下的在纸上，用脚写下的在生命里。这些都是在路上的痕迹。生命中没有得与失，得与失有时是可以互换的。感谢生命中那些美好的相遇，他们对我帮助巨大。他们的名字，我记得。

文学和生活，我都还在路上。一直在。我明白我作品的缺陷在哪里，经历和修为都还不够。我唯有用行走去努力弥补。

姚中才

2016 年 11 月 24 日